Sebastian Glubrecht
Heldenstellung

PIPER

Zu diesem Buch

Frederick fällt aus allen Wolken, als der zweitbeste Unternehmensberater Deutschlands, nebenbei sein Vater, dem chronisch erfolglosen Schauspieler den Geldhahn zudreht, ihn kurzerhand einstellt und auf sein erstes Projekt setzt: Sohnemann soll eine formschwache Fitnesskette auf Vordermann bringen. An Dummheit grenzend optimistisch springt Frederick ins Berater-Haifischbecken. Dort lauern nicht nur entsicherte Kunden, sondern auch Papas weißrussischer Kronprinz Adam und die heiße Assistentin Jessica. Ihr zuliebe beginnt Frederick sogar mit Yoga. Allerdings hat er nicht mit Sommersprosse Sina gerechnet, dem personifizierten Kontrastprogramm zur neuen Beraterwelt. Und schon gar nicht mit Yogalehrer Hari. Der ist völlig ausgeglichen und total tolerant. Die einzige Ausnahme: Unternehmensberater. Höchste Zeit für Frederick, mit dem inneren Auge zum Herzen zu schauen, sich zu entschleunigen und einen Gang runterzuschalten – mitten auf der vierspurigen Autobahn des Lebens.

Sebastian Glubrecht, 1976 in der Weltstadt Hannover geboren, entwickelte sich nach Pubertät und Adoleszenz über Umwege vom wilden Kerl zum domestizierten Mann. Er hat ein ordentliches Allgemeinwissen, einen anerkannten Journalistenpreis, trägt eine schlaue Brille und hat zehn Jahre Karate gemacht. Vor einiger Zeit begann er seiner Frau zuliebe mit dem Yoga und entwickelte dabei einen nicht angebrachten Ehrgeiz. Seit Neuestem arbeitet er auch noch für ein Frauenmagazin. Aber insgeheim ist er immer ein harter Typ geblieben. »Heldenstellung« ist sein vierter Roman.

Sebastian Glubrecht

HELDEN STELLUNG

Roman

Piper München Zürich

Mehr über unsere Autoren und Bücher:
www.piper.de

Von Sebastian Glubrecht liegen bei Piper vor:
Dreibettzimmer
Heldenstellung

MIX
Papier aus verantwortungsvollen Quellen
FSC® C083411
FSC
www.fsc.org

Originalausgabe
September 2013

Umschlaggestaltung und Artwork: Martina Eisele/Eisele Grafik-Design, München, unter Verwendung der Fotos von fotojagodkat/iStockphoto und Feng Yu/shutterstock
Satz: Kösel, Krugzell
Gesetzt aus der Minion
Papier: Munken Print von Arctic Paper Munkedals AB, Schweden
Druck und Bindung: CPI – Clausen & Bosse, Leck
Printed in Germany   ISBN 978-3-492-30330-9

Crash Management

An der Garderobe gebe ich mein bisheriges Leben ab. Die Frau hinter der Holztheke deutet auf das Gepäcklabel: »Ach, Berlin-Tegel?«, fragt sie im Plauderton. »Aus dem neuen Flughafen ist ja nix geworden. Ich frage mich, wie man eine so wichtige Sache vermasseln kann.«

»Ach, das ist ganz einfach«, sage ich aus Erfahrung und reiche ihr meinen Trolley.

Die Garderobiere mustert mich. »Habe ich Sie hier schon mal gesehen?«

»Kann sein, ist aber ein Weilchen her.« Ich schaue zu dem durchgesessenen Hocker an der Wand. Weil ich nicht weiterrede, wendet sie mir den Rücken zu und räumt meinen Rollkoffer zu den anderen. Ja, sie kommt mir auch bekannt vor, und ja, ich fühle mich gegen meinen Willen bei ihr geborgen. So geht es mir seit frühester Kindheit mit allen Garderobieren. Diese hier könnte gut meine Mutter sein: Anfang sechzig vielleicht, ihr Haar trägt sie bereits in kurzer fliederfarbener Omawelle, über dem Busen baumelt die randlose Brille am falschen Goldkettchen. Sie betrachtet ihre kleine Trolleysammlung mit eigentümlichem Stolz. »Jetzt habe ich fünfmal Berlin, zweimal München und wieder zehnmal Köln-Düsseldorf. Dabei ist das ein Transitflughafen, da weiß ich gar nicht, woher die Leute kommen.«

Ihre Probleme hätte ich gern. Dafür kann sie meine haben.

»Wollen Sie noch etwas abgeben?« Ich sehe an mir herunter: schwarzer Anzug, weißes Hemd, schmale Krawatte – das alles hatte ich für die Filmpremiere gekauft. Mein Gewissen, das wäre ich noch gern los, denn ich bin aus keinem ehrenwerten Grund in diesem ehrenwerten Club.

Die Garderobiere zückt eine Liste. »Wie ist Ihr Name?« Ich seufze. »Der steht da nicht drauf. Mein Besuch soll eine Überraschung sein.« Sie geht zu meinem Trolley herüber, setzt ihre Brille auf, greift sich den Adressanhänger und liest ab: »Frederick von Schnaidt.« Mit einem Mal stutzt sie, lacht ungläubig auf, murmelt den Namen erneut, dreht den Adressanhänger, als stünde auf der Rückseite vielleicht ein anderer Name, und sieht erstaunt zu mir herüber. »Das Garderobenkind?«

Ich nicke traurig.

»Und ich dachte immer, es gäbe Sie in Wirklichkeit gar nicht«, sagt sie mit ungläubiger Stimme. »So wie den neuen Berliner Flughafen.« Sie zwinkert mir munter zu und streckt ihre Hand aus: »Ich bin Marie, willkommen zuhause.«

»Na ja«, sage ich, aber Marie bedeutet mir, mich nicht von der Stelle zu rühren. Sie schiebt Mäntel und Jacken beiseite. Dahinter kommt ein Bilderrahmen zum Vorschein. Vorsichtig nimmt sie ihn von der Wand und legt ihn auf den Garderobentresen: Eine Kollage aus etwa zwanzig Fotos von einem Jungen, der auf diesem Hocker zwischen all den Klamotten sitzt. Die Ärmel, Schals und Seidenblousons haben das Bild über die Jahrzehnte sauber gehalten. Auf dem ältesten Foto ist er vielleicht drei Jahre alt, auf dem neuesten ein Teenager. Mein Herz macht einen Hüpfer, knickt blöd um und stürzt die tiefe Schlucht zu meiner Seele herunter.

Der Junge bin ich. Mal nehme ich einen Mantel von der Garderobe oder falte Schiffchen aus roten Abholzetteln, aber auf den meisten Fotos sitze ich trotzig auf dem Hocker und halte ein Magazin in der Hand. Superman, Batman, einmal sogar die Financial Times – allerdings falschrum.

Mein Vater hat mir oft Superheldencomics gekauft. Früher dachte ich, er wollte einfach, dass ich lesen lerne. Heute weiß ich, dass es ihm um etwas anderes ging. Ich sollte sehen, dass die Guten immer auf die Nase kriegen. Die Schurken dagegen hatten die schönsten Frauen, das meiste Geld und die größte Freiheit, weil sie nicht in so einfältigen Kategorien wie Gut und Böse dachten. Mein Vater ist so ein Schurkentyp: einer der besten Unternehmensberater Deutschlands. Und einer der schlechtesten Väter.

Marie schaut zwischen dem Bild und mir hin und her. »Sie müssen heute um die dreißig sein.«

Ich nicke. Wir haben Ende Juli, ich bin noch ein halbes Jahr lang neunundzwanzig. Ein halbes Jahr, das hoffentlich sehr schnell vorbeigeht. »Kann ich jetzt bitte meinen Garderobenzettel bekommen?«

»Ach, die Nummer können Sie sich doch bestimmt merken«, meint sie glucksend. »Bei Ihrer Erfahrung! Ich hatte Sie mir übrigens kleiner vorgestellt. Und Sie sehen Ihrem Vater überhaupt nicht ähnlich.«

»Sind wir uns auch nicht.«

»*Noch* nicht.«

»Wie bitte?«

Die Garderobiere hebt den Zeigefinger. »Sie sind sich *noch* nicht ähnlich. Früher oder später werden wir alle so wie unsere Eltern, glauben Sie mir.«

»Dann wäre ich lieber der Sohn von Brad Pitt«, entgegne ich.

Sie schaut unbeeindruckt auf die Gästeliste. »Der konnte heute leider nicht kommen, sonst hätten Sie sich noch adoptieren lassen können. Ich glaube, in Ihrem Alter hat der noch niemanden.« Sie drückt mir einen Garderobenzettel in die Hand und klopft auf den freien Stuhl neben sich. »Aber hier ist auch immer ein Plätzchen für Sie frei. Den Weg kennen Sie ja.«

Ohne ein weiteres Wort drehe ich mich um und steige die Treppen hinauf. Zeit, der Wahrheit ins Gesicht zu sehen – und meinem Vater.

An meinem dritten Geburtstag hat er mich zum ersten Mal mit in den *Best-Buddies-Business-Club (BBBC)* genommen. Hier bekam ich meine ersten Manschettenknöpfe, lange bevor ich Hemden trug. Während andere Kinder bei sich zuhause mit Buntstiften Häschenbilder ausmalten, kritzelte ich im Eingangsbereich des Clubs mit einem vergoldeten Kugelschreiber Haifische unter die Dax-Kurve. Die Clubmitglieder gewöhnten sich schnell daran, von einem kreischenden Jungen aus dem Hinterhalt angegriffen zu werden, wenn sie gerade Zeitung lasen. Manche Kollegen aber warfen meinem Vater irgendwann gequälte Blicke zu. Dann schimpfte er nicht mit mir oder ermahnte mich, leiser zu sein. Nein, er löste das Problem so effizient, wie es nur ein Berater konnte: Er gab mich an der Garderobe ab.

Klingt nach verkorkster Kindheit? Falsch. Der Vorwand, einen Whisky für meinen alten Herren zu holen, verschaffte mir hier schon mit zehn Jahren meinen ersten Vollrausch, meine erste Zigarre habe ich von einem dieser Tische geklaut – und es war immerhin eine echte Havanna.

Neben der Tür hängt ein Bild meines Vaters. Darunter steht: *Richard von Schnaidt wird 62. Wir gratulieren unserem Geschäftsfreund und Partner.* Ich drücke die Klinke herunter.

Applaus brandet auf. Er gilt nicht mir, sondern einem jungen Mann, der sich offensichtlich weigert, vor das Rednerpult zu treten. Er ist schmächtig, blass und trägt einen Seitenscheitel. Früher war er sicher einer von diesen Strebern, die es nicht stört, gehänselt zu werden, weil sie genau wissen, dass sie sich eines Tages einfach von bezahlten Schlägern rächen lassen können. Seine Bewegungen sind bedacht und sicher, als er durch die Reihen der Gäste nach vorn geht.

Hinter einem beeindruckenden Technikpult, das in einer Schattenecke des Raumes verborgen liegt, kommt ein Techniker mit Kordanzug, hängenden Schultern und Britpop-Pilzkopf hervor. Er streicht sich die Haare aus dem Blickfeld und reicht dem Streber einen Laserpointer.

»Möge die Macht mit mir sein«, scherzt der junge Mann mit überraschend hoher Stimme und lässt den Laserpointer aufblitzen. Jemand skandiert »Adam, Adam!«, andere stimmen ein. Der Bejubelte streckt die Arme aus, die Rufe verstummen. »Das war mein Backoffice«, erklärt er. »Ich habe ihnen Urlaub versprochen.«

Erneutes Gelächter.

»Na gut. Ihr habt es so gewollt. What's the project?«

»PowerPoint-Karaoke!«, ruft eine Frauenstimme,

»Assessment Center«, ein Mann.

»Meilen-Check«, höre ich einen anderen.

»Klugscheißing«, werfe ich in die Runde und drehe mich schnell um, bevor mich jemand sieht.

»Es ist nicht so, dass ich euch für jeden Vorschlag bezahle«, scherzt Adam. »Wir sind hier nicht beim Kunden.«

Nach und nach mehren sich die Rufe nach PowerPoint-Karaoke, bis der Techniker schließlich einen Videobeamer anschließt und Adam aufmunternd zunickt.

»Okay, mal schauen, welchen Case ich kriege.« Er geht zu dem Laptop und drückt eine Taste. Buchstabe für Buchstabe rast das Thema der Präsentation an die Wand, bis es schließlich Satz und Sinn ergibt. Oder auch nicht:

Was wir von Haustieren lernen können, steht dort.

Na, ist doch klar: Fressen oder gefressen werden.

Eine Hostess stellt sich neben mich, bewegt den Kopf in Richtung meines Ohrs: »Das Spiel heißt Unternehmensberatung«, erklärt sie. Wie? Die spielen in ihrer Freizeit ihren Beruf nach? Na ja, immerhin haben sie noch einen. Die Hostess sieht meine Zweifel und fügt schmallippig hinzu: »Ist doch lustig.« Leider fährt mein Sinn für Humor noch auf irgendeinem Rollband durch den neuen Berliner Flughafen spazieren.

An die weiße Wand wird nun das Bild eines kopulierenden Hamsterpärchens geworfen. Das Publikum johlt. Die Hostess nutzt den Augenblick, um sich wieder zu mir zu beugen.

»Ihr Geschenk legen Sie bitte dorthin«, flüstert sie noch und deutet auf einen Tisch vorn neben dem Rednerpult, der vor Gaben strotzt wie ein Opferaltar für Donald Trump. »Sie können es Herrn von Schnaidt auch gern selbst überreichen – nach den Vorträgen.«

Das hatte ich befürchtet. Diesmal habe ich mich notgedrungen für etwas Persönliches entschieden. Weil ich, wie mein Vater wohl sagen würde, finanziell viel Spielraum nach oben habe. Es ist ein blaues T-Shirt mit rot-goldfarbenem Logo, das unverkennbar an das von Superman angelehnt ist. Nur, dass statt dem »S« im Dreieck auf der Brust eben ein »F« steht. Darunter ist zu lesen: »Fredman never gives up«. Korrekter wäre gewesen: »Fredman never gets up«.

Das ist das einzige Erinnerungsstück an meinen ersten und einzigen Film. Ein Abschiedsgeschenk der Crew – alles, was von »Fredman« geblieben ist. Jetzt schulde ich der Produktionsfirma eine Viertelmillion Euro Eigenanteil. So viel Geld habe ich nicht. Mein Vater schon.

Ich nehme mir ein Glas Champagner und leere es in einem Zug. »Lammroastbeef mit Meerrettichschaum auf Pumpernickel?«, fragt ein Kellner. Sieht eher aus wie Leberwurst-Sushi. Trotzdem lade ich gleich drei Horsd'œuvres auf ein Tellerchen und stelle mich an den Gabentisch. Von hier aus kann ich den Raum gut überblicken. Während ich kaue, suche ich die Sitzreihen nach meinem Vater ab und entdecke ihn in der ersten Reihe, direkt vor dem Rednerpult. Sein vormals graumeliertes Haar ist wieder richtig dunkelbraun, auch die Falten auf seiner Stirn sind verschwunden. Unwillkürlich muss ich an Herrn Kaiser von dieser Versicherung aus der Fernsehwerbung denken. Ein Lächeln zieht über sein Gesicht, als Adam erklärt, dass Haustiere sowohl unsere »Soft Skills« fördern als auch die »Attitude schärfen« und uns ans »Homecoming« erinnern. Ich sollte mir auch ein Haustier zulegen. Oder überhaupt erst mal ein echtes Zuhause.

Neben meinem Vater sitzt eine junge Frau, die ihre schwarzen Haare zu einem Pferdeschwanz zurückgegelt hat. Sie trägt ein enges, graues Business-Kostüm und starrt auf ihr

Smartphone. Ab und zu flüstert sie meinem Vater etwas ins Ohr, woraufhin der nickt. Plötzlich hält sie inne und dreht sich zu mir um. Unsere Blicke treffen sich. Sie stutzt, wendet den Blick aber zum Glück nicht ab, sondern zwinkert mir zu. Ich bin so überrascht, dass ich erst auf die Idee komme, zurückzuzwinkern, als sie sich schon längst wieder umgedreht hat. Mein Zwinkern erwischt eine ältere Geschäftsfrau, die mir daraufhin einen Vogel zeigt.

Jetzt flüstert die junge Frau meinem Vater etwas ins Ohr. Sofort dreht er den Kopf in meine Richtung. Sein Lächeln verschwindet, in seinen Augen macht sich jene ätzende Skepsis breit, die mich schon als Junge in die Knie zwang. Ich nicke grüßend. Er hält meinen Blick eine Sekunde und dreht sich dann zurück nach vorn. Kaum schaut er wieder dem PowerPoint-Terrier zu, kehrt das Lächeln zurück. Ich spüre, wie kindliche Wut in mir aufsteigt.

»Wir alle lieben unsere Haustiere«, ruft der Redner und erntet Szenenapplaus. »Aber auch unsere Haustiere lieben sich gegenseitig. Wie sich das auf uns auswirkt, werde ich Ihnen nun verdeutlichen.« Die nächste Folie. Darauf stehen Sätze in Bullet Points.

Ich schlendere zum Geschenketisch herüber. In einer Kristallschale liegt eine Schachtel, eingeschlagen in weinrotes Papier, verziert mit einem goldenen Schleifchen. Darauf steht *Golden Gifts*. Ich nehme sie heraus und platziere stattdessen dort das T-Shirt. Falls das Päckchen Schmuck enthält, sollte es hier wirklich nicht so herumliegen. Also stecke ich es lieber ein, bevor es noch jemand klaut. Nicht, dass mein Vater den Verlust eines kleinen Geschenks überhaupt bemerken würde. Aber falls er mich gleich rausschmeißen lässt, brauche ich Geld, um den Tag bis morgen zu überstehen. Während ich noch überlege, wie viel Bares ich mit meiner Beute beim Pfandleiher wohl rausschlagen kann, schließt der Redner mit den Worten: »Nun, meine Damen und Herren, liebe Kollegen und Haustierfreunde. Ich hoffe, dass Sie, wenn Sie heute Abend nachhause kommen, mit Ihrem Hund Gassi gehen, Ihrer Katze zur Abwechslung mal frische Vollmilch servieren und eine große Decke über den Hamsterkäfig legen, um Goldi etwas Privatsphäre zu gönnen.« Er drückt eine Taste des Notebooks, und auf der Leinwand erscheint dasselbe Porträt meines Vaters, das ich schon am Eingang gesehen habe. »Ich danke für Ihre Aufmerksamkeit. Und denken Sie daran: Teurer Rat ist gut.« Erneuter Applaus brandet auf. Als er sich gelegt hat, steht mein Vater auf.

»Vielen Dank, Adam, du hast die Audience mal wieder überzeugt. Aber zum Partner kann ich dich leider noch nicht machen. Die Stelle ist schon besetzt. Von mir.« Gefälliges Gelächter. Nur Adam verzieht keine Miene, sondern tritt von der Bühne, direkt neben mich.

»Bringen Sie mir einen Gin Tonic, aber asap«, murmelt er. Ich sehe ihn fragend an. Der Typ verdreht die Augen.

»As soon as possible! Verstehen Sie kein Englisch?«

»Nope«, sage ich und schüttle den Kopf. Er sieht mich erstaunt an.

»Egal. Holen Sie mir einen Drink.« Keine Ahnung, was es ist: der lange Flug, der aufgestaute Frust oder vielleicht einfach nur der abschätzige Blick dieses Typen, gepaart mit der Arroganz in seiner Stimme. Jedenfalls packe ich den Kerl am Kragen – ungefähr 0,8 Sekunden lang. Dann liegt seine Hand auf meiner, ich spüre einen Tritt gegen das Schienbein, lockere meinen Griff. Im gleichen Moment fährt mir ein stechender Schmerz durchs Handgelenk, weil mein Gegenüber es jetzt so verdreht, wie ich es anatomisch nie für möglich gehalten hätte. Woher nehmen diese vielbeschäftigten Berater eigentlich noch die Zeit für Selbstverteidigungskurse? Instinktiv gebe ich dem Schmerz nach und weiche aus – in die Richtung, in der es am wenigsten wehtut. Zur Bar. »Ohne Zitrone«, ruft Adam mir hinterher. Ich würde ihm am liebsten den Stinkefinger zeigen, aber leider spüre ich den gerade nicht mehr.

Wenig später lehne ich am Tresen und reibe mir das schmerzende Handgelenk. Neben mir steht ein älterer, feister Geschäftsmann mit Mittelstandsschnauzer, Cowboyhut und rosig glänzendem, großporigen Gesicht. Er mustert mich. Genervt starre ich zurück.

»Nein, ich kann Ihnen keinen Drink besorgen, ich bin kein Kellner.«

Er grinst so selbstbewusst, dass ich seine hinteren Goldkronen sehen kann. »Sie sind Richards Sohn«, sagt er mit amerikanischem Akzent.

»Danke, dass Sie mich daran erinnern. Gerade wünsche ich mir mal wieder, ich wäre es nicht.«

Die Antwort ist ein erneutes Goldgrinsen. »Dabei hätten Sie wohl die besten Chancen, sein Nachfolger zu werden.« Ich glaube, ich höre nicht richtig.

»Sein Nachfolger? Mein Vater hört auf zu arbeiten? Das kann ich mir kaum vorstellen.«

Ausgerechnet jetzt ist der Kellner da, mein Gegenüber bestellt ein »deutsches Bier«, sieht mich fragend an, aber ich schüttle nur den Kopf.

»Ihr Vater hat in einem Interview mit dem Magazin *Good Money* erzählt, er wolle sich bald zurückziehen und einen Nachfolger bekanntgeben. Und plötzlich steht sein Sohn auf der Matte. Da habe ich eins und eins zusammengezählt.« Mein Magen zieht sich zusammen. Theoretisch ergibt das einen gewissen Sinn – allerdings nicht in der Praxis.

»Das glaube ich nicht. Mein Vater verdient so gut wie kaum jemand sonst, hat einen erstklassigen Ruf und könnte wahrscheinlich Bundeskanzler werden, wenn er es nur wollte.« Der Business-Cowboy schaut mich an wie einen Urmenschen, der gerade aus der Zeitmaschine in die Gegenwart gekrabbelt ist und sich freut, dass endlich mal was los ist.

»Heute geht es doch nicht mehr um Karriere, Vermögen oder Luxus. Es geht um das persönliche Glück, um ein gutes

Leben. Ihr Vater hat alles erreicht. Er kann sich jetzt locker machen.«

»Schön wär's«, murmle ich.

»Sie hätten die besten Voraussetzungen«, sagt der Cowboy und nimmt das Bier, das ihm der Kellner hingestellt hat. »Allein genetisch.« Das Grinsen folgt automatisch jedem Hauptsatz.

Ich hole tief Luft. Mein Gegenüber bewegt sich auf dünnem Eis. »Ich komme nicht nach meinem Vater.«

»Was sagen Sie da? Sie müssen eine großartige Kindheit gehabt haben. Immerhin durften Sie jeden Tag mit einem der besten Unternehmensberater Deutschlands verbringen. Er hat Sie erzogen, Ihnen Ratschläge erteilt. Dafür zahlen andere Leute ein Vermögen. Verzeihen Sie das Kompliment, aber theoretisch müssten Sie perfekt sein.«

Jetzt reicht's!

»Soll ich Ihnen mal etwas aus meiner Kindheit erzählen?« Mein Barnachbar nickt, wobei mich fast seine Hutkrempe touchiert. »Mein Vater hat mich zum ersten Mal auf den Arm genommen, als ich schon fast drei Monate alt war. Meine erste bewusste Erinnerung an ihn ist ein halbstündiger Argumentationsmarathon, den er meinem Wunsch nach einem Meerschweinchen entgegensetzte. Kurz darauf hat er einen Zeitplan aufgestellt, der die Handlungsabläufe meiner Mutter bei der Zubereitung des Frühstücks optimieren sollte. Seine Rolle am Frühstückstisch bestand darin, die *Financial Times* zu lesen. Ich erinnere mich noch an die Streitereien, als wir an meinem vierten Geburtstag einfach im Kinderzimmer herumtoben wollten, er sich aber in den Kopf gesetzt hatte, mit uns Monopoly zu spielen. Die Hälfte meiner Kindergartenfreunde musste weinend abgeholt werden. Ein Jahr später stieg mein Vater zum Partner auf. Ab da ließ er sich kaum noch zuhause blicken. Und eines Tages wendete er die SWOT-Analyse auf seine Ehe an. Wissen Sie, was das ist?«

Der Cowboy nickt: »Eine unserer besten Methoden, wenn

es darum geht, eine Firma abzuwickeln oder zu schauen, was aus der Sache noch herauszuholen ist. Das S steht für Strength oder Stärken, das W für Weakness, also Schwächen, das O für Opportunities, also Chancen, und das T für Threats, die Risiken. Zu welchem Ergebnis ist er gekommen?«

Ich muss kurz schlucken, mein Mund ist mittlerweile etwas trocken geworden. »Die Schwächen und Risiken müssen wohl überwogen haben, die Ehe meiner Eltern wurde abgewickelt und geschieden.«

Die Lippen meines Gegenübers schließen sich über dem Goldschatz. »Wie ging es weiter?«, will er wissen.

»Oh, das wird Sie auch interessieren«, fahre ich leise fort. »Meine Mutter hat sich zurückgezogen und wurde krank. Sehr krank. Ein Jahr nach der Scheidung ist sie gestorben. Da war ich sechs. Mein Vater schob mich auf ein Elite-Internat voller Elitesöhne ab. Mit 18 flog ich ohne Elite-Abschluss raus und zog nach Berlin. Das alles stand nicht in der SWOT-Analyse.«

Mein Barnachbar sieht mich mitleidig an. Ich ärgere mich, dass ich mich von meinem Zorn derart habe mitreißen lassen. Wieso muss ich Idiot auch auf dem Geburtstag meines Vaters an der Bar stehen und weinerlich erklären, warum ich es im Leben nie zu etwas bringen konnte.

Der Cowboy legt mir die Hand auf die Schulter.

»Sorry, son«, sagt er, prostet mir zu und trinkt sein Bier in einem Zug halb leer. Der Schaum bleibt im Schnauzer hängen. Wie ein Bernhardiner streckt er die Zunge heraus und schlabbert sich den Bart wieder sauber. »German beer!«, stellt er zufrieden fest. Ich bin mir sicher, dass er in seinem Schnauz noch weitere Lebensmittel bunkert. Da wäre genug Platz für eine Banane.

»Einen Cuba Libre«, bestelle ich beim Barkeeper, »auf den Kapitalismus.« Der Cowboy grinst, dann kommt von der anderen Seite jemand, der ihn kennt, und verwickelt ihn in ein Gespräch.

Ich warte, bis mein Drink da ist, und mache mich auf den Weg zu meinem Vater. Gerade ist seine Entourage einige Meter von ihm abgerückt. Er steht allein und tippt etwas in sein Mobiltelefon. Wenige Schritte vor ihm tritt mir der PowerPoint-Prinz in den Weg. Ich zucke zusammen.

»Keine Angst«, sagt er und strahlt übers ganze Gesicht. Genau das ist es, was mir Angst macht.

»Ich habe Neuigkeiten«, freut er sich. »Jessica, die Assistentin Ihres Vaters, hat mir verraten, wer Sie sind, und da habe ich mal ein paar Nachforschungen angestellt … Ah, mein Backoffice hat mir gerade ein Update geschickt«, fährt er fort und zückt sein Smartphone. »Also: Die Kollegen haben sich mit unserem Partnerbüro in Los Angeles kurzgeschlossen. Sie haben offenbar einen Cash-Engpass, weil Ihr Film nicht optimal kalkuliert wurde. Wobei Cash-Engpass vielleicht das falsche Wort ist. Mir sieht das eher nach einer Null-Basis-Kalkulation aus. Statt die Prozesse zu verbessern, sind Sie abgereist. Sie schulden Ihrem Vater …« Er blickt auf sein Smartphone und macht ein erstauntes Gesicht. »Uih!!! Eine ganze Menge Geld. Wann wollen Sie es ihm sagen?«

Am liebsten gar nicht.

»Sobald er eine Sekunde Zeit für mich hat.«

Der Mann nickt und streckt die Hand aus. Als ich sie nicht ergreife, formt er aus Zeigefinger und Daumen eine Pistole und zielt auf mich. Sein Gesicht bleibt dabei so sachlich, als würde er einen Einkaufszettel studieren. »Egal, wie Sie es anstellen, Sie werden nie sein Nachfolger. Dazu haben Sie nicht das Zeug.« Er schießt mich ab.

Zum Glück bemerke ich in diesem Moment, dass ich meinen Stinkefinger wieder bewegen kann.

Mein Vater kommt jetzt zu uns herübergeschlendert, den Blick immer noch auf sein Smartphone gerichtet.

»Bei Wayland brauchen wir eine Turnkey-Solution«, sagt er, ohne aufzublicken. Adam Giebowski überlegt kurz und nickt dann. »Ohne Outplacement kriegen wir keinen Social

Liftoff hin.« Die beiden sehen in meine Richtung, aber durch mich hindurch.

»Also, ich habe zufällig gerade so einen Social Liftoff hinter mir«, sage ich. »Sogar mit Outplacement!« Die beiden ignorieren mich. »Jedenfalls herzlichen Glückwunsch zum Geburtstag«, wechsle ich das Thema. »Wir haben uns ja lange nicht gesehen.«

Mein Vater verzieht keine Miene: »Da bin ich ja gespannt, warum du das nun änderst.«

»Richard, ich muss dich mal unter vier Augen sprechen«, versuche ich es, aber er bewegt den Zeigefinger hin und her.

»Das ist gerade ganz schlecht.«

Jetzt reicht es mir: »Immerhin bin ich ein paar tausend Kilometer geflogen, nur um zu deiner Geburtstagsfeier zu kommen!«

»Das kann ich toppen«, sagt er, greift in sein Sakko und zückt die schwarze Karte einer großen deutschen Airline. Er hält sie in die Luft wie einen Joker. »Zwanzigtausend Meilen. Seit vergangener Woche. Dabei war mein letzter Flug ein Inlandsflug.«

Adam sieht ihn fragend an. Das Ganze wirkt wie ein schlecht einstudiertes Laientheater. »Wo warst du eigentlich?«

»In Berlin«, erklärt mein Vater. »Bei einem alten Kunden.« Er macht eine Pause, atmet ein, atmet aus und sagt langsam und deutlich: »Einer Filmproduktionsfirma.«

Mein Magen zieht sich zusammen. Adam fletscht die Zähne.

So wollte ich dieses Gespräch nicht führen. Nicht in Gegenwart seines offensichtlich neuen Lieblingssohns und unter den Blicken der internationalen Wirtschaftselite. Aus lauter Verlegenheit greife ich nun auch in meine Jackettinnentasche, obwohl sich dort garantiert keine Vielfliegerkarte befindet. Dafür erwischt meine Hand die teuer verpackte Schachtel.

»Ich hab dir eine Kleinigkeit mitgebracht«, sage ich und ziehe das Geschenk aus dem Jackett. Jetzt steckt mein Vater die Karte weg und wendet sich endlich mir zu.

Adam stutzt. Er deutet auf den *Golden Gifts*-Aufkleber. »So ein Zufall, wir haben doch tatsächlich in derselben Boutique eingekauft: die allerbeste Adresse der Stadt und dazu noch der Lieblingsladen Ihres Vaters.«

Mein Herz rutscht von der Hose in die Halbsocken.

»Soll ich es gleich auspacken?«, fragt mein Vater.

»Auf jeden Fall!«, findet Giebowski und zeigt wieder seinen Terrierblick: »Ich habe schon so eine Ahnung, was drin sein könnte.« Adam nimmt das Päckchen und hält es sich ans Ohr.

Mein Vater räuspert sich.

»Ich dachte, ich höre ein Ticken«, sagt Adam. »Wie von einer Bombe, die gleich hochgeht.«

»Du musst es auch nicht jetzt auspacken«, erwidere ich und versuche, das Päckchen wieder an mich zu nehmen. Aber Adam zieht es weg. Adams Tonfall hat die Aufmerksamkeit der anderen Gäste auf uns gelenkt. Hätte nicht gedacht, dass der Tag so mies enden würde. Ich trete einen Schritt zurück und taste schon mal nach meinem Garderobenzettel.

Mein Vater löst die Klebestreifen der Verpackung. Mit Bedacht öffnet er erst die kurzen Seiten, arbeitet sich dann bis zu den Längsseiten vor, um schließlich eine längliche Schachtel aus dem Geschenkpapier zu ziehen. Darauf steht *Patek Philippe*. Es ist vollkommen still geworden. Mein Vater sieht mich entsetzt an. »Diese Uhren kosten ein Vermögen! Hast du die George Clooney geklaut, als er eingeschlafen ist?«

Ich hätte sie einfach behalten sollen. Ich Trottel. Giebowski dagegen grinst so breit wie der weiße Hai.

»Darf ich die auch mal sehen?«, fragt er. Sein Unterton lässt die Gäste aufblicken.

»Was ist denn los, Adam?«, fragt mein Vater, und ich sehe, wie sich seine Stirn kräuselt. »Bist du eifersüchtig?«

Ich habe eine böse Vorahnung, schnelle vor und reiße ihm die Uhr aus der Hand, bevor er sie Adam geben kann.

»Darf ich mal kurz, danke.«

Mein Vater zieht die Augenbrauen zusammen.

Ich mache ein zerknirschtes Gesicht. »Ich glaube, da hängt noch das Preisschild dran.« Vorsichtig nehme ich die Uhr aus der Verpackung. Auf der Rückseite entdecke ich eine Gravur. In verschlungener Schrift steht dort: *Meinem Mentor und Ziehvater Richard von Schnaidt zum Geburtstag. Danke für alles, Adam.*

So ein Mist. Mein Blick trifft Adam. Der kneift die Augen zusammen. Schade, dass wir nicht im Wilden Westen sind, dann könnte ich ihn einfach über den Haufen schießen oder er mich. Fände ich beides okay. Mein Vater streckt die Hand aus. Widerwillig reiche ich ihm das Päckchen.

Er gibt es Adam. Der nimmt die Uhr erneut aus der kleinen Kassette, schaut sich gar nicht erst das Ziffernblatt an, sondern wirft gleich einen Blick unter das Gehäuse.

»Was für eine schöne Widmung!«, sagt er und zieht die Augenbrauen hoch. »Soll ich sie vorlesen?«

»Das muss nicht sein«, entgegne ich. »Ist persönlich.«

Adam räuspert sich und hält die Uhr direkt unter den Strahl der Deckenlampe. Laut deklamiert er:

»Für meinen Vater und größten Helden. Dein Frederick.«

Wie bitte? Jetzt klatschen die Umstehenden Beifall. Die Stimmung im Saal schlägt von eisig in feierlich um. Der Schnauzbartträger, der eben noch neben mir an der Bar stand, klopft mir auf die Schulter und zwinkert mir wissend zu. Mein Vater kommt und nimmt mich in den Arm. Das hat er schon zehn Jahre nicht mehr gemacht und lässt sich wahrscheinlich jetzt nur dazu herab, weil so viele Leute zuschauen.

In dem Moment geht das Licht aus, und ein Raunen zieht durch die Menge, gefolgt von zwei Männern, die einen Funken sprühenden, mit Wunderkerzen verzierten Kuchen in Form einer DAX-Kurve hereintragen. Oder ist es eine Schlange? Jemand intoniert »Happy Birthday«, ein weiterer fällt ein, und schon interessiert sich niemand mehr für mich oder die Gravur. Die Tortenträger stellen sich als Redakteure des Wirtschaftsmagazins *Good Money* vor. Ihre Leser haben meinen Vater auf Platz zwei in der Kategorie »Berater des Jahres« gewählt. Einer der beiden überreicht eine ebenfalls mitgebrachte silberne Bullen-Trophäe, faltet einen Zettel auseinander und setzt zu einer Rede an.

»Du bekommst jetzt eine Kuh überreicht«, sage ich. Aus dem Augenwinkel kann ich sehen, wie Adam der Assistentin die Uhr gibt.

»In welchem Hotel wohnst du?«, fragt mein Vater.

»Ich hab noch keins. Offen gestanden …«

Er legt den Kopf schief und kneift kurz die Augen zusammen. Dann sagt er: »Geh schon mal runter und warte an der Garderobe auf mich!«

Fredman sieht auf mich herab. Er steht auf einem schmalen Metallregal an der Wand meines alten Kinderzimmers, direkt neben He-Man. Der ist zwar einen Kopf kleiner, dafür aber eine Schulter breiter und gleichmäßiger gebräunt. Auf beiden Helden liegt Staub, doch im Gegensatz zu He-Man scheint Fredman unter der Last gebeugt. Das muss an seinem weichen Kern liegen. Ich habe die Figur damals aus blauer Knete geformt. Früher war sie für mich der Inbegriff von Schönheit, jetzt erinnert mich Fredman an einen deformierten Schlumpf. Damit spiegelt er meine gegenwärtige Verfassung ganz gut wider.

Nachdem mich mein Vater zur Garderobe geschickt hatte, habe ich mich der alten Zeiten wegen mal kurz auf meinen einstigen Stammplatz gesetzt. Die Garderobiere schien davon nicht wirklich überrascht. Während er oben den »Business-Bullen« erhielt, habe ich auf dem Stuhl, in dem ich den Großteil meiner Kindheit verbracht habe, ein kleines Nickerchen gemacht und bin erst wieder aufgewacht, als mein Vater seinen Mantel holte. Immerhin musste mich die Garderobiere nicht ausrufen lassen.

Früher hingen an den Wänden meines Kinderzimmers Plakate der ersten Superman- und Batmanfilme und ein paar Poster von Iron Maiden, Metallica und Black Sabbath. Mein Vater hat sie nach meinem Auszug von den Wänden genommen. Und den Putz offenbar gleich mit. Der Raum sieht jetzt aus wie die Vorzeigesuite eines Vier-Sterne-Hotels: Einzelzimmer de luxe, mit Fischgrätparkett, drei weißen Wänden und einer dunkelbraunen Koikarpfentapete. Die Chromlampen setzen ebenso deutlich Akzente wie die

Leiste, auf der Fredman neben He-Man erblasst. Als ich meinem Vater damals erzählte, dass ich Schauspieler werden will, meinte er lediglich, das sei kein Job, sondern ein Kleine-Jungs-Traum. Von Berlin aus wollte ich ihm das Gegenteil beweisen.

»Eines Tages wirst du bei mir auf der Matte stehen und mich um einen Job anbetteln«, hat er mir hinterhergerufen, als ich aus der Tür gestürmt bin. Und ich habe etwas unglaublich Pathetisches gesagt wie: »Eines Tages wirst du stolz sein, dass der Mann, der dich von der Leinwand anlächelt, dein Sohn ist.«

Hat nicht geklappt.

Zu der Filmpleite kommt jetzt auch noch Geschenkediebstahl hinzu. Darauf gibt es keine Bewährung. Auf dem Weg ins Esszimmer erkenne ich das Haus meiner Kindheit kaum wieder. Nicht nur, dass mir alles viel kleiner vorkommt; auch sind all die Bilder, Gardinen und versponnenen Kunstwerke meiner Mutter verschwunden. Sie hingen noch hier, als ich auszog. Mit den Bildern ist der verspielte Charme meines Elternhauses verloren gegangen, jetzt wirkt es wie eine Mischung aus Designmuseum und Junggesellenloft.

Klar, ich war 10 Jahre nicht hier, aber mein Vater hätte mich ja mal fragen können, ob ich eines der Bilder haben möchte – auch wenn ich während unseres letzten Telefonats einfach aufgelegt habe. Sofort fühle ich, wie mir das Blut in den Kopf schießt. Ich bin wütend, auf ihn, auf mich, auf gestern Abend und die verschissene Filmfirma. Aber das Leben ist kein Ponyhof, und ich kann eh nicht reiten. Nun werde ich mir einen Job suchen und meinem Vater brav sein Geld zurückzahlen. Mit der Schauspielerei hat es nicht geklappt, der Traum ist geplatzt. Es ist mir egal, was ich jetzt mache – und wenn ich den ganzen Tag Kräuter für Grüne Soße in einem Frankfurter Traditionslokal häckseln muss.

Mein Vater steht in einer nun offenen amerikanischen Küche am Mixer, der rasselnd einen roten Brei umherwirbelt. Er trägt eine dunkelblaue Jogginghose, darüber das Fredman-Shirt. Es ist voller roter Fruchtsaftspritzer.

»Ich hatte keine Schürze«, sagt er. »Lust auf einen Smoothie?«

Ich fahre mir durch die Haare. »Lieber Kaffee.«

»Gibt es bei mir nicht. Ist schlecht für die Haut. Koffein, Tabak und Alkohol habe ich von meinem Ernährungsplan gestrichen. Macht dich doch alles nur überdreht, alt und kaputt. Gesundheit ist unser wertvollstes Kapital.«

Ich würde meine Gesundheit sofort gegen 250 000 Euro eintauschen.

Er schwenkt den Mixer, gießt den zähflüssigen Inhalt in zwei große Becher und stellt einen direkt neben meinen Teller. Auf dem Tisch stehen duftende Brötchen, Eier und Marmelade. »Selbstgemacht«, betont er und zeigt auf die Gläser. »Auf einem Führungskräfteseminar zum Thema Soft Skills.« Er nimmt seinen Smoothie, setzt sich mir gegenüber und sieht mir eine Weile beim Essen zu. Ich kriege kaum einen Bissen hinunter. Nach einem Brötchen und einem Ei lege ich meine Serviette neben den Teller und starre feindselig das Smoothie-Glas an.

»Schönes T-Shirt«, flüstere ich.

»Na ja«, entgegnet mein Vater. »Soweit ich weiß, ist Fredman abgestürzt, oder?«

Mein voller Magen zieht sich zusammen. Ich schlucke, obwohl ich nichts mehr im Mund habe.

»Das Kinderzimmer sieht besser aus als vorher«, stelle ich fest.

Mein Vater nickt und nimmt einen Schluck Smoothie. Ich atme tief ein und aus. Sicherheitshalber lege ich mir noch ein Brötchen auf den Teller. Wahrscheinlich schmeißt er mich gleich raus. Wer weiß, wann ich das nächste Mal etwas zu essen kriege.

»Der Techniker hat die Uhr geklaut, die du mir geschenkt hast«, sagt er.

Ich muss mich zusammenreißen. »Der Techniker?«, frage ich.

Mein Vater zuckt mit den Achseln. »Er stand am nächsten am Geschenketisch. Und er braucht dringend Geld. Außerdem hat er sich geweigert, die Uhr wieder herauszurücken. Ich habe ihn rausgeschmissen.«

»Und wenn er es gar nicht war?«

»Spielt keine Rolle. Wir haben sowieso nur einen Grund gebraucht, ihm zu kündigen. Er fiel ständig aus, weil seine Tochter krank war. Nicht sehr professionell. Der ganze Technikaspekt im BBBC soll ohnehin outgesourced werden. Als ich zur Toilette ging, hat er mich abgepasst und gefragt, ob er in der Agentur arbeiten kann. Das muss man sich mal vorstellen!«

»Ich habe die Uhr geklaut«, höre ich mich sagen.

Mein Vater winkt ab. »Jetzt tu nicht immer so sozial. Der Typ ist draußen, und daran wirst du nichts ändern. Problem solved, next one please!«

Er deutet auf mich. »Wann bekomme ich mein Geld wieder?«

»Welches Geld?«, frage ich arglos.

»Tu nicht so. Tell it like it is.«

»Das ist ein Song von Don Johnson. Ziemliche Schnulze.«

Aber es bringt ja nichts, das Ende hinauszuzögern. Mit gesenktem Kopf erzähle ich von der zu optimistischen Kalkulation des Budgets, von meiner Hauptdarstellerin, die fett wurde, obwohl das nicht im Drehbuch stand, dem Regisseur, der nicht mit seinem Kameramann reden wollte, von dem bekifften Drehbuchautor, der plötzlich noch dringend den Verlust all seiner Tanten dritten Grades in dem Buch verarbeiten musste, und dem Co-Produzenten, der im Herzen immer ein Autoverkäufer geblieben ist. Zuletzt beichte ich stockend, dass ich selbst den Absprung bei diesem Kamikaze-Projekt verpasst habe, weil ich so vernarrt in meine Superheldenidee war, dass ich die Finanzierung aus den

Augen verloren habe. »Ich bin nicht mehr jung, aber ich brauche das Geld«, versuche ich es. »Eine Viertelmillion Euro.«

»War das alles?«, fragt mein Vater.

»Ich wollte dich fragen, ob du mir was leihen kannst.«

Jetzt ist es raus. Er starrt mich feindselig an. Ich wage es nicht, ihm in die Augen zu sehen. Offen gestanden würde ich jetzt nicht mal gern in den Spiegel schauen, so schäme ich mich.

»Der verlorene Sohn kommt nachhause und braucht meine Hilfe. Das ist ja wie in einem schlechten Film«, stellt er fest. »Aber mit schlechten Filmen kennst du dich ja aus.«

Ich koche innerlich, wage es aber nicht, zu widersprechen. Nach einer strafenden Schweigeminute spricht er weiter: »Ich habe deine Schulden bezahlt. Deine Produktionsfirma ist einer unserer Klienten.«

Jetzt sehe ich auf. »Danke, Papa, ich ...«

»Das habe ich nicht für dich getan«, unterbricht er mich. »Mein guter Name stand auf dem Spiel.«

Ein Stein fällt mir vom Herzen. Wobei ich gerade nicht weiß, ob es besser ist, meinem Vater Geld zu schulden oder der Produktionsfirma.

»Ich werde mir einen Job suchen und dir alles zurückzahlen«, murmle ich und lasse den Kopf auf die Tischplatte sinken. »Irgendeinen Job. Und wenn ich bei McDonald's jobbe. Du hattest recht, Schauspieler ist kein Beruf.«

Auf einmal knallt etwas auf die Tischplatte, die rote Smoothiepampe schwappt in ihrem Glas hin und her. Erschrocken sehe ich auf, aber mein Vater hat sich schon wieder im Griff. »Erst willst du Schauspieler werden, dann klappt ein Film mal nicht, und schon schmeißt du alles hin und willst Burger braten? Du kannst nicht bei der ersten Niederlage aufgeben! Steh wenigstens zu deinen Fehlern«, sagt er wütend. »Manchmal kann ich echt nicht glauben, dass du mein Sohn bist!«

Ein paar Augenblicke Stille, wie beim Nachladen im Feuergefecht. »Ich habe dich Monat für Monat finanziert, erst das Wirtschaftsinternat, dann die Schauspielschule und dein ganzes Lotterleben in Berlin. Aber damit ist jetzt Schluss. Es wird Zeit, dass du begreifst, wie hart das Leben ist. Du bist genau so weich wie deine Mutter!«

Ich höre das Blut in meinen Ohren rauschen.

»Red nicht so von Mutter. Es ist deine Schuld, dass sie …!«

»Eltern sterben. Die einen früher, die anderen …«

Platsch!

Mein Vater sieht an sich herunter. Rotpampige Smoothiefruchtsuppe tropft von seinem nunmehr triefenden Shirt in eine Lache auf dem Boden, aus der Fruchtsmoothie-Glasscherben in verschiedenen Größen hervorstechen.

Vielleicht habe ich überreagiert, aber meine Mutter ist ein sensibles Thema. Da kann man schon mal mit Gläsern werfen. Ich funkle ihn böse an.

»Sie ist nicht einfach gestorben. Mama ist krank geworden, weil du sie verlassen hast.«

Er winkt ab.

»Wir haben nicht mehr zusammengepasst. So was passiert.« Er sieht mich so misstrauisch an wie der letzte Innenfeldspieler beim Völkerball den gegnerischen Superwerfer. Aber ich habe schon alles hingeschmissen.

Zeit für die Wahrheit.

»Ich wollte nicht so werden wie du«, sage ich. »Deshalb bin ich weggegangen.«

Er grinst. Als hätte ich etwas Lustiges gesagt. Meine Hände umschließen den Teller. Mein Vater zieht die Augenbrauen hoch, doch sein Mund behält dieses spöttische Grinsen. »Wahrscheinlich gab es Zeiten, da wolltest du mir bloß noch in die Fresse hauen, nicht wahr?«

Es bringt nichts, es zu leugnen. Gerade wünsche ich mir nichts mehr als das.

»Stimmt.«

»Nach deiner hirnverbrannten Filmaktion geht es mir gerade genauso«, stellt mein Vater fest, zieht sein nasses Fredmanshirt aus und wirft es achtlos auf den Boden. Für sein Alter ist er ziemlich durchtrainiert.

So weit sind wir also gekommen. In seinem Blick liegen weder Mitgefühl noch Trauer. Er ist eher sachlich, prüfend, schätzt mich ab wie einen Gegner. Schließlich nickt er: »Dann setzen wir diesen Wunsch doch mal in die Tat um.«

Ich traue meinen Ohren nicht: »Das ist jetzt nicht dein Ernst, oder?«

Eine Stunde später stehe ich in einem abgehalfterten Fitnesscenter vor einem Boxring: Die Trainingsgeräte sind hoffnungslos veraltet, der Lack blättert von den Hanteln, in den Ecken stehen Holzbänke und Trampoline aus Schulsportzeiten von Turnvater Jahn herum. Die Wandfarben scheinen so matt und lustlos wie die Gesichter der wenigen Trainierenden. Durch die dreckigen Fenster fällt kaum Licht, offenbar hat hier seit Monaten niemand mehr geputzt. Im Fitnessbüro essen zwei Trainer Fastfood aus Aluschachteln.

Auf dem Schild über dem Eingang stand mal »Mesuts Boxfabrik«, ein Scherzkeks hat die Buchstaben »abr« mit schwarzer Farbe übermalt.

Eigentlich hätten wir uns auf der Autofahrt hierher beruhigen sollen, aber die Katze war aus dem Sack. Mein Vater hat die ganze Fahrt über kein Wort gesagt. Er kochte derart vor Zorn, dass die Scheibe auf seiner Seite ständig beschlug.

Seit seiner Ankündigung, sich mit mir zu prügeln, versucht eine vertikale Stirnfalte, sich auf seinem Gesicht gegen das Botox durchzusetzen.

Meine Wut ist auch noch nicht verraucht, verwandelt sich aber allmählich in präventives Mitleid. In meiner Pubertät war ich im Boxverein. Und meine Pubertät ging ziemlich lange.

Jetzt kommt er mit einem groß gewachsenen Typen mit Schlägerfrisur auf mich zu. Der Mann trägt ein Muskelshirt, seine Arme sind dicker als meine Beine, und in jeder Hand hält er ein paar Boxhandschuhe. Zwischen seinen weißen Zahnreihen rollt er einen Zahnstocher hin und her.

»Ich bin Mesut«, sagt er mit breitem Grinsen, ohne den Zahnstocher zu verlieren, und streckt die Hand aus. Ich ergreife sie. »Richard zahlt mir gutes Geld dafür, dass seine Angestellten ab und zu bei mir Frust ablassen dürfen.«

»Ich bin nicht sein Angestellter, ich bin sein Sohn.«

Er sieht zu meinem Vater herüber, als erwarte er eine Bestätigung des Gesagten.

»Besondere Probleme erfordern mitunter besondere Lösungen«, findet mein Vater.

Mesut schüttelt den Kopf und sieht mich vorwurfsvoll an. »Da, wo ich herkomme, hat man Respekt vor seinen Eltern. Aber hier ...«, er bricht im Satz ab. »Ist ja eure Sache!« Dann hält er meinem Vater die Boxhandschuhe hin, so dass der hineinschlüpfen kann. Mesut hat ja recht. Als er mir die Handschuhe hinhält, ziehe ich die Hände weg.

Er dreht sich fragend zu meinem Vater.

»Richard, Ihr Sohn will nicht kämpfen. Er ist ein guter Junge.«

Mein Vater schüttelt den Kopf. »Guter Junge? Der ist ein Idiot! Ich werde ihm den Hintern versohlen, wie ich es schon vor dreißig Jahren hätte tun sollen.« Mein Vater öffnet den Mund. Mesut schiebt einen Zahnschutz hinein.

»Ich werde nicht gegen dich kämpfen«, sage ich.

»Du schuldest mir eine Viertelmillion.«

Mesut nickt aufmunternd zu mir herüber.

»Dann würde ich kämpfen.«

Mein Vater haut seine Boxhandschuhe gegeneinander und deutet mit dem Kopf in den Ring. »Ich wette hundert Euro, dass ich gewinne. In bar, nicht anrechenbar auf deine Schulden. Wie ist es? Bist du dabei?«

»Ich war Kreismeister bei den Amateuren«, erinnere ich ihn. »Das könnte ein Problem für dich werden.«

Mein Vater winkt ab.

»Es gibt keine Probleme, nur Herausforderungen. Jetzt sei ein Mann, und steig in den Ring. Gerade hast du noch gesagt, du willst mir in die Fresse hauen. Oder war das wieder nur so ein Kleine-Jungs-Traum? Deine Kreismeisterschaft liegt zehn Jahre zurück.« Trotz Mundschutz spuckt er auf den Boden.

Mesut sieht ihn mahnend an. »Sachbeschädigung, kostet eine Viertelmillion«, sagt er, woraufhin mein Vater den Spuckefleck mit dem Turnschuh verwischt.

Ich strecke die Arme aus. »Also gut.« Mesut zieht mir die Handschuhe an. Den Mundschutz schlage ich aus.

»Von mir aus könnt ihr den ganzen Laden kurz und klein hauen«, meint Mesut. »Ich habe gestern verkauft.«

»An wen?«, fragt mein Vater, und für eine Sekunde verschwindet die vertikale Stirnfalte aus seinem Gesicht. Ein Businesslächeln macht sich dort breit.

»An einen russischen Investor.«

»Khamroff?«, fragt mein Vater.

Mesut nickt.

»Was hat er vor?«

»Keine Ahnung. Wahrscheinlich renovieren. Würde ich jedenfalls machen. Er nickt zu dem gläsernen Büro herüber, in dem seine Kollegen die Chinapfanne verputzen. »Und ein paar Leute rausschmeißen, die ihr Geld nicht wert sind.«

Mein Vater springt hoch und haut seine Boxhandschuhe gegeneinander, dass es nur so knallt.

»Richard, das ist total albern«, finde ich.

»Nein, das ist ernst. Ich mache dir noch ein Angebot. Wenn du den Kampf gewinnst, besorge ich dir einen Job. Oder hast du dir das mit dem Arbeiten auch schon wieder anders überlegt?«

»Nein, habe ich nicht.«

Mein Vater sieht zu Mesut. »Je schneller er gewinnt, desto schneller kriegt er einen neuen Job. Du bist Zeuge.«

Mesut zieht die Seile des Rings auseinander. Dann stellt er sich zwischen uns, nimmt unsere Fäuste und verkündet, dass er einen fairen Kampf wolle. »Drei Runden à drei Minuten.« Wir nicken, hauen die Fäuste aufeinander. Mit einem gut gebrüllten »Fight« eröffnet Mesut den Kampf.

Ich tänzle erst mal ein Stück zurück. Mein Vater hat die Fäuste zur Deckung erhoben, er ist Rechtsausleger. Sein Gesichtsausdruck wirkt entschlossen. Ich lasse meine Hände gesenkt. Nun bleibt auch mein Vater stehen.

»Was soll das?«, ruft er. »Du hast das Sieger-Gen in dir, lass es heraus. Jetzt gibt es kein Zurück! Zeig, was in dir steckt. Work hard, play hard!«, ruft er und springt auf mich zu. Instinktiv weiche ich aus, ramme meine Rechte direkt durch seine Deckung. Sie trifft sein Kinn.

Mein Vater fällt um.

Mesut sieht mich an. »Das hatte er echt mal verdient«, sagt er und klopft mir auf die Schulter. »Du tust mir leid, mit so einem Arsch von Vater. Meiner war auch so.«

Mein Vater stöhnt. Mesut beugt sich zu ihm herunter, hebt seine Beine hoch und tätschelt ihm die Wange, bis er die Augen aufschlägt.

»Richard, geht es Ihnen gut?«, fragt er scheinbar besorgt. »Sie sind wie ein Löwe vorangestürmt, gestolpert und unglücklich gefallen.«

»Gegen meine Faust«, ergänze ich und lege seinen schlaffen Arm über meine Schulter, um ihm aus dem Ring zu helfen.

Zehn Minuten später bestellt mein Vater an der Fitnesstheke zwei Proteinshakes und einen Strohhalm.

»Geht es dir jetzt besser?«, fragt er, zückt ein Geldscheinbündel und schiebt mir den Hunderter zu.

»Ein bisschen«, gestehe ich und stecke das Geld ein. Aber es fühlt sich an, als wäre mein Vater weiter von mir entfernt denn je.

»Und dir?«

»Geht so«, murmelt er und dreht sich zu mir.

»Willst du eine Revanche?«, frage ich.

Er reibt sich das Kinn, sein Kiefer ist geschwollen. Wenn man es positiv sehen will, wirkt es nun markanter.

»Wieso bist du damals abgehauen?«, will er wissen.

Diesmal halte ich seinen Blick. »Weil ich nicht so werden wollte wie du.«

»Wie wolltest du denn werden?«

»Anders. Ein Künstler. So wie Mama.«

»Und was bist du jetzt?«

»Schauspieler.«

Er atmet tief durch, dann nickt er. »Okay. Hier mein Angebot: Ich besorge dir einen Job. Du kriegst 40 000 im Jahr.«

»Und was muss ich dafür machen?« Offen gestanden würde ich für einen Job alles tun. Während der ersten Zeit in Berlin habe ich nur mit Brühwürfeln eingeriebene Spaghetti gegessen, an Feiertagen die von »Barilla«. Da habe ich sogar mal darüber nachgedacht, als Callboy zu arbeiten. Ich werde dafür bezahlt, eine Rolle zu spielen – nur eben vor kleinerem Publikum. Schlimmer als das kann es nicht werden. Aber wahrscheinlich ist das Jobangebot eh eine Spätfolge des K. o. und morgen wieder vergessen.

Mein Vater bedeutet Mesut, uns noch zwei Shakes zu bringen. Plötzlich habe ich ein komisches Gefühl im Magen. Als würde das, was mich erwartet, noch viel schlimmer, als unglückliche Geschäftsfrauen zu penetrieren. Der Eiweiß-Protein-Vanille-Shake macht es nicht besser.

Vor einem großen Gebäudekomplex im Industriegebiet fährt mein Vater rechts ran, beugt sich zu mir und zupft meinen Krawattenknoten zurecht. Ich habe mir für das Bewerbungsgespräch einen seiner blauen Anzüge geliehen.

Zwei Wachleute nicken ihm zu. »Denen ist es egal, ob sie einen durchlassen oder erschießen«, meint mein Vater.

»Dann nehmen wir doch Möglichkeit A, oder?«, entgegne ich und winke freundlich. Mein Vater lässt den Motor laufen und steigt aus. Ich folge ihm. Einer der Männer übernimmt den Wagen. Der andere tippt einen Code in einen Metallkasten und öffnet eine Sicherheitstür. Wir passieren eine gläserne Schleuse. »Die beiden Türen lassen sich nie gleichzeitig öffnen«, erklärt er und hält seine Brieftasche vor eine Säule, an der ein Scanner angebracht ist. Die zweite Pforte geht auf und gibt den Blick auf einen gigantischen Burghof aus Glas und Beton frei. Der ist von einer gläsernen Kuppel überdacht und ähnelt einem riesigen Loft aus Glas und Beton. Mittelpunkt des Gebäudes ist ein lichtdurchflutetes Atrium. Überall stehen Sitzgarnituren, mal auch nur ein Sofa, ein paar Bistrotische oder stylische Tresen mit Barhockern. Hier und da setzt ein grünes Sofa, ein muschelartiger Designersessel oder ein Gemälde Akzente. Alles ist hell und offen gestaltet. Kaum haben wir das Gebäude betreten, erscheint wie aus dem Nichts die Assistentin meines Vaters, nimmt sofort unser Tempo auf und reicht ihm ein paar Mappen mit Papieren, die er im Gehen unterschreibt.

»Dies hier ist ein Tempel der Kommunikation. Und Kommunikation ist die Quelle der Innovation«, sagt er. Ich nicke. Was sich reimt ist immer gut.

Auf jedem der insgesamt vier Stockwerke hocken Menschen in Anzügen, in Kommunikation und Innovation vertieft. Alle Leute, die uns entgegenkommen, gehen noch etwas schneller, als sie uns passieren, und werfen mir verstohlenneugierige Blicke zu.

»Willkommen bei Caesar & Horn, mein Sohn«, sagt er stolz und deutet mit dem Arm einmal im Kreis um sich herum. »Eines Tages wird all das dir gehören.«

Ich sehe ihn erschrocken an. Sofort schüttelt er den Kopf. »Nee, war nur ein Scherz. Dafür bist du nicht gut genug.«

Wie lustig. Es lächelt nur die Assistentin. Mein Vater sieht von ihr zu mir. »Das ist Jessica, meine rechte Hand. Und das ist Frederick, mein Sohn. Er war in letzter Zeit viel in Berlin.«

»Wie unkonventionell«, meint Jessica.

Mein Vater sieht sie strafend an, Jessica errötet. »Entschuldigung, ich bin nur gern ehrlich.« Er räuspert sich vernehmlich. »Aber sonst ist sie wirklich eine gute Kraft.«

»Das stimmt«, meint Jessica.

Nachdem mein Vater noch ein Papier unterschrieben hat, weist er seine Assistentin an, in seinem Büro zu warten.

An einem länglichen Bistrotisch im ersten Stock entdecke ich eine Gruppe junger Männer und Frauen, die aussehen wie Auszubildende der Sparkasse. Sie tragen sogar fliederfarbene Hemden.

»Das sind unsere Recruits. Die zehn Prozent Elite jedes Jahrgangs, die Sieger, diejenigen, die jede Prüfung mit Auszeichnung bestehen, angefangen mit ihrer Geburt.« Er winkt, aber keiner der jungen Leute winkt zurück.

»Sie haben gerade gemerkt, dass sie an der Spitze der Nahrungskette nicht allein sind. Das verunsichert sie.«

Die Armen.

»Das Konzept fixer Arbeitsplätze passt nicht zu uns«, fährt mein Vater fort. »Wir arbeiten überall auf der Welt. Die Firmenzentrale soll ein Lebensgefühl widerspiegeln, das der

Kunde zusammen mit unserer Dienstleistung erwirbt: Flexibilität, konstruktive Atmosphäre und perfekte Kommunikationsstrukturen. Unsere Leute kommen nicht hierher, weil sie arbeiten müssen, sondern weil sie hier sein wollen. Hier können sie sich mit Kollegen kurzschließen oder Präsentationen vorbereiten.«

Er zwinkert mir zu. »Sie sollen hier keine Fotos von ihrer Familie aufstellen, sie sollen hier ihre Familie finden.«

»Arbeitet dieser Adam auch hier?«, frage ich.

»Ja, aber der hält gerade eine Präsentation. Warum?«

»Er kann mich nicht leiden«, sage ich. »Könnte sein, dass er Lügen über mich erzählt.« Mein Vater seufzt. »Leg dich nicht mit Adam an. Der hat schon als kleiner Junge ins Poesiealbum als Lieblingsessen *Thaiboxer* geschrieben.«

Am »Coffee Point« bleiben wir stehen. Der ist eigentlich eine italienische Bar samt Barista, der neben einer meterbreiten chromfarbenen Kaffeemaschine die Satzbehälter ausschlägt. Er sieht mich an und stellt mir einen Espresso hin, ohne dass ich bestellen muss.

»Lecker«, sage ich anerkennend.

Mein Vater nickt. »Natürlich. Das ist der größte Vorteil in meinem Job: Man bekommt immer nur das Beste – die besten Restaurants, die besten Partys, die besten Hotels, den besten Kaffee.«

»Wie viel verdient ein Berater eigentlich bei euch?«

»Einstiegsgehalt sind 80 000,– plus Prämien. Wieso?«

»Weil du mir bestimmt einen Job als Berater anbieten willst.«

Er sieht mich entsetzt an. »Auf gar keinen Fall! Du bist von der Business School geflogen und hast nicht mal einen anständigen Abschluss gemacht.«

Stimmt. Ich hatte Schwierigkeiten, mich in die Klassengemeinschaft zu integrieren, und bin mit einem Heavy-Metal-Freak in der Außenseiterecke gelandet, bis wir gemeinsam der Schule verwiesen wurden, weil wir die Statue des Schulgründers als Che Guevara verkleidet hatten. Danach bin ich nach Berlin ausgewandert.

»Ich habe Erfahrung auf ganz verschiedenen Gebieten«, beginne ich. »Als Fahrradkurier, Schaffner, ich habe Autos zurückgeführt und in der Gastronomie …«

Mein Vater verschluckt sich an seinem Wasser, der Kellner will ihm schon auf den Rücken hauen, traut sich aber dann doch nicht.

»Sorry, but no!«, stößt mein Vater hervor und trinkt das kleine Wasserglas, das ihm der aufmerksame Barista hingestellt hat, in einem Zug leer. »Du arbeitest überhaupt nicht zielorientiert.«

Ich kippe meinen Espresso aus und schaue zu einem alten Mann hinüber, der mit einem kleinen Handwagen Pakete ausfährt. Mein Vater sieht meinen Blick.

»Das ist Wolfgang Graf, ehemaliger Partner bei Caesar & Horn. Er hat vor dreißig Jahren die Firma mit gegründet, ist längst im Ruhestand, kann sich aber nicht von uns trennen. Deshalb haben wir ihm ein Büro gegeben und ihn zum Paperboy gemacht.«

Ich sehe, wie der alte Mann mit zittrigen Händen ein Paket aus dem Postwägelchen nimmt und einem Jungen überreicht, der ein Telefon am Ohr hat. Ohne sein Gegenüber eines Blickes zu würdigen, zeichnet der junge Typ einen Zettel ab. Der ehemalige Partner grüßt und zieht weiter.

»Wir werden ihm die Möglichkeit geben, sich umzuorientieren.«

»Du schmeißt ihn raus«, korrigiere ich. »Das ist es doch, was Unternehmensberater machen: Ihr schmeißt Leute raus.«

»Wir setzen frei, um Effizienz zu optimieren. Aber nicht nur das: wir stellen Hypothesen auf, überprüfen, verfeinern und passen sie an, bis zum Problem fitten. Auf dieser Basis entwickeln wir eine Strategie. Eigentlich eine sehr kreative Arbeit. Allerdings muss man dafür qualifiziert sein, und das bist du nicht. Deshalb biete ich dir einen Job als Paperboy an.

Für 40 000 Euro brutto im Jahr, bei einer Sechs- bis Sieben-Tage-Woche. In acht bis zehn Jahren bist du schuldenfrei.«

»Das ist jetzt nicht dein Ernst, oder?«, frage ich.

Mein Vater verzieht keine Miene.

»Du hast bisher offenbar geglaubt, das Leben sei ein Kindergeburtstag. Und wenn dir beim Supermanspielen einer wehtut, dann kommt dein reicher Daddy und holt dich ab. Vergiss es. Du schuldest mir eine Viertelmillion, die wirst du hier abarbeiten. Nenn es eine Lektion in Demut.«

Er hat ja recht. Trotzdem, die Aussicht, die nächsten Jahre diesem Adam jeden Monat seine wahrscheinlich sechsstellige Gehaltsabrechnung zu bringen, schlägt mir auf den Magen. Vielleicht es auch der ungewohnt gute Kaffee.

»Überleg es dir«, meint mein Vater und sieht auf seine Uhr. »Ich habe noch einen Termin, bin aber gleich wieder da. Du kannst hier warten und dir ein bisschen Gedanken über deine Zukunft machen.« Er steht auf und ist im nächsten Moment verschwunden.

Ich bitte den Barista um ein Glas Leitungswasser. »Wo ist denn die Toilette?« Er deutet einen Gang hinunter und dann nach links. Ich stehe auf und folge seiner Beschreibung. Den Eingang zum Männerklo blockiert ein Putzwagen. Ich quetsche mich vorbei und stehe kurz darauf neben einer Putzfrau, die Pissoirs reinigt. Auch eine ehemalige Partnerin?

»Geh woanders!«, ruft sie mir zu und scheucht mich mit einem Winken ihres Gummihandschuhs aus dem Raum. Egal. In jedem großen Büro sind die Toiletten an der gleichen Stelle – nur eben auf einer anderen Etage. Also suche ich die nächste Treppe und renne durch die Gänge, bis ich vor einer Tür stehe, die nach meinen Berechnungen direkt unter den Toiletten von eben liegen muss.

Es steht kein Schild daran, aber wahrscheinlich wird das auch gerade gereinigt. Habe jetzt keine Zeit, über so was nachzudenken, es ist dringend. Ich drücke die Klinke herunter. Im Raum ist es dunkel, bis auf eine erleuchtete Wand. Meine Augen brauchen einen Moment, bis sie sich an Dunkelheit gewöhnt haben. Ich taste nach einem Schalter und mache Licht.

Sofort drehen sich alle Köpfe in meine Richtung, acht Männer und eine Frau schrecken hoch. An die weiße Wand ist eine PowerPoint-Grafik geworfen. Ganz oben steht »N-Dermisant plus«, darunter stehen unter anderem eine ganze Menge Fragezeichen. Davor steht Adam.

»Entschuldigung«, sage ich und mache instinktiv einen Schritt rückwärts. »Falsche Tür, ich wollte nur …«

Aber Adam kommt schon auf mich zu und schüttelt mir die Hand. Er deutet in die Runde. »Das hier ist Richards Sohn Frederick.«

Sofort beginnen die Anwesenden zu murmeln.

»Er kommt von unserem Büro in Berlin und gilt als heißer Anwärter auf die Nachfolge seines Vaters.«

»Eher als heißer Anwärter auf die Stelle des Paperboys«, stelle ich richtig. Die Runde lacht.

»Frederick macht gerade Heimaturlaub«, fährt Adam fort und schiebt mich nach vorn zum Laptop. »Aber eigentlich sind wir Berater ja nie im Urlaub.« Die Anwesenden grinsen wissend.

»Frederick ist Spezialist für internationale Märkte«, sagt Adam, als ich vor versammelter Runde stehe, und wendet sich mir zu. »Es ist super, dass Richard dich geschickt hat, ich glaube, ein frischer Blickwinkel tut uns gerade ganz gut.« Die Männer in der Runde nicken dankbar. Adam deutet auf die Präsentation.

»Strong Pharma lanciert ein neues Produkt auf dem deutschen Markt«, fährt Adam fort, »ein absolutes Must-have in Sachen Well-Being: N-Dermisant plus. Wir wollen den Set vor dem Rollout noch aufbeefen. Unsere größte Herausforderung ist die Zulassung in Deutschland. Es gab nicht ausreichend Testings, weshalb wir wahrscheinlich keinen Full-Take-off hinbekommen.«

Ich starre ihn mit offenem Mund an. Wer will hier was aufbeefen? Ich werfe einen sehnsüchtigen Blick zur Tür und mache mich zum Full-Take-off bereit. Aber wenn ich jetzt rausrenne, fällt das auf meinen Vater zurück. Ich muss Adams böses Spiel mitspielen und irgendwie Zeit gewinnen, bis mich mein Vater hier rausholt.

»Aus meinem letzten Projekt kenne ich den internationalen Markt tatsächlich sehr gut«, beginne ich. Vor allem den vietnamesischen Spätkauf bei mir in Berlin.

»Tatsächlich bin ich auch mit den Bewegungen in der Pharmaindustrie bestens vertraut«, improvisiere ich und denke dabei an die Bewegungen der Apothekerin vom Tresen zum Regal mit den Schmerzmitteln gegen meinen Montagskater. Aber das kann ich denen ja schlecht erzählen. Also schaue ich erst mal die Grafik an der Wand an und versuche, irgendeinen Sinn dahinter zu erkennen. Um mich und die anderen zu beruhigen, murmele ich dabei: »Ja, soso, mhmhm, okay, klar.«

Schließlich unterbricht Adam meine Grübeleien. »Und, was meint der Experte?«, will er wissen. Ich entschließe mich zur Flucht nach vorn. In den Improvisationskursen an der Schauspielschule musste ich auch schnell in neue Rollen schlüpfen. Jetzt muss ich einen Berater spielen, und zwar überzeugend. Wie hieß noch dieser Film mit George Clooney? Ich schließe kurz die Augen. Es ist meine einzige Chance.

»Ich würde mich gern kurz ins Thema einarbeiten«, entgegne ich, »mir schnell die ganze Präsentation ansehen, damit ich genau weiß, worum es geht. Leider kann ich nicht einfach mit den Fingern schnippen und Ihr Problem lösen. Das wäre unseriös und nicht meine Art.«

Die Anwesenden nicken erleichtert. Sie sitzen bestimmt schon eine Weile hier in dem stickigen Konferenzraum und können gut eine Pause gebrauchen. In der Zeit kann ich meinen Vater bitten, mich hier rauszuholen.

Ich sehe die Assistentin an.

»Würden Sie uns bitte etwas Kaffee machen? Die Herren hier schlafen gleich ein. Und lüften Sie doch bitte mal kurz durch, etwas frischer Wind tut immer gut!«

Die Kinnlade der Frau sackt herunter. Adam kichert hämisch hinter vorgehaltener Hand. Die Frau lächelt, als hätte sie mich nicht richtig verstanden:

»Ich soll Ihnen Kaffee holen?«

Mein Magen grummelt erneut. Vielleicht ist Kaffee wirklich keine so gute Idee. »Meinen Sie Tee wäre besser?« Die Frau deutet an sich herunter:

»Sehe ich aus wie eine Assistentin?«

Die Blicke der Anwesenden, die zwischen der Frau und mir hin- und hergewandert sind, bleiben jetzt an mir hängen.

»Sie sehen aus wie eine Frau, die etwas von Kaffee versteht«, sage ich vorsichtig.

Jetzt steht Adam auf und deutet zu ihr herüber. »Frederick, das hier ist Frau Merler-Beckscheid, die Deutschlandchefin unseres Kunden Strong Pharma.«

»Haha, war ja nur Spaß«, versuche ich, die Notbremse zu ziehen. Aber da ist der Karren schon vor die Wand gefahren. Die weibliche Führungskraft sieht mich kopfschüttelnd an.

»Ich denke, damit haben Sie sich sowohl zum Deppen als auch zur Legende gemacht. Und Sie sind wirklich Richards Sohn?« Frau Merler-Beckscheid steht auf. »Adam, es hat mich sehr gefreut, mit Ihnen zusammenzuarbeiten, aber das war etwas zu viel des Guten.« Nun erheben sich auch die Kollegen und packen ihre Notizen zusammen. Sie haben es plötzlich sehr eilig, den Raum zu verlassen.

»Wir sollten Schluss machen für heute.«

Adam nickt. Die Frau zückt ihr Smartphone und dreht sich in meine Richtung, ohne mich direkt anzusehen. »Morgen bin ich wieder hier, bis dahin können Sie sich ja überlegen, wie Sie aus dem Fettnapf wieder rauskommen. Sonst gehe ich zur Konkurrenz.«

Ich beiße die Zähne zusammen. Meine ausgestreckte Hand schlägt die Geschäftsfrau aus. Sie hebt das Telefon ans Ohr und beginnt zu sprechen. Ohne uns noch eines Blickes zu würdigen, stürmt sie hinaus. Kaum ist die Tür hinter ihr ins Schloss gefallen, fängt Adam aus vollem Hals an zu lachen. Er zeigt mit dem Finger auf mich und prustet los, als wäre ich der Klassendepp, der gerade im Lateinunterricht *De bello Gallico* mit »Über den schönen Gallier« übersetzt hat.

Als er sich wieder etwas beruhigt hat, steht er auf und schaltet den Beamer aus. »Das wird nichts mit der Partnerstelle, mein Lieber. Dein Vater wird niemals einen Nachfolger einstellen, der einen der besten Kunden unserer Agentur vergrault hat. Du hast dir gerade deine Zukunft verbaut«, sagt er mit zuckerböser Stimme. »Und deinem Vater einen ordentlichen Stein in den Weg gelegt.«

»Das kriege ich schon wieder hin«, sage ich leise.

»Glaube ich nicht«, meint Adam, steht auf und verlässt ebenfalls den Konferenzraum. »Übrigens, die Toilette ist gleich den Gang herunter auf der rechten Seite. An deiner Stelle würde ich mich selbst runterspülen. Wobei du ohnehin schon auf dem schnellsten Weg hier raus bist.«

Zehn Minuten später komme ich wieder zum Coffee-Point. Dort steht Adam mit meinem Vater ins Gespräch vertieft. Ich stelle mich dazu.

»Du hast ein erstaunliches Talent, Dinge in den Sand zu setzen«, stellt mein Vater fest.

»Das hat er nicht von dir«, schleimt Adam und deutet zu mir. »Ich würde mir gut überlegen, ihn hier einzustellen. Seinen Ruf hat er sich schon versaut.«

»Er sollte der neue Paperboy werden«, meint mein Vater. »Aber dazu müsste er die Menschen erkennen, denen er die Post bringt. Was, wenn er eines Tages die Gehaltschecks dem Fahrradkurier in die Hand drückt?«

Jetzt reicht es. Mir platzt der Kragen.

»Ich kriege das schon wieder hin«, sage ich. »Lasst mich nur machen.«

Mein Vater sieht mich erstaunt an. »Haben wir deinen Ehrgeiz geweckt?«

Adam zieht verwundert die Stirn in Falten. »Und wie willst du Frau Merler-Beckscheid besänftigen?«

»Das werdet ihr schon sehen«, sage ich. Aber offen gestanden habe ich nicht die leiseste Ahnung. »Jetzt muss ich leider los und das Meeting morgen vorbereiten.«

Mein Vater und Adam werfen sich amüsierte Blicke zu. »Soll dir vielleicht noch einer von uns einen Kaffee holen?«, fragt Adam. Ich drehe ihnen den Rücken zu und verlasse die Agentur.

Leider ist mir bis abends um zehn immer noch nicht eingefallen, wie ich die Sache wieder ins Lot bringen kann. Hier geht es nicht nur ums Geld, hier geht es um die Ehre. Klar, ich könnte natürlich einfach mal wieder abhauen, aber irgendwie spüre ich, dass das hier die letzte Chance ist, die ich noch kriege. Wie kann ich diese Frau bloß dazu bringen, mir zu vertrauen? Ich muss ihr zeigen, dass ich in der Lage bin, Verantwortung zu übernehmen. Nur wie mache ich das am besten? Ich könnte Mitglied einer Non-Profit-Organisation werden, aber so etwas geht nicht von heute auf morgen, oder? Am leichtesten wäre es wohl, einen großen Betrag zu spenden, aber leider habe ich momentan kein Geld. Als ich gerade eine Mail an das SOS-Kinderdorf verfasse, in der ich darum bitte, die Patenschaft für einen Hunger leidenden Inder erst mal auf Pump zu übernehmen, klingelt es an der Tür.

Bestimmt mein Vater, der es sich noch mal überlegt hat und mich direkt rauswerfen lässt. Ist wahrscheinlich besser so. Ich öffne die Tür.

Vor mir steht eine Art menschliches Monchichi, ein

zwei Meter großer Kerl in schwarzer Rockerlederhose, mit Vollbart, Parka, wuscheliger Lockenmähne und Sonnenbrille.

»Fredman is back!«, ruft er, breitet lachend die Arme aus und stapft auf mich zu. Irgendwoher kommt mir der Kerl bekannt vor. Wahrscheinlich aus King Kong. Ein wenig ähnelt er aber auch dem Typ, mit dem ich damals aus dem Internat geflogen bin.

»Error? Bist du das?« Mein Gegenüber strahlt wie ein Honigkuchenpferd.

»Ich habe heute Morgen deinen Vater beim Joggen getroffen. Also, er war joggen, ich mag ja keinen Sport, und er meinte, du wärst wieder zuhause. Habe ihm kein Wort geglaubt, er ist ja Unternehmensberater. Und jetzt das!«

Wir umarmen uns. Error riecht nach Schweiß und Bier, genau wie früher im Internat. Kaum vorzustellen, dass dies der Mensch ist, zu dem ich die längste Beziehung meines Lebens hatte. Mein alter Schulfreund mustert mich. Ich trage immer noch den Anzug meines Vaters.

»Du siehst aus wie ein Vollspießer! Hattest du gerade ein Bewerbungsgespräch bei ’ner Versicherung?« Er sieht auf die Uhr. »Bisschen spät für so’n Look, oder?«

»Du hast dich gar nicht verändert«, entgegne ich.

Error kiekst fröhlich. »Ja, geil, ne!«

Erst jetzt sehe ich, dass er in einer Hand das viereckige Plastikkästchen einer selbstaufrollenden Hundeleine hält. Ich folge der Leine mit den Augen und entdecke am anderen Ende einen dicken Mops, der sein Geschäft in den manikürten Vorgarten meines Vaters verrichtet. Nun fängt er auch noch an, in den Geranien zu scharren.

»Oh, sorry«, meint Error, zieht eine blaue Tüte heraus, läuft zu seinem Hund, sammelt das Häufchen auf und steckt es in seine Jackentasche, aus der schon mehrere blaue Tütchen hervorschauen.

»Das ist Satan.« Error hebt den rechten Arm und streckt

Daumen, Zeige- und den kleinen Finger zum Metallergruß aus, der berüchtigten »Pommesgabel«. Der Mops hebt eine Pfote.

»Habe ich ihm beigebracht«, erklärt er stolz. »Die gehörnte Hand.«

»Error, der gibt bloß Pfötchen, wie alle Hunde.«

»Nein!«, entgegnet Error entrüstet. »Der ist nicht wie alle Hunde. Er ist ein echter Höllenhund.«

Ach ja, Heavy Metal. Tatsächlich habe ich das auch mal eine Zeit gehört, aber es ist schon ein Weilchen her und lag hauptsächlich an Error. Ich wollte anders sein als die anderen Internatsstreber. Und Error war anders. Offenbar ist diese Andersartigkeit die große Konstante in seinem Leben geblieben.

»Der Mops heißt Satan?«

»Ja, es gibt da charakterliche Parallelen.« Er zieht an der Leine, so dass Satan kurz umfällt, sich aber gleich wieder aufrappelt und wütend kläffend beschwert.

»Lustig, ne?« Error zieht noch mal.

»Gehen wir auf ein Bier in Wummes Metal-Eck?«, fragt er.

»Gibt es das noch?«

Vielleicht muss ich echt mal raus. Hier brüte ich eh' nur rum und komme zu keinem Ergebnis.

Errors Hand schnellt vor, greift meine Brustwarze und dreht sie herum. Autsch!

»Bist langsam geworden«, stellt er fest. »Lass uns gehen. Wenn sie dich mit den Klamotten bei Wumme überhaupt reinlassen.«

Das machen sie. Schließlich habe Angus Young von AC/DC auch immer Schlips und Jackett getragen, erklärt Wirt Wumme. Für »uns Kinder der 68er« sei es wahrer Punk, Anzug zu tragen. In Wummes Metal-Eck hat sich in den vergangenen zwanzig Jahren nichts geändert. Hier wird nach wie vor getrunken, geraucht und geheadbangt – meistens alles gleichzeitig.

Error hat sich den Mops auf den Schoß gelegt. Im Hintergrund laufen die letzten Takte von *Highway to hell.* Zum ersten Mal fühle ich mich wieder etwas wohler in meiner Haut. Error wippt leicht mit dem Kopf, während er Satan streichelt.

»Hast Du kein' Bock mehr auf AC/DC?«

Ich ziehe den Mund zu einem Strich. »Also, ehrlich gesagt hatte ich das nie so recht.«

Error trinkt einen Schluck Bier. »Hatte mir schon so was gedacht. Bist eher so der Kuschelrock-Typ, ne?« Error wippt leicht mit dem Kopf zu den Gitarrenriffs.

»Und? Was machst du so?«, will er wissen. »Das Letzte, was ich von dir gesehen habe, ist der Kondensstreifen des Flugzeugs, mit dem du von heute auf morgen nach Berlin abgehauen bist. Danke übrigens für die Karten.«

»Tut mir leid, dass ich mich nicht gemeldet habe. Ich wollte einfach nur raus aus allem und neu anfangen.«

Er winkt ab. »Ist schon okay. Hast du deinen Traum wahr gemacht?«

Ich schaue ihn traurig an. Plötzlich habe ich keine Lust mehr, der ewige Loser zu sein. Heute haben doch auch einen Moment lang alle zu mir aufgesehen. Für eine Sekunde hatte ich mein Publikum. Entweder, ich füge mich in meine Niederlage und erzähle Error, dass Fredman beim Versuch, auf der Leinwand zu landen, kläglich abgeschmiert ist, oder ich blicke nach vorn.

Error hält inne, lauscht und deutet mit dem Finger zu den Boxen. Daraus dröhnt nun Metallicas Klassiker *Nothing else matters.* Gerade setzen die Gitarren zum Refrain an. Error wirft den Kopf in den Nacken und kreischt mit Wumme um die Wette: »Never cared for what they doooooo, never cared for what they knoooooow ...«

In diesem Moment wird mir klar, dass dies nicht meine Zukunft ist. Ich will nicht mit dreißig noch so reden wie mit fünfzehn. Ich muss so schnell wie möglich Geld verdienen, um neu durchstarten zu können. Als ich aufblicke, trifft mich Errors Blick. »Du bist doch noch der Alte, oder?«

»Klar«, entgegne ich und haue ihm auf die Schulter. Dann ist es einen Moment still zwischen uns. Error hat immer an mich geglaubt. Er hat immer zu mir aufgesehen. Wenn ich ihm jetzt erzähle, dass ich mich mit Fredman total verspekuliert habe, verliert er den Glauben an die Menschheit.

»Also, was machst du so?«

»Ich bin Schauspieler!«

Erstaunen macht sich auf seinem Gesicht breit. »Du hast es echt geschafft beim Film?«

Ich nicke stolz. Es fühlt sich richtig an.

»Und ich dachte schon, du wärst Berater geworden.«

Ich schüttle den Kopf. »Spinnst du?«

Error lacht aus vollem Herzen.

»Also, was machst du dann hier in Mainhattan, wenn du es in der Hauptstadt geschafft hast? Du solltest dich auf deine große Rolle vorbereiten.«

Auf die Idee wäre ich allein nicht gekommen, aber sie ist gar nicht so schlecht. Ich drehe mich um, als würden hier überall Spione sitzen, und winke Error näher zu mir heran.

»Das mache ich doch«, sage ich. Error kratzt sich am Kopf. Plötzlich hellt sich sein Gesicht auf.

»Du meinst, du spielst schon Fredman?«

»Erraten.«

Vor lauter Freude klatscht Error in die Hände: »Tagsüber arbeitet Fredman als Unternehmensberater, und abends rettet er die Welt.« Error strahlt. »Wie Superman, der als Reporter jobbt. Oder Spiderman, der Fotograf.« Er sieht mich bewundernd an. »Deshalb trägst du einen Anzug!«

Ich nicke und spüle mit dem Bier die Wahrheit herunter.

»Und du?«, frage ich.

Error grinst. »Ich bin hauptberuflich Sohn.«

Einen Moment schaue ich ihn erstaunt an. Klar, er kommt genau wie ich aus einem reichen Elternhaus, aber das sind ja auch meist die ambitioniertesten Eltern. Error war immer einer der umtriebigsten Typen in der Stadt. Er hat Kneipen mitgegründet, hinter der Bar und an der Tür gestanden. Angeblich war er sogar mal Deutschlandmanager von Iron Maiden. Alles Jobs, die seine Eltern maßlos geärgert haben. Ich glaube, sein Vater ist Schönheitschirurg und die Mutter Promi-Masseuse. Oder umgekehrt. Error war es jedenfalls immer unangenehm, dass er ihnen auf der Tasche liegen musste. Bis jetzt.

»Ich nehme das Geld als Entschädigung für mangelnde Liebe« sagt Error und zuckt mit den Schultern. »Ist doch besser, als dem Staat auf der Tasche zu liegen.«

So hätte ich es auch formulieren können. Aber dann hätte mir mein Vater wohl den Kopf abgerissen.

»Aber gibt es nicht irgendeinen Traumjob, den du gern machen würdest?«

Error deutet auf Satan. »Im Moment bin ich Hundebesitzer. Zuletzt war ich Taxifahrer, aber dann haben sie mir den Führerschein abgenommen. Ansonsten arbeite ich als Kneipengast, jetzt wieder als guter Freund und eines Tages wahrscheinlich als Hausmann.« Er deutet an sich hinunter: »Bin vielleicht nicht sexy, aber nett. Blöderweise habe ich überhaupt keine Lust auf diese Frauen, die Männer nur wegen ihres Bankkontos heiraten. Ich will eine ehrliche, patente und liebe Frau. Die muss nicht mal hübsch sein und kann gern etwas mehr auf der Hüfte haben. So wie ich.«

»Perfekte Voraussetzungen«, meine ich und deute auf den Mops: »Seit wann hast du Satan?«, will ich wissen.

»Seit zwei Wochen. Meine Osteopathin meinte, ich solle mir einen Hund zulegen. So komme ich an die frische Luft, bewege mich regelmäßig und lerne, Verantwortung zu übernehmen. Denn wenn der morgens raus will, kann ich nicht bis in die Puppen schlafen. Aufs Katzenklo will er nicht. Habe ich schon probiert.«

»Deine was?«

»Meine Osteopathin: eine Heilpraktikerin, die meinen Körper mobilisiert.«

Ich schaue Satan an, der trotz der Heavy-Metal-Beschallung friedlich auf Errors Schoß schläft.

»Kannst du deinen Körper nicht selbst mobilisieren?«

»Höchstens beim Yoga. Ist angeblich die einzige Sportart, die auch Unsportliche machen können, ohne sich zu überanstrengen. Ich hatte ja neulich einen Bandscheibenvorfall. Muss eine Menge Gewicht mit mir herumschleppen.«

»Wenn du zu diesem Yoga willst, kann ich ja mal mit ihm rausgehen.«

Error lacht und schüttelt den Kopf.

»Nee danke, das hatte ich eigentlich nicht vor. Ist eher etwas für Frauen.«

Um kurz vor Mitternacht merke ich, wie die Anspannung allmählich von mir abfällt, und mache bei *Fear of the dark* von Iron Maiden mal kurz die Augen zu.

In der Nähe bellt ein Hund. So nah, dass ich seinen bestialischen Mundgeruch riechen kann. Ich blinzle. Satan fletscht die Zähne und verschafft mir mit einem herzhaften Gähnen die nächste Dröhnung. Wahrscheinlich verdankt er diesem höllischen Gestank seinen Namen. Aber wahrscheinlich rieche ich auch nicht gerade nach Sommerwiese. In meinen Klamotten von gestern liege ich auf einer abgewetzten anthrazitfarbenen Kunstledercouch, den rechten Fuß in einem Aschenbecher. Die Wohnung ist etwa dreißig Quadratmeter klein, hat eine Kochecke, ein Schlafsofa und einen Teppichfußboden, der von zahllosen Partys kontaminiert ist. Das weiß ich, weil ich bei diesen Partys dabei war. Es ist Errors alte Bude. Vielleicht lohnt es sich, im verkeimten Flokati nach meinem Totenkopfring zu suchen, den ich mit 17 hier verloren habe? Aber wahrscheinlich hat den Satan eh schon verschluckt.

Der Mops sieht mich fragend an. Offenbar bin ich gestern beim Einschlafen mit der Stirn auf die Bar geknallt. Und danach mit dem Hinterkopf. Mein Nacken fühlt sich an, als hätte ich ein Schleudertrauma. Ich weiß noch, dass Wumme und Error irgendwann mit dem Headbangen angefangen haben. Da habe ich dann offenbar mitgemacht. Neben der Couch auf dem Teppichboden liegt Error – ebenfalls noch angezogen.

Ich zwinge mich aus dem Bett. Sofort beginnt Satan zu bellen.

»Ruhe!«, befehle ich. Der Hund bellt lauter. Jetzt heißt es schnell und effektiv handeln. Ich schlüpfe in meine Schuhe. Nirgendwo ist eine Uhr zu sehen. Draußen ist es hell, ich schätze, es dürfte spätestens acht sein. Die Präsentation für Frau Merler-Beckscheid beginnt um neun.

Ohne Umschweife halte ich Error die Nase zu. Geht am schnellsten.

Augenblicke später ist er wach, versucht sich hochzustemmen, hält inne, macht ein schmerzverzerrtes Gesicht und greift sich an den Rücken. Er versucht, sich über die andere Seite zu drehen, aber keine Chance.

»Was ist los?«, frage ich, hieve ihn aufs Sofa und stehe auf.

»Alles deine Schuld«, zischt Error. »Ich hab dich gestern nach Hause getragen. Dabei hab ich mich wohl verrissen. Im Suff habe ich das nicht gemerkt. Jetzt schon.«

Satan wedelt mittlerweile so heftig mit dem Schwanz, dass er fast abhebt.

»Dein Hund muss mal raus.«

»Kannst du das für mich übernehmen?«, murmelt Error mit zusammengebissenen Zähnen und legt sich vorsichtig hin. »Ich kann mich nicht bewegen. Die Leine hängt neben der Haustür.«

»Wenn ich jetzt noch Gassi gehe, komme ich zu spät in die Agentur.«

»Du kannst meinen Wagen nehmen«, nuschelt mein Kumpel, stemmt sich mit schmerzverzerrtem Gesicht hoch und lässt sich auf die Couch fallen. »Mercedes. Steht vor der Tür.«

Bevor ich nachfragen kann, welche Farbe der Wagen hat, verfällt Error wieder in rasselndes Schnarchen.

Wenig später stehe ich mit dem Mops an einer nietenbestückten Hundeleine unten auf der Straße und halte nach einem Mercedes Ausschau. Ein paar Meter vor einem Taxi entdecke ich ein dunkelblaues Siebziger-Jahre-Coupé, einen dieser Wagen, mit denen meine Mutter früher mit mir in Urlaub gefahren ist. Als Satan sein Geschäft verrichtet hat, will ich ihn schnell wieder hochbringen, aber er weigert sich, auch nur eine Pfote vor die andere zu setzen. Kurzerhand klemme ich ihn unter den Arm und trage ihn hoch. Auf der

Türschwelle setze ich ihn ab und schließe auf. Da fängt der kleine Hund an zu winseln. Er sieht mich so traurig an, als wäre er soeben Waise geworden und ich der letzte andere, große Hund auf der Welt.

»Rein mit dir!«, befehle ich, aber er macht keine Anstalten zu gehorchen. Stattdessen wedelt er mit seinem Stummelschwänzchen und gibt ein flehendes Fiepen von sich. Also gehe ich einen Schritt in die Wohnung. »Error, kannst du bitte deinen Hund holen?«, rufe ich. Die Antwort ist ein lautes Schnarchen. In dem Moment höre ich Satans kleine Füße durchs Treppenhaus nach unten trippeln. Ich renne hinter ihm her, hole ihn aber erst im Erdgeschoss ein.

»Böser Satan!«, schimpfe ich, woraufhin er versucht, mir die Pfote zu geben. Ich sehe auf die Uhr: noch dreißig Minuten. Irgendwie kann ich verstehen, dass er nicht den ganzen Tag mit dem bewegungsunfähigen Error da oben in der muffigen Bude sitzen will. Der kann ja nicht mal allein den Fernseher anmachen, um »Lassie« zu gucken.

Also gut, dann nehme ich ihn eben mit.

Draußen drücke ich den kleinen Knopf auf dem Schlüssel. Die Lichter am Taxi hinter dem Kultbenz blinken auf. Es hat weder ein Taxischild auf dem Dach noch Taxiwerbung an der Seite. Dafür trennt ein Hundenetz den Kofferraum von der Rückbank. Ich öffne den Kofferraum, Satan macht auf der Straße Sitz und keine Anstalten, hineinzuspringen.

»Los jetzt!«, befehle ich.

Er schaut mich verständnislos an.

»Rein da. Aber flott!«

Keine Reaktion.

Wahrscheinlich hat Error ihn total verzogen. Ich seufze, hebe die Hand zum Metallergruß und kreische kurz Whitesnakes *Here I go again.* Daraufhin legt sich Satan eine Pfote über die Augen.

Mittlerweile ist es hell geworden, dürfte gleich zwanzig vor neun sein. Ich darf auf keinen Fall zu spät kommen. Jetzt heißt es Mann oder Mops.

Also greife ich Satan unter den Bauch, werfe ihn kurzerhand in den Kofferraum und knalle die Klappe zu.

Um zehn vor neun fängt mich Jessica hinter der Sicherheitsschleuse der Agentur ab. Offenbar hat sie dort schon eine ganze Weile gewartet. Es dauert ein wenig, bis sie sich hinter dem engen Empfangstresen hervorgekämpft hat, in den sie wie von einem tetrissüchtigen Designer eingebaut wirkt. Als sie vor mir steht, hält sie kurz inne, reißt sich sichtlich zusammen.

»Frederick, herzlich willkommen«, sagt sie, ohne mir in die Augen zu sehen.

»Sie müssen nicht lügen«, entgegne ich.

»Danke«, sagt sie mit einem Lächeln und schnuppert. »Irgendwas stinkt hier.« Ich trete einen Schritt zurück und deute auf Satan. Der setzt seinen Moppel-Flirt-Blick auf und hebt die Pfote. Jessica schüttelt den Kopf. »Ist er Kettenraucher und Alkoholiker?«

»Ja, eigentlich will er gerade aufhören, aber Sie wissen ja, wie schwer das ist«, sage ich und trete noch einen Schritt zurück außer Geruchsweite. »Früher gehörte er Ozzy Osbourne, aber der wollte ihm wahrscheinlich den Kopf abbeißen. Er trinkt, um zu vergessen.«

»Du bist aber ein niedlicher Kerl«, meint Jessica und krault den Mops hinter dem Halsband. »Wie heißt du denn?«

»Satan«, antworte ich.

»Das ist so ein schöner Name«, entgegnet sie. Ihr Blick fällt auf die Nietenleine. »Und eine schöne Leine hast du da«, sagt sie mit etwas kehliger Stimme.

»Danke«, murmle ich. Wie die meisten außergewöhnlich hübschen Frauen hat Jessica offenbar eine Vollmeise. Das macht sie nur noch attraktiver.

»Trifft sich gut, dass Sie den Kleinen mögen. Ich würde ihn nämlich gern kurz bei Ihnen lassen.«

Jessica schüttelt den Kopf.

»Darauf habe ich leider gar keine Lust.«

»Aber ich habe gleich eine Präsentation.«

»Da ist er sicher ganz brav«, sagt sie zuversichtlich.

Ich bin mir da nicht so sicher. Außerdem weiß ich immer noch nicht, wie ich Frau Merler-Beckscheid davon überzeugen soll, nicht die Firma zu wechseln.

Das Telefon klingelt, Jessica geht ran, sagt zweimal »ja«, einmal »sofort« und legt dann wieder auf.

»Herr von Schnaidt, Verzeihung, Ihr Vater …« Wieder hält sie inne. »Würde Sie gern baldmöglichst im Konferenzraum begrüßen.«

»Was hat er wirklich gesagt?«

Sie sieht mich gequält an.

»Ich soll Ihren nichtsnutzigen Hintern so schnell wie möglich herüberschaffen. Aber nur, wenn Sie vorzeigbar sind.«

Jessica kommt näher und schnuppert nun an mir.

»Verzeihung, aber möchten Sie sich vielleicht umziehen? Und duschen?«

Stumm nicke ich. Jessica bedeutet mir, ihr zu folgen. Auf dem Weg durch die Agentur telefoniert sie kurz, dreht sich um, misst mich mit den Augen ab und murmelt: »Ich schätze, eine 54« ins Telefon. »Er kriegt schon einen kleinen Bauch.« Sie legt mir eine Hand auf den Arm.

»Danke, dass ich bei Ihnen einfach ehrlich sein darf.«

Zwei Minuten später stehen wir in der Requisite, und eine ältere Frau hält mir zwei komplette Garnituren aus Anzug, Hemd und Krawatte hin – einen in Grau, den anderen in Dunkelgrau. Dazu bekomme ich eingeschweißte Unterwäsche und Socken.

»Es kommt manchmal vor, dass wir keine Zeit mehr haben zu packen«, erklärt Jessica.

»Oder gar nicht erst nachhause gehen«, murmelt die Garderobiere. Sie befeuchtet ihren Daumen mit Speichel und streckt ihn nach meinem Gesicht aus. Erschrocken weiche ich zurück. Sie hält inne und sieht mich erstaunt an. »Entschuldigen Sie«, sagt sie. »Keine Ahnung, was da gerade über mich gekommen ist. Irgendwie wecken Sie in mir Muttergefühle.« Ich ertappe mich dabei, wie ich heimlich nach einer dauerhaften Sitzmöglichkeit spähe.

»Wir nehmen den dunkelgrauen«, entscheidet Jessica, nimmt der Garderobenfrau den Anzug ab und hält ihn mir hin. Die Garderobiere deutet auf eine Umkleidekabine. Darin finde ich auch Deo, Parfum, Haargel, ein Waschbecken und eine Zahnbürste.

Um eine Minute vor neun bin ich ein neuer Mensch, zumindest sehe ich so aus.

Im Konferenzraum sitzen diesmal nur Frau Merler-Beckscheid, mein Vater und Adam. Sie starren mich unverwandt an, nur mein Vater erlaubt sich ein kurzes Kopfnicken. Adam sitzt da wie der wahnsinnige römische Kronprinz, der nur darauf wartet, dem schwächeren Gladiator den Daumen nach unten hinzustrecken. Frau Merler-Beckscheids Blick fällt auf den Mops, ihre Mimik gerät für den Bruchteil einer Sekunde aus der Fassung, aber sofort hat sie sich wieder im Griff.

»Wir sind nun nicht mehr auf First-Draft-Level«, stellt Adam fest und mustert mich kritisch. »Es wäre gut, wenn wir den Sack bald zumachen könnten.« Während dieses Satzes hat Frau Merler-Beckscheid schon wieder verstohlen in Richtung Satan geschielt. Der hat sich neben mich gesetzt, die Pfoten unter dem Hundeköpfchen übereinandergeschlagen und seufzt.

»Bevor wir beginnen, würde ich mich gern noch mal in aller Form bei Ihnen entschuldigen«, erkläre ich und schaue Frau Merler-Beckscheid in die Augen. Die aber sehen den Mops an. Der merkt, dass sich jemand für ihn interessiert, und tappst zu ihr herüber. Bei Error zuhause bekommt er ja nicht so viele Frauen zu sehen.

»Na, wer bist du denn?«, fragt sie und streichelt ihm über den Kopf.

»Das ist Schnuckelchen«, antworte ich, »der Hund eines guten Freundes, der eben ins Krankenhaus musste.«

»Hoffentlich hat dein Herrchen kein Schlimmes Aua, du wonnewutziger kleiner Mopsipopsi«, säuselt Frau Merler-Beckscheid plötzlich eine Stimmlage höher.

»Ja, der kleine Mopsipopsi ist auch schon ganz traurig«, sage ich, ebenfalls nun eher im Tenor als im Bariton.

Adam mustert mich skeptisch.

»Eigentlich wollte ich mit dem Mopsipopsi noch Gassi gehen, aber leider habe ich das gerade nicht mehr geschafft, daher meine Verspätung.«

Satan, der das Wort »Gassi«, gehört hat, hebt nun die Metaller-Pfote und fixiert Frau Merler-Beckscheid so sehnsüchtig, dass selbst Adam ein »Ohhh« rausrutscht.

»Also hat das kleine Hundchen heute Morgen noch gar nicht sein Pippi gemacht?«, fragt die Pharmafrau mit Piepsstimme.

»Nein, sein Pippi hat er noch nicht …«, beginne ich, rudere aber schnell zurück, als ich merke, dass ich ins Overacting kippe. Schnell räuspern und normal weiter.

»Nein, wie gesagt, leider nicht. Ich habe noch an die Präsentation gedacht und es nicht geschafft. Sie wissen ja, wie das bei uns Beratern ist.« Frau Merler-Beckscheid blickt Satan an, der daraufhin ein kurzes Winseln von sich gibt.

»Ihr Consultants!«, schnaubt sie abfällig, steht auf und streckt die Hand aus: »Die Leine, bitte.«

Ich gehorche.

»In fünfzehn Minuten bin ich wieder da. So viel Zeit muss sein.«

Dann wendet sie sich wieder Satan zu. »Und wir beide werden uns mal kurz die kleinen Mipsimopsibeinchen vertreten, einverstanden?« Sie kramt in ihrer Handtasche, steckt Satan etwas in den Mund und stolziert aus dem Konferenzraum, wobei sie weiterhin Zärtlichkeiten in Richtung Mops raunt. Ihr Strahlen lässt sich kaum verstecken.

Als die Tür hinter ihr zugefallen ist, klatscht mein Vater in die Hände. »Wo hast du denn gestern Abend noch einen Hund hergekriegt?«, will er wissen.

»Ich habe improvisiert.«

»Perfekt«, meint er. »Die Herausforderung war nicht der Case, sondern der Client. SWAT-Analyse?«

Ich schüttle den Kopf: »Zufall. Was wollt ihr der Frau denn eigentlich verkaufen?«, frage ich Adam. Der klappt sein Notebook auf.

»Es geht um ein natürliches Medikament gegen Neurodermitis, N-Dermisant plus, eine Alternative zu den gängigen Kortisonprodukten auf dem Markt. Das Hauptproblem: Aus den bisher gemachten Versuchen und Studien lässt sich nicht eindeutig ableiten, dass das Mittel in hundert Prozent aller Fälle wirksam ist. Deshalb weigert sich die Arzneimittelbehörde bisher, es zuzulassen. Vermutlich hat auch die Konkurrenz, die natürlich ihre eigenen Kortisonpräparate an den Mann bringen will, ihre Finger im Spiel. Ich habe der Kundin gestern empfohlen, die Kommissionen anhand von Gegengutachten und Zuwendungen zu überzeugen und das Medikament trotzdem zu lancieren. Aber Frau Merler-Beckscheid wollte sich darauf nicht einlassen.«

»Na ja, kann man ihr auch nicht übelnehmen«, erwidere ich. »Vielleicht hat die Frau ja auch so was wie ein Gewissen.«

»Hast du vielleicht einen besseren Vorschlag?«, fragt Adam sarkastisch.

»In Amerika kann man alle Arten von Medikamenten im Supermarkt kaufen. Warum geht das eigentlich nicht in Deutschland?«

Mein Vater und Adam wechseln Blicke. Ausnahmsweise keine abschätzigen. Ehe ich mich versehe, rasen Adams Finger über die Tastatur, und zehn Minuten später hat er eine

PowerPoint-Präsentation fertig, die vorschlägt, das Medikament nicht als Arzneimittel, sondern als Kosmetikprodukt anmelden zu lassen – was immer noch schwierig ist, aber längst nicht so viele Wirkungsstudien voraussetzt.

»Du hast fünf Minuten, die Präsentation auswendig zu lernen«, meint Adam. »Ich gehe in der Zeit mal Kaffee holen.«

Fünf Minuten? Kein Problem für einen Schauspieler.

Als Frau Merler-Beckscheid mit Satan zurückkommt, ist sie so gut drauf, dass es ein Kinderspiel ist, den Job einzutüten. Deutlich länger dauert es, sie von Errors Mops loszueisen. Ich muss ihr versprechen, den Hund zu jedem Folgemeeting mitzubringen.

»Und natürlich freut sich Schnuckelchen ein Loch in seinen kleinen Mopsbauch, wenn Sie dann wieder eine Runde mit ihm drehen würden«, bin ich mir sicher.

Zum Abschied küsst mich Frau Merler-Beckscheid auf beide Wangen und verspricht, so schnell wie möglich für einen Anschlussjob zu sorgen.

Jetzt hat sich Satan auf dem teuer aussehenden Perserteppich zusammengerollt und lässt sich von Jessica, die neben ihm kniet, hinterm Ohr kraulen. Mein Vater kommt hinter seinem Schreibtisch hervor.

»Jessica, würden Sie bitte den Hund entsorgen, er hat seine Aufgabe erfüllt.« Als sie mir die Leine aus der Hand nehmen will, berühren sich unsere Hände, und wir bekommen einen elektrischen Schlag – obwohl sie High Heels trägt, ich Schuhe mit Ledersohlen und wir beide nicht auf dem Teppich geblieben sind. Unsere Blicke treffen sich, sofort schlägt sie die Augen nieder und versucht, die Hundeleine an sich zu nehmen. Aber ich kann Satan nicht einfach gehen lassen. Was für ein Freund wäre ich? Also halte ich die Leine fest.

»Interessant«, sagt mein Vater. »Du übernimmst Verantwortung, bist sogar bereit, dich mit denen ganz oben anzulegen.« Er deutet auf sich.

»Der Hund gehört einem Freund. Ich bringe ihn heute Abend selbst zurück«, bestimme ich.

Mein Vater betrachtet mich nachdenklich: »Herausforderung, Problemanalyse, Lösungsvorschlag«, murmelt er und wendet sich an seine Assistentin.

»Ruf einen Dogsitter, der sich um den Hund kümmert, bis mein Sohn ihn heute Abend abwickelt.«

»Abwickelt?«

»Abgibt«, korrigiert sich mein Vater.

Jessica sieht mich freundlich an, und ich gebe ihr zögernd die Hundeleine. Satan folgt ihr lammfromm. Hätte ich genauso gemacht.

Als wir im Büro meines Vaters allein sind, baue ich mich vor ihm auf.

»Bitte gib mir eine Chance. Du hast gesehen, dass ich Leute überzeugen kann. Es muss doch nicht jeder Berater einen Harvard-Abschluss haben. Karl May hat auch nie Indianer gesehen, und die Leute haben seine Bücher geliebt.«

»Karl May war ein Säufer.«

»Das war ich auch.«

Mein Vater legt die Handflächen aneinander und führt sie nachdenklich an die Lippen. »Wir haben hier auch Lateral Hires, Quereinsteiger. Aber leider hast du zu viel Mist gebaut.«

»Ich kann das schaffen. Hiermit bewerbe ich mich bei dir um einen Job. Einen echten Job als Berater.«

Mein Vater sieht mich fragend an.

»Stell dir vor, um die Erde läge ein Seil auf Höhe des Äquators. Um wie viel Zentimeter würde es sich vom Boden heben, wenn man es um einen Meter verlängerte?«

Ich bin ratlos.

»So was macht doch keiner. Ist viel zu teuer.«

»Falsch. 16 Zentimeter. Da kann eine Maus aufrecht durchgehen. Der Job ist eine Nummer zu groß für dich.«

»Das sagst *du*!«

Er blättert in einer Broschüre, die auf seinem Schreibtisch liegt.

»Du hast doch gestern die jungen Elitestudenten gesehen?«

Ich sehe ihn abwartend an, er fährt fort: »Die haben gestern und heute Tests absolviert. Morgen fahren sie mit den Anwärtern aus den anderen Offices für den Abschlussevent in ein Schloss in der Schweiz. Fünf Sterne plus und das beste Spa Europas. Dort finden wir heraus, wer von ihnen zu uns passt, und wo wir ihn einsetzen könnten. Caesar & Horn haben verschiedene Unterfirmen, eine Menge Partner und vor allem auch Kunden, die über die Vermittlung von Arbeitskräften dankbar sind, die unsere Tests durchlaufen haben. Ich kann leider nicht dabei sein, ich habe einen Termin in Moskau. Schauspieler haben wir bisher noch keine gehabt. Aber wenn du dir unbedingt eine Abfuhr holen willst, schreibe ich dich auf die Teilnehmerliste. Vielleicht springt ja ein Job für dich heraus.«

»Klingt fair.«

»Ist es nicht, die anderen sind viel besser als du.«

»Kommt Jessica auch mit?«, will ich wissen.

Mein Vater nickt. »Sie leitet eins der Seminare.« Er blättert in der Broschüre. »Ja, hier. Work-Life-Balance für High Potentials.« Er zwinkert mir zu. »Sie will ja nicht ihr ganzes Leben lang Assistentin bleiben. Da kann sie sich mal ein bisschen ausprobieren.«

Das Telefon auf seinem Tisch klingelt. Er hebt ab, murmelt: »Ja, ja, bis gleich« und zieht sich sein Jackett über. »Ich muss weg«, sagt er. »Wir sehen uns später!«

Als er draußen ist, lasse ich meinen Blick über seinen Schreibtisch wandern. Auf der Mappe, in der mein Vater geblättert hat, steht *Caesar & Horn: Recruiting-Center, Tasks & Solutions.* Ich schiebe die Mappe beiseite. Darunter liegt der *Crashkurs Unternehmensberatung.*

Ich stecke beides ein und verlasse das Büro.

Take a look ahead!

Die Ampel ist grün wie die Hoffnung, trotzdem steige ich auf die Bremse. Satan purzelt vom Rücksitz in den Fußraum. Vor mir auf der Hauptstraße steht ein Mann im strömenden Regen, aufrecht wie ein Baum. Und das am Sonntagabend. Ein entflohener Serienkiller? Verzweifelter Autodieb? Enttäuschter Tatort-Fan? Die reflektierenden Karos seiner Outdoorjacke lassen eher auf einen verirrten Bildungsreisenden schließen. Aber was hat der mitten in der Nacht im Industriegebiet verloren?

Mit aller Kraft stemme ich mich in die Pedale: Aquaplaning, Stotterbremse, die E-Klasse rutscht, schlittert auf den Kerl zu.

Das wird nicht reichen. Er breitet die Arme aus, als wolle er das Ende umarmen. Wie Jesus. Satan kläfft empört. Ich schließe die Augen und beiße die Zähne zusammen: Der Tag hatte so gut angefangen.

Dann steht der Wagen. Eine der ersten Regeln, die ich vorhin im *Crashkurs Unternehmensberatung* gelesen habe, ist, schlechten Nachrichten professionell lächelnd ins Auge zu blicken. Also öffne ich erst das linke, dann das rechte. Vor mir schieben die Scheibenwischer das Wasser hin und her wie mein Vater das Personal der Global Player. Die Straße hinter der Scheibe ist so leer wie mein Kopf.

Jemand öffnet die Hintertür: Ein völlig durchnässter Mann lässt sich erleichtert auf den Sitz fallen – direkt auf die geklauten Mappen. Der Typ hinkt nicht, blutet und jammert nicht. Er zieht ein Stofftaschentuch heraus und putzt sich ausgiebig die Nase. Dann lächelt er zufrieden. Satan fängt sofort an zu bellen.

»Ruhig!«, befehle ich, aber er gehorcht nicht. Der Mann beugt sich vor, streckt seine Hand aus, um den Mops schnuppern zu lassen. Ich schließe die Augen und warte auf den Schmerzensschrei. Stattdessen höre ich ein Aufatmen. Satan leckt ihm die Hand und macht es sich anschließend wieder im Fußraum gemütlich.

»Sie sind meine Rettung!«, sagt der Mann so erleichtert, als wäre er gerade den Taliban entkommen, und zieht die Tür zu. Er stutzt, holt entschuldigend die nunmehr nassen und völlig zerknitterten Unterlagen unter seinem Hintern hervor, wirft einen Blick darauf und reicht sie mir nach vorn. Na super.

»Seit einer halben Stunde laufe ich die Straße entlang. Es ist ein Zeichen, dass Sie angehalten haben.«

»Na ja, das Zeichen kam eher von der Ampel«, entgegne ich. »Und es war grün.«

»Sehen Sie«, sagt er ruhig und setzt seine Kapuze ab: Ein roter, schon zu lang gewordener Bürstenschnitt kommt zum Vorschein, eine John-Lennon-Brille und darunter ein entrücktes Grinsen. Zum ersten Mal in meinem Leben wünsche ich, jemand würde die Kapuze seiner Multifunktionsjacke wieder aufsetzen, weil es einfach besser aussieht. Jetzt nimmt der Kerl die Brille ab, öffnet seine Jacke und wischt die Gläser mit dem Stofftaschentuch von eben trocken.

»Geht es Ihnen gut?«, frage ich.

»Mühlenstraße 23«, antwortet er freundlich.

Offenbar halluziniert er.

»Das liegt gegenüber vom Hotel Deutscher Hof«, erklärt der Mann.

Ich schüttle den Kopf. »Das hier ist kein Taxi.«

Er stutzt, sieht sich im Wagen um, lässt den Blick über die Ebenholzarmatur gleiten, auf der Kleberresten zufolge bis vor Kurzem offenbar noch die Zulassung des Vorbesitzers haftete, und schaut mich an.

»Sie haben mir die Tür zu sich geöffnet«, sagt er. »Jetzt

müssen Sie mich auch mitnehmen. Ist doch egal, ob das hier ein Taxi ist oder nicht. Lassen Sie mich einfach an irgendeiner U-Bahn-Station raus. Sie würden dem großen Unternehmen Menschheit, für das wir alle an uns arbeiten, einen Gefallen tun.«

Das große Unternehmen Menschheit? »Mit denen habe ich keinen Vertrag«, entgegne ich. Na ja, wie ein Wahnsinniger sieht er nicht aus. Eher wie ein Studienrat. »Also gut, ich fahre Sie in die Königstraße, aber ehrlich gesagt brauche ich gerade ein wenig Ruhe.«

»In der Ruhe liegt die Kraft«, entgegnet mein Fahrgast, und ich muss gar nicht in den Rückspiegel schauen, um zu merken, dass sein Lächeln noch etwas breiter wird. Eine Minute später sagt er: »Wahrscheinlich wollten Sie gerade Feierabend machen, oder?«

»Nein, ich habe nie Feierabend. Ich bin Unternehmensberater.« Keine Ahnung, warum ich das erzähle. Vielleicht, weil ich die vergangenen acht Stunden versucht habe, die Mappen auswendig zu lernen.

Er mustert mich interessiert. »Sie sehen nicht aus wie ein Unternehmensberater. Eher wie einer, der Taxi fährt, obwohl er sich zu Höherem berufen fühlt.«

»Und Sie sehen nicht aus wie jemand, der häufig genug Taxi fährt, als dass er das beurteilen könnte«, kontere ich.

Das Lächeln des Studienrats bleibt unerschütterlich. »Welche Unternehmen haben Sie denn schon saniert?«

»Ein Pharmaunternehmen«, sage ich und beiße mir auf die Zunge. Was geht den Kerl mein Leben an? Und wieso erzähle ich es ihm überhaupt?

»Ein Pharmaunternehmen? Ein Unternehmensberater, der ein Pharmaunternehmen saniert hat? Moralisch gesehen geht es kaum noch schlimmer. Tue nie etwas gegen dein Herz, denn damit zerstörst du dich selbst, hat Osho gesagt.« Ob der auch etwas Kluges über Besserwisserei gesagt hat? Alles in mir schreit danach, dem Kerl zu widersprechen.

Aber erstens muss ich ja nicht jedem meine Meinung aufdrücken und zweitens habe ich das Gefühl, dass mein Fahrgast sowieso das letzte Wort haben würde.

»Sie wirken so aufgebracht, trinken Sie mal weniger Kaffee«, empfiehlt er. Ich nicke stumm und lege im Rückspiegel meinen Finger an die Lippen.

»Haben Sie Rückenschmerzen?«, fragt er jetzt. »Sie sitzen so krumm.«

»Ich sitze überhaupt nicht krumm!«

»Doch, ziehen Sie mal den Beckenboden nach oben und den Unterbauch zu den Nieren!«

Den Beckenboden? So was habe ich gar nicht. Trotzdem befolge ich seine Anweisungen, und tatsächlich sitze ich auf einmal viel aufrechter. Fühlt sich gut an.

»Hören Sie«, beginne ich. »Ich hatte einen harten Tag …«

»Sie hatten einen harten Tag? Da sollten Sie mich mal fragen«, murmelt er. »Warum verstehen die Menschen nicht, dass es im Leben nicht immer bloß um sie geht? Wenn du das Ego überwindest, wirst du zum Geschenk für die Welt, hat Amma gesagt.«

Es reicht.

Ich trete auf die Bremse und bleibe am Straßenrand stehen. Dann springe ich aus dem Auto, laufe zur Beifahrerseite und reiße die Tür auf.

»Raus!«

Sein Hundeblick wirkt bei mir nicht. Ich habe schon einen Hund. Der hat jetzt die Vorderbeine auf den Sitz gestellt und knurrt wütend. Allerdings scheint das Knurren nicht mehr dem Studienrat zu gelten, sondern mir. Jetzt springt dieses Mistvieh auch noch auf den Sitz und macht es sich bei meinem ungebetenen Gast auf dem Schoß bequem, während ich neben der offenen Tür im Regen stehe. Der Mann sieht mich verlegen an, hebt dann aber Satan vom Schoß und zieht den Reißverschluss seiner Jacke wieder zu. Dann steigt er aus dem Auto.

»Das kommt alles zurück«, sagt er.

»Kann sein, ich jedenfalls nicht«, entgegne ich sauer und steige auf der Fahrerseite wieder ein.

Diesmal trete ich genauso hart aufs Gas, wie ich vorhin gebremst habe, und fahre mit quietschenden Reifen los. Ein Blick in den Rückspiegel: Da steht er, mitten auf der Straße, und wird kleiner, je weiter ich mich von ihm entferne.

Als ich bei Error zuhause ankomme, hat es aufgehört zu regnen. Ich nehme die Leine vom Beifahrersitz, steige aus und öffne die hintere Tür, um den offenbar beleidigten Satan von der Rückbank zu holen. Die ganze Fahrt über hat er nicht einen Mucks von sich gegeben, was ich sehr zu schätzen wusste. Jetzt sehe ich auch, warum:

Da ist kein Satan mehr im Auto.

Ich bin zehn Minuten zu spät. Kein Wunder, die ganze Nacht über habe ich die Infomappen meines Vaters erst getrocknet, dann gebügelt und zu guter Letzt auswendig gelernt. Viel ist nicht hängen geblieben, denn in meinem Kopf kreisen alle Gedanken um Satan. Was, wenn er von Dognappern entführt wurde und nun als Testobjekt für Enthaarungscremes herhalten muss? Oder von liebestollen Fledermäusen attackiert wurde, die ihn im Dunklen für ein fülliges Weibchen mit perfekter Nase hielten?

Vor lauter Sorge habe ich mitten in der Nacht die Notfall-Hotlines der städtischen Tierheime und Hundefänger angerufen – vergebens. Niemand hat den Mops gesehen oder Lust verspürt, ihn zu suchen. Es ist, als hätte sich die Erde aufgetan und Satan verschluckt. Klingt wie der Refrain eines Dark-Metal-Songs, ist aber bittere Realität. Ich schreib mir den Satz trotzdem mal kurz auf, falls es mit der Karriere als Unternehmensberater nicht klappt.

Eben habe ich Error angerufen und ihm erzählt, dass ein Praktikant aus der Agentur seinen Hund für ein Projekt geliehen hat, in dem Möpse eine Schlüsselrolle spielen – unter anderem auch eine gewisse Möpsin, in die sich Satan wohl auf den ersten Hundeblick verliebt habe. Error meinte, dann wolle er dem Glück nicht im Weg stehen, schließlich könne er ja wegen seines Rückenleidens ohnehin nicht stehen.

»Den Wagen kannst du erst mal behalten«, sagte er. »Ich kriege meinen Führerschein frühestens in einem Jahr wieder – falls Flensburg bis dahin von der Nordsee verschluckt und das Verkehrsregister gelöscht wurde.« Trifft sich gut, denn auf dem Weg zum Flughafen habe ich noch eine Delle am Kotflügel entdeckt, die wahrscheinlich genau zur hohen Stirn des Studienrats passt.

Deshalb habe ich den Wagen auf dem Weg zum Flughafen in der Agentur abgegeben. Ein Summa-cum-laude-Praktikant, der aussah wie Justin Bieber, hat sich förmlich darum gerissen, sich dieser »Herausforderung« zu stellen und die Karre in die Werkstatt zu fahren. Er hat sich richtig über »den Case« gefreut.

In drei Tagen ist der Mercedes wieder in Ordnung, das war zumindest die Aufgabenstellung. Bis dahin hat der Mops hoffentlich auch den Weg nach Hause gefunden.

Jetzt blicke ich erleichtert in die Zukunft, genauer gesagt auf Jessicas Informationen zu unserem Treffpunkt: »Terminal 2, Abflugbereich D, Ebene 2 (Non-Schengen), gegenüber dem Duty Free Shop, Gate D80.«

Genau dort stehe ich jetzt. Allein. Und mittlerweile schon elf Minuten zu spät. Weit und breit sind keine Elitestreber zu sehen – auch keine Jessica. An der weißen Wand hängt ein unauffälliges Bronzeschild. Darauf steht »Senator Lounge«.

Die Tür neben dem Schild ist fest verschlossen. Ich drücke die Klingel. Sekunden später öffnet eine Frau im Businesskostüm, grüßt höflich und schaut mich fragend an.

»Senator?«

»Nein, Berater.«

Sie verdreht die Augen.

»Haben Sie eine Senator-Karte?«

Ich schüttle den Kopf, und sofort will die Frau die Tür wieder schließen. Aber ich stelle meinen Fuß in den Spalt.

»Eine Frage, nur kurz. Hier sind nicht gerade so ein paar Superstreber vorbeigekommen, in schwarzen Anzügen mit Rollkoffern?«

»Hier kommen den ganzen Tag so Leute wie Sie vorbei.«

Ich sehe an mir herunter. Ohne groß drauf zu achten, habe ich mich wieder aus dem Kleiderschrank meines Vaters bedient. Sie deutet mit einem Kopfnicken hinter sich.

»Die ganze Lounge ist voll von Geschäftsleuten. Aber ich darf Sie nur reinlassen, wenn Sie Senator-Status haben.«

Schon klar.

»Mein Name ist Frederick von Schnaidt, ich gehöre zu Schnaidt-Consulting, die haben heute einen …«

»… Recruiting-Event, einen Moment, ich checke das kurz.« Wenig später öffnet sie mit einladender Geste die Tür und deutet in die Lounge. »Kommen Sie bitte herein, möchten Sie etwas trinken? Einen Espresso vielleicht?«

»Nein danke, lieber keinen Kaffee.«

Ich lasse meinen Blick über Ledersofas und dunkle Holztische schweifen, sehe Kellner, die mit Rührei, Müsli, Kaffee und Fruchtsäften zwischen den Tischen umhereilen. Die Leute lachen und scherzen, einige spielen Karten. Sieht eher aus wie die Lounge einer Seniorenresidenz für Millionäre als wie ein Wartebereich.

»Wenn Sie mir bitte folgen würden«, sagt eine junge Frau so freundlich wie in der Werbung. Genauso unwirklich erscheint mir die Szenerie hier auch. Auf dem Weg durch die Lounge kommt mir ein Geschäftsmann mit einem Badetuch entgegen.

»Haben Sie hier auch einen Strand?«, frage ich meine Reiseführerin.

Sie lächelt, als würde sie für ein Foto posieren. »Nein, der Herr geht bestimmt zu den Duschen oder in die Care-Facilities. Das Spa wird leider gerade modernisiert. Aber natürlich können Sie Ruhe- und Arbeitsräume, WLAN, Faxgeräte und Kopierer weiterhin nutzen.« Sie öffnet eine Tür.

Jessica steht mit sechs jungen Leuten an einem kleinen Büfett. Vier junge Männer in schwarzen Anzügen, zwei Frauen in Nadelstreifenkostümen. Sie selbst trägt ein eng geschnittenes Businesskostüm und dazu High Heels, die die Grenzen des Anstands um mindestens fünf Zentimeter überschreiten. Die anderen Teilnehmerinnen haben nicht halb so viel Ausstrahlung. Eine sieht aus wie eine reiche

Tochter, die andere eher bieder. Die sechs scheinen vertraut miteinander, kein Wunder, mein Vater meinte ja, dass sie bereits seit zwei Tagen getestet werden. Jetzt gießt Jessica ihnen Champagner ein.

»Frederick, Sie sind viel zu spät. Klar, das ist ein Red-Eye-Flieger, aber bei uns gilt das Early-Bird-Prinzip.«

»Ich hatte eine shitty night«, entgegne ich, erzähle von dem Unfall mit dem Bildungsreisenden und dichte noch einen Arztbesuch heute früh hinzu, samt attestiertem Schleudertrauma. Jessica sieht mich an wie einen Grundschüler, der für das Entschuldigungsschreiben die Unterschrift der Mutter gefälscht und dabei deren Namen falsch geschrieben hat.

»Wird das nicht mit Halskrause behandelt?«, fragt diejenige der beiden Teilnehmerinnen, die sehr nach reichem Töchterchen aussieht.

»Da müsste ich jetzt meinen Arzt fragen«, entgegne ich.

Sie schaut mich neunmalklug an. »Nicht nötig, ich habe einen Doktor in Medizin.«

»Na, da gratuliere ich aber.«

Einer der vier Männer sieht noch sehr jung und blass aus, einer kräftig, einer indisch, und der vierte kommt mir irgendwie bekannt vor. Jessica drückt mir ein Glas in die Hand, und wir stoßen an.

»Schön hier«, versuche ich das Eis zu brechen. »Vor allem Sie.«

Jessica ignoriert die Schmeichelei. »Wer die ganze Zeit von einem Flieger zum anderen rennt, freut sich, wenn er zwischendurch mal irgendwo zwei Stunden Aufenthalt hat, duschen, etwas essen und dreimal tief durchatmen kann.« Sie blickt von einem Anwärter zum nächsten, als würde sie jeden einzelnen auf Stressresistenz prüfen. Dann trinkt sie einen Schluck Champagner, wobei ein Tropfen an ihrer Unterlippe herabperlt. Sie zieht die Lippe kurz ein, um den Tropfen verschwinden zu lassen.

Die beiden Frauen hängen genauso an dieser Lippe wie die Männer. Plötzlich scheint alles in Zeitlippe, äh, Zeitlupe abzulaufen, und ich meine durch die Lautsprecher Serge Gainsbourg zu hören: *Je t'aime, moi non plus!*

»Also, auf das Recruiting«, ruft Jessica, und wir stoßen noch mal an. »In zwanzig Minuten checken wir ein, bis dahin machen wir eine kurze Vorstellungsrunde.«

Der Inder und der junge Typ ergreifen gleichzeitig das Wort, keiner hört auf zu sprechen. Jessica schaut aufmerksam zu. Schließlich setzt sich der Junge durch, der Inder deutet lächelnd mit dem Zeigefinger auf ihn und überlässt ihm das Wort. Thomas heißt er, sieht aus wie ein Einserabiturient, war Schulsprecher, hat nebenbei mit behinderten (er sagt »benachteiligten«) Menschen gearbeitet und einen Debattierclub geleitet. Er sagt »Slam Poetry«. »Ach ja, und ich war mal Deutscher Meister im Paartanz«, erzählt er.

Auch der Inder, Jayant (»Ihr könnt mich Jay nennen«), hat eine beeindruckende Vita: eine Klasse übersprungen, Auslandsaufenthalt, Stipendium für amerikanische Elite-Unis, trotzdem Zeit, um Brunnen in Afrika zu bauen, das Studium in Bestzeit zu absolvieren und nebenbei im Callcenter seines Cousins in Kalkutta zu arbeiten – »aber das ist eher ein Hobby«, erzählt er.

Die anderen sehen sich betreten an.

»War ein Scherz!«, erklärt er und blökt vor Lachen. Sofort stimmt der Rest ein. Die Lebensläufe der beiden Frauen klingen ähnlich: Einser-Abitur, *summa cum laude*-Studienabschluss, die eine mit Doktortitel, die andere ohne, eine ist reich und abgebrüht, die andere wird offenbar durch den Arbeiterkind-Minderwertigkeitskomplex angespornt.

Der Größte im Bunde, ein Prahlhans namens Greg, flüstert mir »Money und Nanni« ins Ohr, um gleich darauf die beiden zahnpastatauglich anzulächeln. Greg hat schon beim Konkurrenten von Schnaidt-Consulting Praktika gemacht.

Nach ihm stellt sich der Typ vor, der mir bekannt vorkommt. Er heißt Ben. »Ich bin eigentlich kein Unternehmensberater«, sagt er traurig. »Ich habe Kunstgeschichte studiert.« Er schaut mir in die Augen. »Dann bin ich Vater geworden. Weil ich mit Kunstgeschichte kein Geld verdienen konnte, habe ich im Best-Business-Buddies-Club als Techniker gearbeitet …«

Oh Karma, du hinterfotzige Rache der Friedfertigen.

»… bis Frederick die Uhr seines Vaters geklaut hat, wofür man Ben gefeuert hat und er schließlich bei uns gelandet ist«, ergänzt Jessica den Satz.

Stille.

Zum Glück beginnt Jay erneut, dröhnend zu lachen. Die anderen stimmen ein, bis auf Ben und mich. Offenbar sind Lachkanonen ein probates Mittel gegen unangenehme Nachrichten.

Der Typ tritt auf der Stelle. »Ja, klingt wie ein schlechter Scherz«, sagt Ben leise und starrt mich finster an.

Jessica verteilt mit den Bordpässen silberne Plastikkarten: »Unser Office hat es überprüft: Bisher ist keiner von euch Frequent Traveller. Jetzt seid ihr es alle. Und da ist nach oben noch viel Platz.« Sie sieht auf ihre Uhr. »In zehn Minuten beginnt eure Reise in eine goldene Zukunft«, verkündet sie.

Wenig später sitze ich zum ersten Mal in meinem Leben in der Businessclass. Ach, ist das schön, im Flugzeug die Beine auszustrecken. Neben mir hat Thomas Platz genommen, der junge Strebertyp. Nachdem ich mir zwanzig Minuten lang seinen Lebenslauf angehört habe, wünsche ich mir, der schweigsame Ben würde neben mir sitzen und mich böse anstarren. Stattdessen stellt Thomas meine Lieblingsfrage:

»Wie ist Herr von Schnaidt denn so privat?«

»Keine Ahnung, ich habe ihn nie privat erlebt«, entgegne ich.

Jessica, die zwei Plätze weiter sitzt, horcht auf. Schon verstanden, ich soll nicht nur den Berater spielen, sondern auch noch den glücklichen Sohn.

»Niemand kann so gut mit Menschen umgehen wie er«, antworte ich. Sie dreht sich zu mir um und schenkt mir ein Lächeln. Danach vertiefe ich mich in ein Buch, das jemand in der Lounge vergessen hat: »Folienkrieg und Bullshitbingo. Handbuch für Unternehmensberater, Opfer und Angehörige.«

Eineinhalb Stunden später halten vier Limousinen, die uns direkt am Rollfeld abgeholt haben, vor dem Schweizer Chalet. Es ist eher ein Prunkschloss, in dem sogar aufpolierte Ritterrüstungen stehen. Diensteifrige Pagen halten uns die Türen auf. Als mir der Chauffeur meinen Trolley in die Hand drückt, sagt er augenzwinkernd: »Wenn ihr heute Party machen wollt, lasst es mich wissen«, und drückt mir seine Visitenkarte mit einer nicht jugendfreien Buskarikatur darauf in die Hand, die gut in eine Erwachsenenversion von »Cars« passen würde. Ich nehme die Karte an mich, für alle Fälle.

Jessica checkt uns ein, während wir Rosé-Champagner trinken, und übergibt schließlich jedem Zimmerschlüssel und Namensschildchen. »Macht euch frisch. Wir treffen uns hier in genau zwanzig Minuten.« Dabei schaut sie mich mahnend an.

Diesmal komme ich tatsächlich pünktlich – wenn auch wieder als Letzter. Jessica führt uns bis zu einem großen Konferenzraum. »Hier findet ihr eure Paten. Sie begleiten euch durch diesen Workshop, werden euch aber auch prüfen, um herauszufinden, ob ihr die Richtigen für Caesar & Horn seid. Aber in erster Linie geht es ums Kennenlernen. Nach dem Hauptevent finden zwei Workshops statt: *Zahlen und Fakten* sowie *Businessetikette*. Ihr könnt euch einen aussuchen. Nach dem Galadinner steht euch der Abend zur freien Verfügung. Morgen findet nur ein Workshop statt: *Work, Life & Balance*, den leite ich. Den Rest des Tages können wir relaxen, und Sonntag geht es dann wieder zurück.«

»Und wie sollen wir unsere Paten finden?«

»Sie werden euch finden«, stellt Jessica fest.

»Okay, Winners, let's win«, verkündet Greg, klatscht in die Hände und geht voraus.

Ich fühle mich nicht gleich angesprochen und folge als Letzter.

Der Raum sieht aus, als würde hier ein Werbespot für eine riesige Singleparty gedreht: Etwa achtzig bis hundert junge Leute tummeln sich in dem Saal, gemeinsam mit vielen älteren Consultants. Die meisten sind ins Gespräch vertieft, manche lachen oder schauen interessiert. Nach kürzester Zeit entdecke ich unseren Frauenhelden Greg mit dem Cowboy, den ich am Geburtstag meines Vaters getroffen habe. Er grüßt mich mit einem Kopfnicken. Jay steht mit einigen südländisch aussehenden Consultants zusammen, die auf sein Handy starren. Die beiden Frauen sind mittlerweile von einer ganzen Riege Männer umgeben.

»Ganz allein?«, höre ich eine Stimme hinter mir, so kalt wie das Ewige Eis in Sibirien. Ich drehe mich um: Da steht Adam. In der Hand hält er ein Klemmbrett mit Unterlagen. Ganz oben klemmt ein Foto von mir.

»Was machst du denn hier?«, will ich wissen.

»Das Gleiche könnte ich dich fragen. Das hier ist nicht die Berlinale: kein Roter Teppich, keine Schauspieler, nur echte Berater.«

Der Typ bringt mich auf die Palme. Aber ich muss auf dem Boden bleiben, sonst verdreht er mir wieder den Arm.

»Was ist eigentlich dein Problem?«, will ich wissen. »Passt es dir nicht, dass ich da bin? Nehme ich dir den Vaterersatz weg?«

Adam hält meinen Blick, seine Lippen bleiben aber in einem Lächeln fixiert.

»Nein. Ich will nur sichergehen, dass sich hier kein gescheiterter Filmheini reinpresst, weil er zufällig der Sohn vom Boss ist.«

Ich atme tief durch und versuche, mich zu beruhigen. Adam deutet auf zwei Sessel.

»Kann ich dir irgendwie helfen?«, frage ich unwirsch.

»Ich glaube eher, dass ich dir helfen kann. Schließlich bin ich dein Mentor.«

»Das kann nicht sein.«

»Wieso nicht?« In Adams Augen lese ich nur ehrliche Verwunderung. »Dein Vater hat mich persönlich gebeten, deine Patenschaft zu übernehmen.«

Warum hat man mir nicht einen afrikanischen Diktator zugeteilt? Oder etwas ähnlich Handzahmes? Wenn Adam weiß, dass ich als neuer Kollege anheuern will, wird er mir das Leben zur Hölle machen.

Erst mal hinsetzen, tief durchatmen. Mein Feind und Mentor nimmt mir gegenüber Platz.

»Weißt du, was man sich über Berater sagt?«

»Sie verdienen zu viel Geld, schmeißen Leute raus, besitzen zehn absolut gleiche Anzüge, sind beziehungsgestört …« Ich sehe, wie Adam das Blut in den Kopf steigt.

»Das meine ich nicht!«, unterbricht er. »Es heißt: Berater stehlen deine Uhr und sagen dir dann, wie spät es ist.«

Die Uhr. Adams Geschenk an meinen Vater, das ich mir, nun ja, sicherheitshalber vorübergehend geliehen und dann völlig vergessen hatte. Wenn er meinem Vater davon erzählt, bin ich geliefert. »Was willst du von mir?«

»Das weiß ich noch nicht. Aber wir sind uns sicher einig, dass du mir einen Gefallen schuldest.«

Widerwillig nicke ich. Adam senkt die Stimme und klingt jetzt wie ein erkälteter Mafioso: »Irgendwann werde ich dich bitten, mir eine kleine Gefälligkeit zu erweisen.« Er freut sich wie ein Schneekönig über seine Patenparodie. Da ist er aber auch der Einzige.

»Darf ich dir mal ein paar Fachfragen stellen?«

»Sehr gern.«

»Erzähl mir was über Business Outsourcing.«

Darüber hatte ich mal ein Seminar im Wirtschaftsinternat. Vor zehn Jahren.

»War früher besser«, sage ich. Er seufzt.

»Verstellen Quick-Wins den Blick auf das Big Picture?«.

»Können sie, müssen sie aber nicht.«

»Wie würdest du die Content Curation gamifizieren?«

»Gleich als Erstes!«

Adam wirft mit Fachvokabular nur so um sich. Ich fühle mich ein wenig wie in einem KGB-Verhör – in einer mir fremden Sprache. »Number Crunching« zum Beispiel klingt für mich nach einem Gemisch aus Buchstabensuppe und Cornflakes, und »Six Sigma« könnte eine Dark-Metal-Band sein. Aber ich lasse mir nichts anmerken und behalte meine Expertenattitüde. Nach einer Stunde Faktenfragerei erklärt mir Adam, dass er meinem Vater leider raten müsse, mich zur Adoption freizugeben.

In diesem Moment taucht hinter ihm der Business-Cowboy auf, den ich auf dem Geburtstag meines Vaters getroffen habe. Er mustert uns.

»Na, die Herren. Störe ich bei einem Duell?«

Adam springt sofort auf, ich tue es ihm lieber gleich.

»Sie sind also doch on board?«, fragt er mich gutmütig grinsend und schüttelt mir die Hand. »Ich liebe es, wenn Menschen auf mich hören.«

Adam steht auf. »Das ist Tex, Verzeihung, Terence Horn, Oversea-Partner von Caesar & Horn.«

Der Partner grinst mich an wie J. R. aus Dallas. In seinem Lächeln liegt die feiste Zufriedenheit eines Mannes, der alles erreicht hat.

»Freut mich«, sage ich ehrlich und schüttle seine Hand. »Ich bin Frederick von Schnaidt, aber wir kennen uns ja bereits.«

Er zwinkert mir zu. »Tex«, sagt der Oversea-Partner. »Schön, Sie hier zu sehen. Aber jetzt würde ich gern ein paar Worte mit Adam wechseln. Ist geschäftlich. Darf ich ihn mir kurz borgen?«

»Auch gern länger«, sage ich, stehe auf, verabschiede mich

mit einem Kopfnicken und überlasse Tex und Adam ihren Expertengesprächen.

Jessica und die beiden Frauen haben mittlerweile den Großteil der anwesenden Männer um sich versammelt. Charmeur Greg dagegen unterhält sich angeregt mit zwei Geschäftsfrauen, die ihn mit Blicken auffressen, als sei Kannibalismus gerade legalisiert worden. Etwas weiter vorn stehen Thomas und Jay. Ich geselle mich zu ihnen. Ein Kellner fragt, was wir trinken möchten. Thomas bestellt Wasser, ich nehme einen Wodka im Wasserglas, Jay bedeutet dem Kellner, zwei draus zu machen.

»Wie ist es gelaufen?«, fragt mich Thomas.

»Ich glaube, nicht so gut.«

Jay legt mir die Hand auf die Schulter und deutet mit dem Kopf zu Adam herüber. »Ist das dein Mentor?«

Ich nicke.

»Dein Vater hat mal in einem Seminar erzählt, wie Adam Giebowski zum jüngsten Manager des Landes aufstieg: Er ist einfach in das Büro deines Vaters marschiert und hat eine Präsentation gehalten. Das Thema: So mache ich den Job meines Vorgesetzten besser als er.« Er sieht mir ins Gesicht. »An deiner Stelle würde ich mit ihm Frieden schließen. Sonst wachst du eines Tages auf und bist tot.«

Jay winkt uns etwas näher zu sich. »Ich habe was zu rauchen dabei. Kifft einer von euch?«

Thomas schaut überrascht. »Du willst Drogen nehmen? Hier?«

Jay lacht kurz blökend auf und deutet nach draußen, kramt dann in seiner Tasche und zieht ein daumengroßes Stück Haschisch heraus: »Charas aus Indien, handgerollt. So etwas kriegt ihr legal gar nicht. Illegal auch nicht. Außerdem hat die heiße Schwarzhaarige gesagt, wir sollen uns nach den Interviews entspannen.«

»Okay, ich begleite euch«, beschließt Thomas und seufzt fatalistisch. »Einer muss ja aufpassen, dass ihr keinen Mist baut, wenn ihr hier auf Droge rumlauft. Das fällt ja am Ende alles auf mich zurück.«

Im labyrinthartigen Schlossgarten finden wir wenig später einen kleinen Pavillon. Darin hockt Ben, der Techniker. Seinen Kopf hat er in die Hände gestützt. Wir setzen uns neben ihn.

»Was ist denn passiert?«, fragt Thomas mit überraschend liebevoller Stimme und streichelt ihm über den Rücken. Ben stößt die Hand weg und sieht hoch. Seine Augen sind rot verheult.

»Wie haltet ihr das hier nur aus? Immer will einer den anderen reinlegen, immer weiß jemand alles besser, alles ist optimierbar, und wir sind bloß Newbees, die in drei Jahren verheizt sind.«

Wieder streichelt ihm Thomas über den Rücken, diesmal lässt Ben es zu. Jay zündet einen Joint an und hält ihn Ben hin. Der schaut kurz überrascht, nickt dann aber und zieht. Er hustet, kriegt sich schnell wieder ein und sieht mich an: »Weißt du: Ich brauche diesen Job. Meine Tochter hätte gern ein zweistöckiges Kinderbett, das aussieht wie ein Dornröschenturm, und meine Frau will ein Haus mit Garten in Westend. Davon konnten wir bisher nur träumen. Aber ein Job als Berater würde alle unsere Probleme lösen.«

»Das ist doch super«, sagt Thomas, während ich den Joint nehme.

Ben sieht ihn an. »Nein, das ist nicht super. Denn ich bin kein Unternehmensberater.« Thomas und Jay nicken. Ben fährt fort: »Wenn es um Technik geht, kann ich dir alles zusammenbasteln, was du brauchst, aber ich kann dir nichts verkaufen.« Jetzt deutet er auf mich. »Was gäbe ich dafür, wenn ich so wäre wie du. Kannst du mir nicht eben die wichtigsten Sachen beibringen? Du bist der Sohn vom besten Consultant des Landes.«

»Er ist der zweitbeste Consultant«, korrigiere ich und sehe hilfesuchend zu Jay und Thomas hinüber.

»Also, in Kürze ist das gar nicht so einfach«, beginne ich. Jay hat die Augen geschlossen und lehnt mit dem Kopf an der Steinwand des Pavillons. Ich versuche krampfhaft, mich daran zu erinnern, was ich gelernt habe. Mir fällt nichts ein. Ich deute entschuldigend auf den Joint.

»Thomas, kannst du das Briefing bitte übernehmen?«

Mein junger Kollege sieht mich argwöhnisch an. »Also, eigentlich gibt es nur vier wichtige Regeln«, beginnt er. »Erstens: Du musst immer das Zepter in der Hand behalten. Das macht dich begehrenswert. Die Leute wissen eh nicht genau, was du da eigentlich hinter deinem Laptop machst. Wichtig ist nur: Du bist der Experte.«

Gut zu wissen.

Jay grinst, nickt und zieht noch mal am Joint.

»Und wenn ich nicht der Experte bin?«, fragt Ben.

Jay öffnet ein Auge: »Dann musst du schnell der Experte werden.«

Thomas nickt.

»Oder ein guter Schauspieler«, ergänze ich.

»Zweitens: Der Kunde ist dein bester Freund, pass dich ihm an. Er bezahlt dich, gibt dir Folgeaufträge. Auch wenn du Lösungen für sein Problem schnell erkennst, bringe ihn dazu, mit dir zusammen auf ein Ergebnis zu kommen. So hat er das Gefühl, selbst am Erfolg beteiligt zu sein.«

»Und was ist die dritte Regel?«, frage ich interessiert.

»Die Beratersprache besteht zur einen Hälfte aus ›simple bad English‹. Zur anderen aus Euphemismen. Im Gespräch mit dem Kunden wird grundsätzlich alles positiv dargestellt. Sonst auch. Wenn du nicht weiterweißt, sagst du einfach irgendeine Redewendung auf Englisch.« Ich schreibe insgeheim mit.

»Meetingstruktur hast du aus dem Businessclub eh drauf, oder?«, fragt Jay.

Ben nickt. »Für alles andere bekommst du Trainings. Kannst du PowerPoint?«

»Natürlich«, sagt er.

»Siehst du«, entgegne ich, mehr zu mir selbst als zu ihm. »Das hier ist gar nicht so schlimm.«

»Es gibt noch eine Regel«, mischt sich Jay ein und klopft die Asche vom Joint in die Rosenbüsche. Er sieht von einem zum anderen.

»Vertraue niemandem: In keiner Branche wird so viel an Stühlen gesägt wie bei den Unternehmensberatern.«

»Aber euch kann ich schon vertrauen, oder?«, fragt Ben.

Ich nicke, Thomas auch.

Jay dagegen schüttelt den Kopf. »Mir eher nicht.«

Wir sehen ihn erschrocken an. Jay nimmt den Jointstummel aus dem Mund und hält ihn hoch. »Immerhin habe ich diesen Case hier ganz allein gefinished!« Er öffnet den Mund und lässt sein blökendes Lachen durch den Pavillon dröhnen, so dass die Berater, von denen nun immer mehr durch den Park laufen, zu uns herübersehen. Der Recruiting-Programmteil ist zu Ende.

Die beiden Seminare beginnen erst am Nachmittag. Wir beschließen, zu viert in *Business-Etikette* zu gehen, weil niemand Lust auf *Zahlen und Fakten* hat – am allerwenigsten ich.

»Wird heute Abend eigentlich gefeiert?«, fragt Jay. Thomas und Ben schauen sich ratlos an. »Also, eigentlich sollten wir besser für morgen fit sein«, meint Thomas.

Ich ziehe die Visitenkarte des Chauffeurs aus der Tasche und gebe sie Jay. Der muss grinsen, als er den Bus sieht. Darunter steht: *Xzess-Entertainment*, Georgious Papadopulos. Jay nickt.

Aber zuerst wollen wir das beste Spa Europas testen. Während sich die drei anderen für die Biosauna entscheiden, setze ich mich ins Türkische Bad, schwitze ein wenig, entspanne und genieße zum ersten Mal seit Langem das Nichtstun. Von Adam fehlt jede Spur. Wahrscheinlich hat er russische Knast-Tattoos am ganzen Körper, die ihn seinen guten Ruf kosten würden.

Zwei Saunagänge später begegne ich beim Teeholen Thomas, Ben und Jay. Die drei stehen mit knallroten Augen vor der Obstschale und stopfen Physalis, Kiwis, Ananas und Weintrauben in sich hinein, als wären sie gerade erst aus der DDR geflohen.

»Du solltest diese Kakis probieren«, schwärmt Jay. »Die sind fast so gut wie bei uns.«

»In Wuppertal«, murmelt Ben mit vollem Mund und nimmt sich noch ein Stück Mango. »Jay kommt nämlich überhaupt nicht aus Indien.« Jay hält den Finger vor den Mund und erzählt mir, dass er viel bessere Chancen als Berater hat, wenn er den Exotenbonus ausspielt. »Wenn ich denen sage, dass mein Vater auch schon in Deutschland geboren ist, kann ich ja gar nichts Besonderes mehr vorweisen.«

Ich freue mich fast darauf, den Nachmittag gemeinsam mit diesen Knallchargen zu verbringen, die mir seltsamerweise gerade ans Herz wachsen. Außerdem fängt das Seminar *Business-Etikette* in einer halben Stunde an. Wahrscheinlich lernt man dort, wie man einen Laserpointer anständig hält, sein Notebook geräuschlos zuklappt und auf Lederabsätzen geht, ohne dass es klackert.

Weit gefehlt.

Es ist das erste Mal seit langer Zeit, dass ich in einem Seminar sitze. Doch diesmal macht es mir richtig Spaß. Der Dozent ist ein ehemaliger Partner von Caesar & Horn, der sich nach einem Burn-out auf die Dozententätigkeit spezialisiert hat. Wahrscheinlich war der Job als Paperboy schon vergeben. Von ihm lernen wir, wie man sich als Consultant angemessen anzieht (keine braunen Anzüge), wie man korrekt Hummer isst (mit der Zange) und wie man sich bei der Begrüßung verhält, wenn eine Frau und der Konzernchef einem gleichzeitig die Hand entgegenstrecken und die Frau nicht der Chef ist (zuerst den Konzernchef begrüßen). Dann üben wir Situationen, in denen der Kunde ausfallend wird (weil ja niemand Unternehmensberater mag), und machen eine Art Familienaufstellung, um die Funktion eines Beraterteams aus Sicht des Kunden zu verstehen. Die zwei Stunden vergehen wie im Flug. Zum Abendessen gibt es tatsächlich Hummer.

Abgesehen vom Zangenspaß und den köstlichsten Gerichten, die ich je gegessen habe, scheint das Abendessen die Fortsetzung des ersten Castings zu sein.

Immer wieder kommen höherrangige Angestellte auf uns Anwärter zu und versuchen, uns nach Schwachstellen auszuhorchen. Auch Tex legt es darauf an, mich aus der Reserve zu locken, und stellt mir tatsächlich die Frage nach dem Seil um die Erde. Ich antworte: »16 cm. Da passt eine Maus aufrecht durch.«

»Und wie bist du darauf gekommen?«

»Ich habe es ausgerechnet.«

»Ach, ja«, seufzt Jay. »Die alte Formel für den Kreisumfang, eine der beliebtesten Fragen bei Recruitings: Der Umfang ist gleich zwei mal pi mal der Radius, daraus ergibt sich, der neue Umfang ist gleich U plus ein neuer Radius von Umfang mal zwei pi …«

»Ist ja gut«, winkt Tex ab.

»Genau«, sage ich. »Die Formel kennt doch jeder!«

Tex schüttelt den Kopf und deutet auf Jay: »Den solltest du dir warmhalten.« Dann entschuldigt er sich.

Adam ist immer noch nicht wieder aufgetaucht. Jessica, die neben mir sitzt, meint, er sei von meinem Vater zurück in die Agentur beordert worden, es gehe wohl um einen wichtigen Kunden aus Osteuropa. Mir soll es recht sein.

Beim zweiten Glas Champagner biete ich Jessica das Du an. Sie ist einverstanden, »aber nur, wenn du mir erklärst, warum du mich so komisch ansiehst.« Weil mir nichts bessere einfällt, erzähle ich von meinem gestrigen Unfall mit dem Studienrat.

»Schleudertraumata zeigen sich ja manchmal erst Tage später«, meint sie besorgt.

»Worum geht es denn in deinem Seminar morgen?«, will ich wissen.

»Um Yoga«, sagt Jessica und grinst. Ich grinse noch breiter, denn ich mag Frauen mit Humor.

Nach dem Dessert verabschieden sich die Consultants. Kaum sind die Alphatiere verschwunden, lacht Frauenschwarm Greg wieder viel zu laut und bedeutet dem Kellner, ihm nachzuschenken. Jay wirft die Hummerzange weg, nimmt eine Wasserflasche und haut sie auf eine Hummerschere, dass die Schale zerbricht.

»Work hard, party hard«, ruft er. Es klingt wie ein Aufruf zur Polonaise auf dem Karneval. Als müsste er sich nicht nur auf dem geschäftlichen Parkett beweisen, sondern nun auch demonstrieren, dass er ein lässiger Typ ist, der jederzeit Party machen kann. Wie zum Beweis legt Greg jetzt den Arm um Money und Nanni. Jay fotografiert die beiden. Wahrscheinlich für den Abschnitt »Soft Skills« in Gregs Bewerbungsmappe. Der Typ sieht tatsächlich auf allen Bildern genau gleich aus.

In den nächsten zehn Minuten ziehen sich die Anwärter die Jacketts aus, lockern ihre Krawatten und schenken sich nach. Es ist, als wollten sie so schnell wie möglich ihre Spießigkeit unter den Tisch trinken.

Eine halbe Flasche Champagner später klingelt mein Handy. Georgious Papadopulos ist dran. Ich gebe seine vier Worte genauso in die Runde weiter: »Der Partybus ist da!«

Sofort holt Thomas den Zettel mit dem Workshopprogramm heraus und fährt mit dem Finger die einzelnen Tagesordnungspunkte ab. Als er am Ende der Excel-Tabelle keinen »Partybus« findet, dreht er hektisch das Blatt um und sieht mich fragend an.

Auch Jessica ist überrascht: »Das war so nicht geplant.«

Ich grinse. »Dann ändern wir halt mal den Plan. Es muss doch nicht immer alles im Voraus berechnet sein.«

Simultan ziehen Thomas, Ben, Greg und die Frauen die Augenbrauen hoch. Die anderen Teilnehmer sehen fragend zu Jessica herüber. Die schüttelt den Kopf.

»Das geht nicht. Schon aus versicherungstechnischen Gründen.«

Thomas meldet sich zu Wort. »Also, genau genommen ginge das aus versicherungstechnischen Gründen schon.«

Im Eingang steht jetzt ein Grieche, wahrscheinlich Georgious Papadopulos. Er trägt eine schwarze Chauffeursuniform.

»Woher kennst du den?«, fragt mich Jessica. Ich zucke mit den Schultern. »Euch kenne ich ja auch noch nicht richtig«, sage ich und stehe auf. »Aber eine Party ist eine ganz gute Gelegenheit, sich kennenzulernen.«

Jay nimmt seine Serviette vom Schoß, faltet sie zusammen und geht als Erster in Richtung Ausgang. Ben, Thomas, Greg und die beiden Frauen sehen mich fragend an.

»Ich weiß nicht, ob das eine gute Idee …«, beginnt Greg und schaut unschlüssig zu den beiden Frauen. Money steht auf und zieht ihn an der Krawatte zum Chauffeur, der nach draußen zum Bus deutet. Nanni schüttelt den Kopf und starrt vor sich auf den Tisch. Nach und nach steht etwa die Hälfte der Anwärter auf. Thomas bleibt sitzen. Er winkt mich heran.

»Du bist der Sohn vom Chef, du musst ein Vorbild sein«, flüstert er.

»Das bin ich doch«, entgegne ich, stehe auf und gehe in Richtung Ausgang. »Ach, was soll's«, höre ich erst Thomas' Stimme hinter mir und dann das Echo seiner Schritte. Jay kommt noch einmal zurück, nimmt Ben an die Hand und zieht ihn hinter sich her. Ben protestiert noch, aber Jay redet auf ihn ein, bis er schließlich nachgibt. Als Letztes steigt Jessica in den Partybus.

»Wenn das dein Vater erfährt«, sagt sie.

»Muss er ja nicht«, erwidere ich. Als alle eingestiegen sind, fragt mich Georgious Papadopulos zwinkernd, ob ich »sonst noch irgendetwas« brauche. Ich schüttle den Kopf. Er schließt die Türen und fährt los.

Im Bus läuft laute Elektro-Musik. Kaum sind wir losgefahren, geht eine Kühlbox mit Wodka und Energy-Drinks herum. Als der Bus eine halbe Stunde später vor einem Club hält, muss ich mich beim Aufstehen kurz an Jessica festhalten, um nicht zu wanken. Vor uns liegt tatsächlich ein roter Teppich. Zwei Türsteher drängen eine Schlange mit Gästen beiseite und öffnen die Flügeltüren des Clubs. Ein tolles Gefühl. Ich sehe Thomas und Ben an. Sie grinsen. Greg hat seinen Arm um Money gelegt. Jay redet auf Ben ein, der keine Miene verzieht. Schließlich drückt er ihm etwas in die Hand. Ben sieht ihn misstrauisch an, dann steckt er es sich in den Mund.

»Gar nicht so übel, der Job«, sagt Thomas. Ich nicke.

An der Garderobe bekommt jeder Anwärter ein goldenes Bändchen. Darauf steht »Open Bar«. Es fühlt sich an, als wäre ich in das Musikvideo zu »I like to move it« eingestiegen.

Im Club tanzt Greg hinter Money, es sieht aus, als würden sie Liebe machen. Beim Gin Tonic versuche ich Jessica davon zu überzeugen, dass ich genauso cool bin wie mein Vater und dazu auch noch jünger. Jay fragt mich, ob ich Ecstasy will, Money habe welches dabei, aber ich lehne ab. Thomas hält in der einen Hand eine Dose Energy-Drink, in der anderen eine Flasche Wodka. Securityleute kommen auf Jay zu, Jessica geht dazwischen, Jay sagt, er würde nie Drogen nehmen, er sei Unternehmensberater und würde eher sie rausschmeißen als umgekehrt. Ich versuche, den Arm um Jessica zu legen, aber sie schüttelt ihn ab. Thomas schenkt mir Wodka aus seiner Flasche ein: »Es gibt eine 20,3-prozentige Wahrscheinlichkeit, dass sich Jessica in dich verliebt«, meint er.

»Woher weißt du das?«

»Klassischer Dreisatz.«

Dann schwingt er sich auf die Tanzfläche und beweist, dass er nicht nur rechnen, sondern auch tanzen kann. Greg und Money sind verschwunden. Ich kann nicht mehr genau verstehen, was mir Ben erzählt. Ein paar weibliche Gäste tanzen auf der Theke. Jay steht zwischen ihnen. Er hat sein Hemd ausgezogen und tanzt den Harlem Shake. Allein. Jessica kommt zu mir und will wissen, warum ich plötzlich doch Berater werden will. Ich sage ihr, dass ich für sie alles sein kann. Sie grinst, wenn auch nur kurz.

Auf dem Weg zu den Toiletten finde ich Greg und Money wieder. Greg steht vor, Money sitzt auf einem Geländer, ihre Beine um seine Hüften geschlungen. Gregs Hose hängt ihm in den Knöcheln. Am Pissoir treffe ich Thomas, dem vor Schreck der Joint in die Keramik fällt. Jay ist inzwischen von der Theke gestürzt und eingeschlafen. Thomas schreibt ihm mit Kugelschreiber »Computer-Inder« auf die Stirn. Jessica wird von einem Partygast plump angebaggert und scheuert ihm eine. Der Typ holt aus. Ich sehe seine Hand, nehme Anlauf und remple ihn um. Der Clubbesitzer trennt das Gerangel. Er meint, die Party sei vorbei. Sieht allerdings nicht danach aus.

Jay ist wieder aufgewacht und gibt sein goldenes Bändchen für einen Kuss an hübsche Frauen weiter. Ben steht hinter dem DJ-Pult und legt auf. Thomas ist offenbar auch Weltmeister in Lambada. Greg und Money kommen zurück, Greg fragt sie, ob noch Ecstasy da ist. Aber wenn ich mir Ben so ansehe, bezweifle ich das. Nachdem der Club-DJ ihn von seinem Arbeitsplatz vertrieben hat, weicht er mir nicht mehr von der Seite und faselt die ganze Zeit davon, wie dankbar er ist, dass er nicht mehr im BBBC arbeiten muss. Ich nutze die Gelegenheit, ihm meinen Diebstahl zu beichten. Als ich damit fertig bin, nimmt er mich in den Arm und sagt mir, dass er mich liebt.

Jessica tanzt jetzt auch, allein, verlockend. Ich stelle mich hinter sie. Wir rücken näher. Sie sagt, mein Schweiß rieche wie der meines Vaters. Ich versuche, sie zu küssen, aber sie wendet den Kopf ab. In dem Moment sprüht uns Thomas mit Schaum aus dem Feuerlöscher ein. Jay schreit »Schaumparty« und macht vom Tresen einen Kopfsprung in die Menge. Die anderen Anwärter fangen ihn auf. »Das ist Teambuilding«, kreischt er. Plötzlich ist die Musik aus und das Licht an.

Im Bus zählt Jessica die Anwesenden durch wie eine Lehrerin auf dem Schulausflug. Zurück im Schloss sind wir zu aufgekratzt, um zu schlafen. Aber die Bars haben schon zu. Niemand will uns noch Alkohol geben. Greg erzählt irgendwas von »Nächstenliebe«, weshalb er und Money jetzt Nanni wecken müssten. Jessica meint, wir sollten auch ins Bett gehen. Thomas, Jay und ich sind sofort einverstanden. So habe sie das nicht gemeint, sagt sie und zieht allein los. Wir müssen ihr versprechen, keinen Blödsinn zu machen. Als sie weg ist, schlägt Jay den Spirituosenschrank in der Bar mit einem »Notausstieg«-Hammer ein, den er aus dem Bus geklaut hat.

Eine halbe Stunde später wollen wir eigentlich nur ausprobieren, ob man durch die Visiere der Ritterhelme Tequila trinken kann, aber dann beweist Jay, dass er tatsächlich in die Ritterrüstung vor dem Konferenzraum passt. Kurz darauf fordert er mich zum Duell und haut mir mit seinem Schwert fast die Hand ab. Jay will sofort Money bei Greg aus dem Zimmer holen, damit sie als Ärztin erste Hilfe leisten kann, aber ich bestehe auf meine Revanche. Also bitte ich Thomas, mir als Knappe zu assistieren und beim Anlegen der Rüstung zu helfen. Währenddessen schläft Jay ein. Thomas schlägt vor, ihn hier auf dem Konferenztisch liegen zu lassen, schließlich könne ihm ja in der Rüstung nichts passieren. Aber das geht auf gar keinen Fall: »Wir sind jetzt ein Team!«, erkläre ich mit schwerer Zunge. Thomas nickt; wir wuchten Jay auf einen Servierwagen und schieben ihn auf sein Zimmer.

Im Flur kommt uns Jessica entgegen. Schnell klappe ich mein Visier herunter. Aber sie erkennt mich trotzdem. Jessica fragt nicht, wer in der anderen Rüstung steckt oder warum meine Hand blutet, sie will nur wissen, ob wir Ben gesehen haben. Er habe sie angerufen, wisse nicht, wo er sei, um ihn herum sei es dunkel und eng. »Ich habe ihn zuletzt auf der Rückfahrt gesehen«, meint Thomas. »Er musste sich übergeben und ist aufs Busklo gegangen.«

»Ist er da auch wieder rausgekommen?«, will Jessica wissen.

Ich wähle Georgious Papadopulos' Nummer, aber der geht nicht ans Telefon. Also ruft Jessica ein Taxi. Der Fahrer lässt sich vorab bezahlen, und ich muss das Schwert im Kofferraum deponieren.

Der Bus steht vor dem Club, aber es ist niemand mehr da. Wir rufen Ben an. Der geht nicht mehr dran. Jessica scheint ernsthaft besorgt, lässt sich aber trotzdem nicht in den Arm nehmen. Mit dem Schwert breche ich erst den Bus und dann das Klo auf. Ben sieht, nun ja, zum Kotzen aus. Er muss sich bis auf die Unterhose ausziehen, damit der Taxifahrer ihn überhaupt mit zurück zum Schloss nimmt. So fahren wir dem Sonnenaufgang entgegen: die Assistentin meines Vaters, ein Ritter, ein bekiffter Nerd und ein nackter, übelriechender Familienvater. Ich hatte mir Consulting-Events spießiger vorgestellt.

Als wir am Schloss ankommen, geht bereits die Sonne auf. Jessica sieht müde aus, deshalb biete ich an, sie auf mein Zimmer zu bringen. Wieder lehnt sie mit einem Lächeln ab und wünscht uns eine Gute Nacht. Dann legt sie mir eine Hand um den Nacken, ihre Lippen nähern sich meinen, und sie flüstert: »Kommt nicht zu spät zu meinem Kurs. Wer feiern kann, kann auch arbeiten.«

Von wegen.

»Mein Name ist Sina, ich leite dieses Seminar heute mit Jessica zusammen«, sagt eine Frau, die aussieht wie Pippi Langstrumpf Anfang dreißig. Sie sitzt in einem Kreis von etwa vierzig schwer verkaterten Anwärtern in Jogginganzügen. Die Hälfte von uns trägt dunkle Sonnenbrillen. Jeder hockt, kniet oder liegt auf einer hellblauen Yogamatte, neben oder auf fliederfarbenen Kissenrollen. Jay, Ben und Thomas sehen genauso kreidebleich aus wie ich, wobei es bei Jay am meisten auffällt. Von Jessica ist weit und breit keine Spur zu sehen, genauso wenig wie vom Großteil derjenigen, die gestern mit uns im Club waren, wie zum Beispiel Greg und Money. Nanni dagegen ist die Erste gewesen. Ich bin auch nur hier, weil ich insgeheim hoffte, mir mit meinem Einsatz gestern Abend vielleicht eine Tantra-Yoga-Massage verdient zu haben. Das muss ich jetzt wohl alleine erledigen.

Der Yogaraum erinnert an eine Mischung aus Schrein, Interieurmuseum und Meditationsraum, vollgestellt mit Orchideen, silbernen Buddhaköpfen und Klangschalen. Am auffälligsten aber ist diese Sina, die viel zu gesund aussieht, um echt zu sein.

»Wir können noch nicht anfangen«, sage ich. »Jessica fehlt noch.«

Sina betrachtet mich aufmerksam.

»Gut erkannt. Sie kommt etwas später. Das gibt Ihnen gleich die Gelegenheit, mit einer wichtigen Lektion zu beginnen: Geduld.« Sie sieht sich um: »Wer von Ihnen weiß denn schon etwas über Yoga?«

Ich grinse spöttisch. »Da sitzen alle im Kreis, zünden Räucherstäbchen an und klemmen sich zu Hippiemusik die Beine hinter den Kopf.«

Sina lächelt mich an, wie man ein dummes kleines Kind anlächelt. »Ja, das ist das klassische Vorurteil. Aber bei uns läuft das anders. Normalerweise übernimmt Jessica den Theorieteil und mein Lehrer die praktischen Yogaübungen. Da Jessica noch nicht da ist, fangen wir am besten schon mal mit der Theorie an ...«

»Und da dein Lehrer nicht da ist, lassen wir das mit der Praxis am besten ganz«, entgegne ich. Normalerweise bin ich ja nicht so zickig, aber irgendetwas an dieser Frau fordert mich heraus. Sie ruht so dermaßen in sich, dass man nur neidisch werden kann. Bei ihr scheint einfach alles im Lot zu sein – eine wandelnde Provokation für einen Chaoten wie mich.

»Sind Sie denn überhaupt eine richtige Yogalehrerin?«

Sina macht ein ertapptes Gesicht.

»Ich bin Seminarleiterin«, stellt sie fest und ergänzt: »Jetzt wäre ich Ihnen dankbar, wenn Sie hier entweder mitmachen oder den Raum verlassen würden. Ich will ja auch nicht Ihr Abizeugnis sehen.«

Erstaunlich resolut für so eine Esoterik-Tante. Aber so schnell lasse ich mich nicht einschüchtern. Nicht mal mit dem drittstärksten Kater meines Lebens. »Eine Frage noch, Frau Seminarleiterin.«

Sina schaut mich an.

»Ich dachte, Yoga sei ein Frauensport?«

Jay hebt die Hand und schüttelt den Kopf: »Ursprünglich war es ein Männersport«, weist er mich müde zurecht. Verräter. Ich werde sofort den alten »Ein Herz für Inder«-Sticker von Errors Wagen kratzen.

Sina lächelt Jay dankbar an. »Sie sehen alle noch etwas müde aus, wahrscheinlich arbeiten Sie viel im Sitzen.«

Die letzte Phrase habe ich von Orthopäden und Krankengymnasten häufiger gehört als die Frage nach einer privaten Zusatzversicherung. Und nie sagt jemand: »Nein, ich arbeite viel im Liegen« oder »Also, ich arbeite sehr viel in der Grätsche.« Auch jetzt nicht. Hanni, die offenbar gestern früh ins Bett gegangen ist, nickt euphorisch.

»Machen Sie nun mit oder nicht?«, fragt Sina mich.

»Neee, ist lieb gemeint, danke, aber ich bin leider überhaupt nicht gelenkig.«

Sie schaut mich an wie einen kleinen Jungen, der gerade etwas sehr Dummes von sich gegeben hat: »Das ist so, als wenn Sie sagen würden, Sie wollten nicht in ein Restaurant gehen, weil Sie hungrig sind. Denn Sie machen Yoga doch, um gelenkig zu werden.« Sie lächelt, als habe sie gerade einen großen Sieg errungen.

»Das Bild ist schief«, erkläre ich. »Ich gehe ja nicht ins Restaurant, um hungrig zu werden.« Leider klingelt mein Handy, bevor ich den Triumph ausgiebig genießen kann. Kaum einer der Anwärter reagiert, schließlich gehören Handys zu ihrem täglichen Leben. Nur Sina zuckt zusammen und starrt mich böse an. Ich werfe einen Blick auf das Display: mein Vater.

»Da muss ich jetzt ran «, sage ich. »Das ist der Chef, der zahlt auch Ihr Gehalt.« Ich drücke die Taste mit dem grünen Hörer.

»Hi, Dad!«

»Ich wundere mich, dass du noch gar nicht angerufen und um Hilfe gebeten …« Weiter kommt er nicht.

Ehe ich mich versehe, hat mir Sina das Handy aus der Hand gerissen. »Er ruft Sie in einer halben Stunde zurück«, sagt sie, ohne den Blick von mir zu nehmen, und beendet das Gespräch. Mit spitzen Fingern legt sie das Handy auf eine kleine Steinstufe.

»So, jetzt schalten bitte alle ihre Mobiltelefone aus und legen sie hier ab. Erstens sind wir in einem Seminar, das in Ihre Bewertung einfließen wird …« Sie wirft mir einen bösen Blick zu, »und zweitens habe ich eine Allergie gegen Handystrahlen.«

Genau. Und ich habe eine Allergie gegen eingebildete Allergien.

Doch Thomas hat sein Handy bereits aus der Tasche gezogen, und Ben kramt in seiner Jogginghose, hat aber offenbar gar keins dabei. Jay legt seins gerade ab.

Sina sieht mich an. »So, und nun zum Thema *Work, Life & Balance* und zu meiner Qualifikation.« Sie lächelt in die Runde. »Ich vergesse manchmal, dass man in der Consultingbranche sehr viel Wert auf Zeugnisse legt. Gestern Nacht hat mich Jessica angerufen und mich gebeten, dieses Seminar zu übernehmen. Ich bin Diplom-Pädagogin und arbeite seit vier Jahren in der Erwachsenenbildung, hauptsächlich mit Managern, die unter Burn-out-Symptomen leiden oder denen es an emotionaler Intelligenz mangelt.«

Wieder ein Seitenblick zu mir. Oh Gott, und ich dachte immer, diese Yogaleute seien friedfertig. Sina erzählt uns von ihren Fortbildungen und ihren Indienaufenthalten. Dann kommt sie wieder auf mich zu sprechen.

»Vielleicht sollten Sie mal Ihre Vorurteile ablegen. Sie stehen am Anfang Ihrer Karriere und werden im Laufe Ihres Berufslebens noch genug Stress haben, da brauchen Sie einen Ausgleich. Echte Alphamänner haben heute vor nichts mehr Angst – außer vielleicht vor Yoga. Denn da müssen sie nicht ihre Grenzen überschreiten, sondern sie erst mal finden – was Männern generell schwerfällt«, sagt sie mit erneutem Seitenblick zu mir. »Männer sind ja am liebsten Helden.«

»Lassen Sie bloß die Helden aus dem Spiel. Batman hatte nie Yoga nötig. Okay, bei Superman bin ich mir nicht so sicher. Aber wenn die ihr Ego in den Griff gekriegt hätten, wäre die Welt untergegangen.«

Sina lächelt.

»Ein Superheldenfan, wie süß. Ich finde, wir sollten den Helden zum Thema unseres heutigen Talks machen.«

Unseres Talks? Ich dachte, wir machen hier Yoga? Müssen

wir dann auch noch darüber reden? Sina kramt in ihrer Stofftasche, holt ein abgegriffenes Büchlein heraus, blättert darin, hält kurz inne und sagt dann:

»Sei stark wie Hanuman oder Bhima. Sei großherzig wie der Himmel. Sei tief wie der Ozean. Sei fest und standhaft wie der Himalaja. Das hat Swami Sivananda gesagt.«

Den kenne ich nicht. Und von Leuten, die ich nicht kenne, lasse ich mir grundsätzlich nichts sagen.

Jay hält die Augen geschlossen und lächelt. Wahrscheinlich ist er schon bei der ersten Metapher eingeschlafen.

»Sind Sie so großherzig wie der Himmel?«, fragt mich Sina. Alle Blicke wenden sich zu mir.

Ich schaue zerknirscht. »Also, blau wie der Himmel würde es eher treffen.«

»Sind Sie standhaft wie der Himalaja?«, fragt sie. Gerade will ich erneut zu einem blöden Spruch ansetzen, da merke ich, dass ich wirklich gern standhafter wäre. Ein wenig Ruhe und Besonnenheit würden meinem Leben sicher mal ganz guttun. Aber das werde ich hier wohl kaum an die große Glocke hängen.

»Wie ist es bei den anderen?«, fragt Sina nun und schaut in die Runde. Niemand wagt sich vor.

»Na gut«, sagt Sina. »Aber denken Sie mal über die Worte von Swami Sivananda nach.«

»Und Sie glauben also, dass man durch Yoga standhafter wird?«, frage ich.

»Ich und fünf Millionen Menschen in Deutschland, die Yoga üben«, meint sie. »Die Frauenquote in den Kursen liegt bei achtzig Prozent, obwohl Yoga ursprünglich ein Männersport war, wie Ihr Kollege schon richtig erklärt hat. Auch Sting und Ralf Bauer machen Yoga.«

»Na, das sind wirklich wahre Männer«, ätze ich und knuffe Thomas aufmunternd in die Seite. Aber der hört ganz konzentriert zu.

»Woran liegt es also, dass sich auch in Deutschland immer

mehr Leute in den *nach unten schauenden Hund*, die *Krähe* oder die *Heldenstellung* wagen?«, fragt Sina.

»An dieser Yoga-Jordan aus der Bildzeitung?«, rate ich.

Sina verneint mit dem Zeigefinger.

»Nein, die Wahrheit ist viel trauriger«, fährt sie fort. Sie deutet mit dem Finger von einem zum anderen.

»Ich habe keine Ahnung von PowerPoint, aber lassen Sie mich versuchen, es in Ihrer Sprache zu sagen, also mit objektiven Fakten: Die Zahl der Krankschreibungen aufgrund von Depressionen, Angststörungen oder Rückenschmerzen ist laut der Untersuchung *Arbeitsunfähigkeit und psychische Erkrankungen* seit 2004 um fast 1400 Prozent nach oben geschossen. Es muss ja nicht immer gleich ein Burn-out sein, aber selbst Unternehmensberater wie Sie, die sonst jede Herausforderung stemmen, fühlen sich irgendwann überfordert und abgekämpft. Yoga ist ein Weg gegen das Ausbrennen.«

Als sie geendet hat, steht Jay auf und klatscht. Die anderen stimmen ein.

Sina sieht von einem Teilnehmer zum nächsten.

»Gibt es irgendetwas, das ich über Sie wissen sollte?«, fragt sie. »Verletzungen, Beschwerden?«

Ich halte meine bandagierte Hand hoch. Sina nickt.

»Zu heldenhaft gewesen? Na, dann wollen wir mal zusehen, dass Sie etwas Energie bekommen. Unsere erste Yogastellung ist das Dreieck, Trikonasana.«

Sofort gehe ich in eine Stellung, die dem Y des Ausdruckstanzhits *YMCA* ähnelt.

»Das wird Ihnen neue Kraft geben«, sagt Sina und stellt sich in Position. »Die Füße eine gute Beinlänge auseinander, die Knie durchgedrückt, die Fußaußenkanten parallel zum Mattenrand. Dann strecken Sie die Arme nach links und rechts. Nun drehen wir den hinteren Fuß um ungefähr sechzig Grad ein und den vorderen Fuß um neunzig Grad aus.«

Das klingt nach höherer Mathematik. Und ich muss mich verrechnet haben, denn ich stehe ganz schön wacklig.

Als nächstes zieht Sina die Hüfte zurück, stellt die rechte Hand auf ihr Knie und streckte die linke Hand nach oben. Dabei dreht sie ihren Körper regelrecht auf. Sieht zugegebenermaßen wieder ziemlich symmetrisch aus.

Jay hat einfach die Haltung eingenommen, als hätte er das schon tausendmal gemacht. Seine Atmung geht tief und gleichmäßig, sein Brustkorb ist gewölbt wie der eines Hahns, er schaut nach oben zur linken Hand.

Sina nickt zufrieden, während sie uns anderen Anweisungen erteilt:

»Die Finger spreizen, die Schultern in einer Linie, den Nacken weich halten, den Rücken breit, die Oberschenkel weiter nach hinten und die Fersen fest in den Boden drücken.«

Ich versuche, mich genau so hinzustellen, wie sie gesagt hat. Aber das ist gar nicht so einfach – vor allem, weil sie ständig neue Anweisungen erteilt. Es ist unmöglich, auf alles gleichzeitig zu achten. Nicht nur für mich: Thomas' Kopf läuft knallrot an. Sina bittet ihn, seinen Ausfallschritt zu verkleinern und sich erstmal nur auf die Beine zu konzentrieren. Worauf denn sonst? Auf seine Ohren?

»Sie müssen nicht immer über Ihre Grenzen hinausgehen, sondern sie erst mal wiederfinden.«

Das habe ich bisher immer genau andersherum gemacht. Als Sina neben mir steht, schlägt sie die Hände zusammen:

»So etwas habe ich ja noch nie gesehen.« Gegen meinen Willen fühle ich mich geschmeichelt. »Würden Sie kurz mein Modell sein?«, fragt sie.

»Wenn es sein muss«, knurre ich.

Sina bittet die anderen, sich in einem Kreis um uns zu versammeln.

»Dieser junge Kollege ist ein Musterbeispiel für alles, was man falsch machen kann. Seht her.« Nun dekliniert sie von den Händen bis zu den Füßen, von vorn nach hinten durch, was an meiner Pose alles nicht stimmt: Knie nicht durchgedrückt, Rücken krumm, Flanke zu weit vorn, Arm zu weit hinten… Völlig klar, das ist die Rache für meine Stänkereien, jetzt putzt sie mich vor versammelter Mannschaft herunter.

»Bitte noch die Kniescheiben richtig hochziehen«, sagt sie. Weil mich alle anstarren, versuche ich, die Beine zu strecken. Sina steht hinter mir und stützt mich. Plötzlich merke ich, dass mein Atem tiefer geht. Seltsam. Es ist gar nicht mehr so schwer, sich auf eine Sache zu konzentrieren, vielmehr scheint sich mein Körper gerade wie von selbst ins Lot zu rücken.

»So, jetzt noch den linken Arm ganz gerade nach oben strecken.« Ich folge. Es fühlt sich an, als wäre mein Körper mit dem Boden verwurzelt. Andererseits ist es auch tierisch anstrengend, aber da mich alle anstarren, will ich mir keine Blöße geben.

»Sie machen das schon sehr gut«, lobt Sina, und ich strecke mich noch ein bisschen mehr in die Haltung.

»Jetzt nicht zu ehrgeizig werden«, mahnt sie – leider zu spät, denn ich verliere das Gleichgewicht, strauchle und falle mit durchgestreckten Beinen in einem perfekten Dreieck flach auf den Boden. Wie ein Maikäfer, der mal was Neues ausprobieren wollte, auf zwei Beinen balancierte und dann doch wieder auf dem Rücken gelandet ist.

»Kann es sein, dass Sie leicht aus dem Gleichgewicht zu bringen sind?«, fragt Sina grinsend und streckt die Hand aus, um mir hochzuhelfen.

»Frechheit«, fahre ich sie an. »Und kann es sein, dass Sie gar keine echte Yogalehrerin sind?«

Sie räuspert sich kurz. Alles klar.

»Ich bin, wie gesagt, Pädagogin und übe schon sehr lange Yoga.«

»Sind Sie nun eine zertifizierte Yogalehrerin oder nicht?«

Sie atmet tief ein und lächelt entschuldigend. »Meine Prüfung ist erst in drei Monaten. Das hier war ein Notfall.«

»Also sind Sie noch keine echte Yogalehrerin«, bohre ich nach, froh, dass ich nicht mehr als Fallobst im Mittelpunkt der Aufmerksamkeit stehe oder liege.

»Normalerweise übernimmt mein Lehrer die Managerseminare. Aber er ist krank, liegt mit einer fetten Bronchitis im Bett. Damit sollte man kein Yoga üben.«

»So ein Pech für uns«, ätze ich. »Können wir eine kurze Pause machen?«

Alle sind mehr als einverstanden und trollen sich zu dem kleinen Obst- und Teebüfett am Eingang, möglichst weit von mir entfernt. Nur Sina bleibt auf der Stelle stehen und mustert mich mit verschränkten Armen.

»Was soll das?«

Ich zucke mit den Achseln: »Was soll was?«

»Sie stellen meine Autorität infrage.«

»Ich habe eben keine Lust auf Yoga.«

Sinas Stirn kräuselt sich, die Sommersprossen ziehen sich zu einem Sturm zusammen.

»Glauben Sie, ich habe Lust auf Unternehmensberater?«

Ich muss grinsen.

»Was gibt es denn da zu lachen?«, faucht sie.

»Für eine Yogalehrerin sind Sie aber ganz schön aggressiv. Ach, nee, hatte ich vergessen, Sie sind ja noch gar keine …«, beginne ich, da fliegt mir eine der Sitzrollen an den Kopf. Ich bin baff. Sowas hat seit der Grundschule niemand mehr gemacht.

»Sie haben ein Aggressionsproblem. Sie sollten …«

»Yoga machen?«, führt sie meinen Satz zu Ende. »Das will ich ja, aber Sie stören ständig.«

»Sie können Ihre Teilnehmer nicht mit Kissenrollen bewerfen. Wir sind hier nicht im Kindergarten«, sage ich und werfe die Kissenrolle zurück.

Sina fängt sie auf. »Warum benehmen Sie sich dann, als wären wir im Kindergarten?«

»Mache ich nicht.«

»Doch.«

»Nein.«

»Doch.«

Plötzlich steht Jessica neben uns. Sie sieht müde aus.

»Was ist denn hier los?«

Sina und ich weichen zurück.

»Er torpediert den Unterricht«, sagt Sina. Jessica seufzt und sieht mich mit ihren schönen blauen Augen an. Sofort ist meine ganze Wut wie weggeblasen.

»Frederick, was ist denn los mit dir? So kenne ich dich ja gar nicht.«

»Keine Ahnung«, sage ich kleinlaut. »Ich hatte mich irgendwie auf Yoga mit dir gefreut.«

Die beiden Frauen sehen sich an und grinsen.

»Ich weiß, das ist kindisch«, fahre ich fort, da hat mir Jessica schon einen Kuss auf die Wange gedrückt.

»Nein, das ist süß«, sagt sie.

»Ich wusste gar nicht, dass du dich für Yoga interessierst?«

»Nun ja«, druckse ich.

Sina schaut uns amüsiert an. »Er kann ja mal zu einer Probestunde zu uns ins Studio kommen«, sagt sie und lächelt mich fies-freundlich an.

»Dann setzen wir uns alle in den Kreis«, schlägt Sina vor, »zünden Räucherstäbchen an und klemmen zu Hippie-Musik die Beine hinter den Kopf!«

Jessica lacht. »Hör nicht auf sie. Wir üben nach den Richtlinien von B. K. S. Iyengar. Ohne esoterischen Firlefanz.«

»Umso besser!«, sage ich. Von mir aus können die auch nach den Richtlinien von Roberto Blanco üben.

Sina grinst mich an. »Vielleicht sollten Sie wirklich mal zur Probestunde kommen. Wenn man etwas gefunden hat, das einem so viel Spaß macht, dann muss man unbedingt dranbleiben.«

Jessica nickt mir aufmunternd zu. »Wir haben allerdings gemischte Umkleidekabinen – aber das ist bestimmt kein Problem für dich, oder?«

Ich winke ab: »Für mich gibt es keine Probleme – nur Herausforderungen.«

Mein Vater läuft so nervös hinter seinem Schreibtisch auf und ab, als würde jeder seiner Schritte Strom erzeugen, mit dem er ein neues Unternehmen antreiben kann. Dabei fuchtelt er mit einem Stapel weißer Blätter herum.

»Das war ja zu erwarten«, schimpft er, bleibt stehen und knallt die Blätter auf den Schreibtisch. Er nimmt den Stapel wieder hoch und hält ihn mir demonstrativ vors Gesicht:

»Die schlechteste Bewertung von Tex, die schlechteste von Adam, einen Minuspunkt von der Yogalehrerin und einen Anstandspunkt von Jessica.« Er mustert mich. »Vielleicht glauben sie, dass deine Fehler auf mich zurückfallen. Du bist meine Achillesferse. Adam und Tex meinen ohnehin, ich werde langsam zu alt für den Job.« Während der letzten Worte hat er sich umgedreht und nervös die Hand zum Mund geführt. Kaut er neuerdings an den Fingernägeln?

»Frederick, ich habe ein Problem«, sagt er und dreht sich um.

»Kann gar nicht sein«, entgegne ich, verstumme aber sofort, als ich die Sorgenfalten auf seinem Gesicht sehe. Oje. Jessica hat ihm wahrscheinlich von der verwüsteten Schnapsbar und meinen Eskapaden während des Recruiting-Events erzählt. Dabei waren wir am Samstag wirklich ganz brav und sind am Sonntag ohne weitere Zwischenfälle abgereist.

»Es tut mir leid wegen der Ritterrüstungen. Und wegen der Bar. Und wegen allem, was sonst noch kaputtgegangen ist. Der gute Ruf und all das. Ich verstehe, dass du sauer bist…« Er stutzt kurz, mustert mich und macht eine wegwerfende Handbewegung.

»Keine Ahnung, wovon du redest.«

»Okay, ich habe aus Gewohnheit den Bademantel geklaut, aber bei dem Preis wird der ja wohl inbegriffen sein!«

»Jetzt halt mal kurz die Luft an.« Er schließt die Augen und reibt sich die Nasenwurzel. »Du hast Tex kennengelernt?«

»Diesen freundlichen J. R.-Verschnitt, ja.«

»Freundlich?« Mein Vater schnaubt verächtlich. »Er will mich raushauen und einen Jüngeren an meine Stelle setzen.«

»Aber du bist gerade zum zweitbesten Berater des Landes gewählt worden.«

»Scheiß drauf. Der zweite Platz ist nicht gut genug, das weißt du selbst. Entweder bist du ganz oben oder draußen. Adam soll meinen Job kriegen.«

»Und wer entscheidet das?«

»Raschid Khamroff.«

Mein Vater erzählt, dass er gerade mit Khamroff, einem russischen Oligarchen, verhandelt, der mit Öl, Erdgas und Waffenverkäufen aus alten Armeebeständen ein Vermögen gemacht hat. Jetzt investiert er, kauft Muckibuden, Frauenfitness-Studios, Kampfsportschulen und Tanzstudios in ganz Europa, um sie in ein Sportimperium nach dem Vorbild einer gewissen österreichischen Aktivbrausenfirma zu verwandeln.

»Wie das konkret aussehen soll, wissen wir nicht. Und ich glaube, er weiß es ebenso wenig. Der Markenkern muss neu definiert und die Corporate Identity optimiert werden. Der Auftrag ist millionenschwer. Wenn ich den an Land ziehe, komme ich vielleicht mit einem blauen Auge davon. «

»Als Russe sollte Adam einen guten Draht zu Khamroff haben«, meine ich.

»Dachte ich auch.« Mein Vater sieht kurz nach unten, als stünde dort die Lösung seiner Probleme.

»Bisher hatte er das Projekt auch tatsächlich auf dem Tisch. Aber Khamroff springt nicht auf ihn an. Er hasst

Unternehmensberater. Aber er liebt die Filmbranche: Los Angeles, Hollywood, Berlin. Er ist total vernarrt in Actionfilme, die ganze Superheldennummer.« Ein tiefer Blick. »Ich will, dass du den Fall übernimmst. Als Berater. Für Khamroff brauchen wir neuen Input, kreative Lösungen, unkonventionelle Denkansätze.«

»Das ist jetzt nicht dein Ernst. Du hast gerade selbst gesagt, dass ich ein Versager bin. Schau dir meine Bewertungen an. Ich bin kein Berater.«

Mein Vater zuckt mit den Achseln. »Ich glaube, das Zeitalter der Berater geht zu Ende. Bei uns gab es immer Typen mit schauspielerischem Talent. Warum sollten wir es da nicht mal mit einem echten Schauspieler versuchen? Außerdem weiß ich nicht, wem ich hier in der Agentur noch trauen kann. Außer dir. Also, was sagst du?«

Ja, ich sage ja. Nicht nur, weil ich so vielleicht meine Schulden zurückzahlen kann, sondern weil die ganze Angelegenheit viel interessanter klingt, als Post auszutragen. Was ist schon dabei? Ich mache mich zum Affen, und das zur Abwechslung mal auf hohem Niveau. Schlimmer als beim Film kann es kaum werden.

»Eins noch«, sagt mein Vater. »Mit dem Rumgeeier ist jetzt Schluss. Ich will, dass du härter wirst, und ich weiß, dass du das kannst. Du musst über deine Grenzen hinausgehen, innovativer denken als Steve Jobs, rücksichtsloser als Mark Zuckerberg und härter sein als Angela Merkel. Ganz oder gar nicht. Consulting bedeutet Krieg. Willst du für mich in den Krieg ziehen?«

Mein Vater streckt die Hand aus.

Ich ergreife sie. »Wen soll ich umlegen?«

Er sieht mich ernst an: »Adam.«

»Haha«, lache ich vorsichtig. »Guter Witz. Aber jetzt mal im Ernst. Was erwartest du von mir?«

Ruckartig lässt mein Vater meine Hand wieder los, setzt sich hin und beginnt, wie ein Besessener auf seiner Tastatur herumzuhacken, als wäre ich gar nicht anwesend. Nach einer Minute ist er fertig.

Er drückt einen Knopf auf seinem Schreibtisch, sekundenschnell verdunkelt sich das Zimmer. Auf seinem Drehstuhl rollt mein Vater zur Seite, in der Hand einen Laserpointer, mit dem er Kringel an die weiße Wand malt, bis der Beamer dort ein Bild erscheinen lässt: Die Grafik sieht aus wie das Brandenburger Tor. Statt der Quadriga steht oben »Khamroff«. Die einzelnen Säulen repräsentieren je einen Unternehmensbereich, gekennzeichnet mit den Ziffern 1 – 4.

Die nächste Folie: ein Kinderbild von mir, ich muss darauf etwa fünf Jahre alt sein, trage ein knallrotes Lacoste-Polo-Shirt, einen Seitenscheitel und strecke am Strand von Ibiza der Kamera die Zunge heraus. Über dem Foto steht: »Du«.

»So weit, so klar?«, fragt mein Vater. Ich nicke.

Die nächste Folie.

Darauf prangt eine Krone, darüber ein Wort: *Erfolg*!!! Die Ausrufezeichen sind gefettet und unterstrichen.

Hinter mir räuspert sich jemand. Ich drehe mich um. Dort steht Jessica.

»Adam wartet draußen. Er will sich nicht abwimmeln lassen.« Sie sieht das Foto an der Wand und streckt den Daumen hoch: »Früher sahst du ja richtig gut aus!«

Ich erröte gegen meinen Willen. Mein Vater drückt eine Taste, das Bild verschwindet.

»Sehr gut, dann erzähle ich Adam gleich, dass du auf Khamroff bist. Oder willst du es dir noch mal überlegen?« Lieber nicht.

»Ich bin dabei«, sage ich entschlossen.

Dann betritt Adam den Raum.

»Ist das ein Inner-Circle-Meeting, oder darf ich teilnehmen?«, fragt er.

»Sehr gern«, entgegnet mein Vater. »Wir haben gerade von dir gesprochen.« Er drückt erneut einen Knopf, und die

Jalousien lassen Tageslicht herein. Sein Gesichtsausdruck ist nun wieder emotionslos und geschäftsmäßig.

»Frederick wird das Projekt Khamroff übernehmen. Bitte mach ihm so schnell wie möglich eine Übergabe.«

Mein Widersacher verzieht keine Miene.

»Aber er ist kein Consultant«, sagt Adam ruhig. »Er tickt ganz anders als wir. Der gehört nicht zur Familie.«

»Also, genau genommen gehöre ich schon zur Familie«, wende ich ein.

Mein Vater bleibt ungerührt: »Er ist ein Lateral Hire. Jetzt wird er bei uns Consultant.«

»Für eine big performance brauchst du einen big fish! Khamroff ist mein Projekt.«

»Aber du bist nicht sein Typ.«

»Das Team wird denken, dass du dir deinen Nachfolger heranziehst.« Mein Vater steht auf, öffnet einen Holzschrank, der sich als Kühlschrank entpuppt, nimmt eine Plastikflasche mit grüner Flüssigkeit und japanischen Schriftzeichen heraus und öffnet sie. »Wäre das so schlimm?«

»Nein, natürlich nicht«, presst Adam heraus und streckt mir die Hand hin. »Herzlichen Glückwunsch«. Ich ergreife die Hand, sie fühlt sich an wie ein toter Fisch. Egal, jetzt ist Zeit, reinen Tisch zu machen, Zeit für den Neuanfang.

»Okay, wir hatten einen schlechten Start«, beginne ich. »Lass uns versuchen, das auszuräumen.«

Mein Vater stellt die Flasche mit dem grünen Tee aus der Hand, kommt um den Schreibtisch herum und legt jedem von uns einen Arm auf die Schulter.

»Wenn du Fragen zur Übergabe oder Probleme hast, wende dich an Adam. Von ihm kannst du viel lernen, Frederick. Deshalb habe ich ihn auch gebeten, dein Mentor zu sein.«

»Welche Tools willst du im Case Khamroff usen?«, fragt Adam.

Jetzt geht das wieder los! »Alle, wenn nötig«, entgegne ich.

»Die Details könnt ihr ja später besprechen«, beschließt mein neuer Chef und alter Vater. »Danke, Adam, das wäre es dann erst mal.«

Kaum ist Adam gegangen, trinkt mein Vater seinen grünen Tee aus und wirft die Flasche aus drei Metern Entfernung in einen Mülleimer direkt neben der Tür.

»Warum sagst du, dass ich etwas von Adam lernen kann, wenn er an deinem Stuhl sägt?«

»Halte deine Freunde nah bei dir, aber deine Feinde noch näher«, entgegnet mein Vater. »Manchmal muss man demokratischen Alltag eben kleinteilig lösen. Wen willst du in deinem Backoffice haben?«

Kein Ahnung. »Bill Gates und Sheryl Sandberg?«, witzle ich.

»Bill ist zu teuer und Sheryl schreibt noch ein Buch«, entgegnet mein Vater trocken.

»Wozu brauche ich denn überhaupt ein Backoffice?«

Mein Vater seufzt und erklärt mir dann, dass ein Backoffice der beste Freund des Beraters sei. »Die können dir alles besorgen, was du brauchst, um den Client zu überzeugen: Fakten, Statistiken, Genehmigungen, alles. Und in deinem Fall erledigen sie auch noch die klassische Beraterarbeit.« Klingt wie ein Traumjob. Also nenne ich ihm drei Namen, die etwas günstiger sind. »Aber einer von denen ist Techniker«, sage ich.

»Kein Problem«, meint mein Vater. »Den bringen wir im Lab unter, das ist unser technischer Dienstleister.«

Jessica, die unbemerkt zwischen zwei Schränken hervorgetreten ist, schreibt die Namen auf. Sie grinst. »Das dürfte sich machen lassen.«

»Siehst du«, höre ich meinen Vater sagen und reiße meinen Blick von Jessica los. »Von wegen Leute rausschmeißen. Jetzt hast du gerade sogar drei Menschen einen Job besorgt.«

»Jawohl.«

»Und jetzt raus.«

»Wie?«

»An die Arbeit! In zwei Wochen ist die erste Präsentation. Bis dahin brauchst du eine Idee und ein Konzept, mit dem du Khamroff überzeugen kannst. Eine Idee, die wir ausarbeiten und ihm verkaufen können.«

In zwei Wochen? Das ist kaum zu schaffen. Willkommen in der Welt der Consultants. Jessica und ich wenden uns zum Gehen. In der Tür bleibe ich noch einmal stehen. »Wenn mein Gehalt exakt der Summe entspricht, die ich dir schulde – wovon soll ich denn dann leben?«

»Essen und trinken kannst du zuhause oder hier in der Agentur. Bis du deine Schulden zurückgezahlt hast, kriegst du kein Geld mehr von mir. Das ist der Deal. Du hast eingeschlagen.« Mein Vater widmet sich wieder seiner Tastatur und lacht auf. »Das ist wirklich ein bescheuertes Foto.«

Als wir das Büro verlassen haben, fragt Jessica: »Wie war er eigentlich früher?«

»Keine Ahnung, da musst du eine deiner Vorgängerinnen fragen«, entgegne ich.

Drei Minuten Treppensteigen, Schaulaufen und Händeschütteln später stehen wir vor meinem Workspace, einem besenkammerartigen Büro. Jessica verabschiedet sich, und ich mache mich daran, die Unterlagen durchzusehen, die auf dem Schreibtisch liegen. Mein Professor an der Wirtschaftsschule hat mal gesagt, ich sei gar nicht so unbegabt – aber sehr unstrukturiert. Und tatsächlich würde ich beim Anblick all der Tabellen, Zahlen und Dossiers auf Wirtschaftsenglisch am liebsten die Flucht ergreifen.

Aber hier geht es um die Zukunft meines Vaters. Und wenn ich ehrlich bin, auch um meine Zukunft. Klar, ich wollte nie in seine Fußstapfen treten, aber so eine Chance bekomme ich nie wieder. Und vielleicht hat er recht, und die Idee ist gar nicht so schlecht: Schon als Kind habe ich auf dem Klo Wirtschaftsmagazine gelesen, weil da eben nichts anderes lag. Irgendwann hatte ich mich so daran gewöhnt, dass ich die Tradition in Berlin nicht aufgegeben habe. Also reiße ich mich zusammen und nehme mir die erste Mappe. Als ich mich fünf Minuten später frustriert zurücklehne, entdecke ich im Türrahmen Adam.

»Was willst du denn hier?«, entfährt es mir.

»Ich bin dein Mentor. Außerdem soll ich dir eine Übergabe machen. Du hast dir meinen Kunden geschnappt.«

»Ich komme ganz gut zurecht«, entgegne ich. »Danke.«

Adam betritt den Raum, schiebt ein paar Akten beiseite und setzt sich auf meine Schreibtischkante.

»Ohne Hilfe schaffst du das nicht. Weißt du überhaupt, wie ein Consumer wieder mehr Goodwill für ein Label bekommen kann?«

»Indem man so mit ihm redet, dass er es versteht?«

Adam sieht mich an, als wäre ich ein seltenes Insekt, von dem er nicht weiß, ob er es erst ein bisschen quälen oder lieber gleich zertreten soll. Er entscheidet sich für Ersteres.

»Wir sind die zehn Prozent, die Besten jedes Jahrgangs. Die Elite.« Dabei breitet er die Hände aus, als könne er selbst einfach nichts daran ändern, dass er so gut ist. »Wer hier arbeitet hat die besten Zeugnisse, Empfehlungen von höchster Stelle und das härteste Recruiting überstanden, drei Prüfungsgespräche mit drei Wirtschaftsweisen. Kommt nur einer dieser drei zum Schluss, dass der Neue nicht zu den Besten zählt, ist er draußen.«

Ich gehöre wohl eher zu den Wirtschaftswaisen.

»Du hast zwei Wochen für eine geniale Idee. Das ist eine Menge Druck und sehr wenig Zeit. Und die Uhr tickt: tick, tack, tick, tack …«

Mist. Die Uhr habe ich schon wieder vergessen. Das Geschenk meines Vaters.

»Was willst du?«, frage ich Adam.

»Du schuldest mir einen Gefallen. Pack deine Sachen und verschwinde.«

Ich schüttle den Kopf: »Das geht nicht. Ich muss meinem Vater helfen.« Adam kommt ganz nah an mich heran. »Ich mache dich fertig«, zischt er. »Das hier ist meine Agentur!«

Oh Mann! Ich habe keine Lust auf solche Spielchen. Bin doch hier nicht im Kindergarten. Erpressungen muss man im Keim ersticken.

»Adam, es geht hier nicht um meine oder deine Agentur, sondern um den neuen Blickwinkel. Ich bin nicht dein Konkurrent. Ich mache hier ein Jahr lang meinen Job, und dann bin ich wieder weg.«

Das war vielleicht noch nicht hart genug.

Mein Gegenüber schnaubt dementsprechend verächtlich.

»Es wird kein Jahr dauern. Du wirst versagen. Und wenn du dann wie ein geprügelter Hund aus der Agentur schleichst, hast du nicht nur deinen Job verloren, sondern auch die Zukunft deines Vaters verspielt. Er wackelt schon, das wissen hier alle.«

»Ich habe jetzt ein Backoffice«, wende ich ein, weil mir nichts anderes einfällt, das zu meinen Gunsten spricht.

Adam grunzt abschätzig. »Hat doch jeder. Das kann ich dir mit einem Fingerschnippen wegnehmen. Wenn ich Lust habe, kann ich dich kaputtmachen. Und ich habe Lust.«

Das waren deutliche Worte. Um ihnen Nachdruck zu verleihen, tritt er meinen Papierkorb um. Allerdings ist der leer, nichts rollt dramatisch über den Boden. An sich eine gute Metapher.

Adam stürmt aus dem Büro.

»Und meine Übergabe?«, rufe ich ihm hinterher.

»Kriegst du, wenn du ein echter Consultant geworden bist!«

Ich brauche einen Plan. Was kann ich Khamroff verkaufen, das Adam ihm nicht längst vorgeschlagen hat? Ich klicke mich durch die Unternehmensserver, lande schließlich im Projekt »Khamroff«. Im Ordner finde ich Tabellen, Statistiken und Infografiken zur europäischen Sportlandschaft in den vergangenen drei Jahren. Mir sagen die Zahlen nichts. Adam hat recht: Ich brauche dringend Hilfe, sonst verpatze ich den Job.

Zwei Stunden später starre ich noch immer auf meinen Rechner und blättere ohne besondere Eingebung in den Unterlagen. Als Error anruft, bin ich mehr als dankbar über die Ablenkung. Bis er sagt:

»Ich will meinen Hund wiederhaben.«

»Unser Praktikant ist mit Satan in die Berge gefahren. Ich werde es ihm ausrichten, wenn er wieder da ist.«

»Du lügst mich aber nicht an, oder? Gibt es diesen Praktikanten auch wirklich? Wie heißt er?«

»Äh, Thomas. Aber mach dir keine Sorgen. Satan geht es gut.« Wahrscheinlich irrt er auf der Suche nach Käfern durchs Unterholz oder versucht verzweifelt, die sechsspurige Ringautobahn zu überqueren.

»Er ist viel an der frischen Luft«, sage ich.

»Im Gegensatz zu mir«, beschwert sich Error. »Seit meinem Bandscheibenvorfall komme ich überhaupt nicht mehr raus.«

Deshalb will er unbedingt heute Abend mit mir ein Bier trinken gehen. Aber das kann ich mir eigentlich gerade nicht erlauben – jedenfalls nicht, solange ich keine Idee für die Präsentation in zwei Wochen habe. Während Error noch in den Hörer jammert, kritzele ich mit Kugelschreiber auf der Schreibtischunterlage herum. Lenkt mich total vom Wesentlichen ab.

»Bist du noch dran?«, fragt Error. »Ich habe dir mein Auto geliehen. Du schuldest mir einen Gefallen.«

Er hat ja recht. »Ein Bier, mehr nicht.«

Ich lege auf und schaue auf die Unterlage. Dort steht »Jessica«, darum habe ich einen herzförmigen Fisch gezeichnet. Denn wir sind zum Mittagessen verabredet.

In einem kleinen japanischen Restaurant bestellen wir Sashimi aus dem Mittagsangebot für dreißig Euro pro Portion. Wir reden übers Wetter, über Politik, den hohen Lottojackpot, aber sie weicht meinem Blick aus.

»Es tut mir leid, wenn ich dir auf dem Recruiting-Event zu nahe gekommen bin«, sage ich frei von der Leber weg. Kurz sieht sie hoch.

»Nein, das ist es nicht.« Alles klar, sie ist die Assistentin meines Vaters, natürlich weiß sie, wie es um ihn steht. Und welche Rolle ich jetzt spiele.

»Glaubst du, ich schaffe es, Khamroff zu überzeugen?«, frage ich gerade heraus. Sie blickt auf und schaut mir in die Augen. Ihr Blick fährt direkt durch mich hindurch ins Herz und trifft mich wie ein Schlag in die Magengrube.

»Nein. Oder ist dir schon etwas eingefallen?«

»Ich arbeite auf Hochtouren daran.«

»Vielleicht solltest du dich lieber entspannen«, meint Jessica und erzählt, dass ihr Yoga helfe, den Kopf wieder frei zu bekommen. »Du hattest doch so Lust darauf. Heute Abend um acht hättest du die Chance.« Sie schenkt mir einen Augenaufschlag.

»Da bin ich schon mit diesem Bekannten von mir zum Biertrinken verabredet.«

»Bring ihn doch einfach mit.«

»Ist das ein Date?«, frage ich lächelnd.

»Nein«, sagt sie ernst.

»Egal«, ich komme trotzdem – auch wenn es nicht leicht sein wird, Error vom Mitmachen zu überzeugen. Da scheint es mir einfacher, Hackl-Schorsch für ein Kamelrennen zu gewinnen.

Als Jessica kurz zur Toilette verschwindet, rufe ich Error an und erzähle ihm, dass ich einen Ort gefunden habe, an dem abends mehr Frauen als Männer sind, er sein Bewegungsdefizit ausgleichen kann und alles ganz entspannt abläuft. Ich kann den Argwohn in seiner Stimme durchs Handy hören.

»Du willst mit mir in den Puff? Auf keinen Fall!«

»Nein, ich will mit dir zum Yoga.«

»Dann lieber in den Puff!«

Erst als ich ihm verspreche, dass wir nach dem Yoga noch zu Wummes Metal-Eck gehen, ist mein alter Kumpel einverstanden. Ein Kellner bringt die Rechnung, Jessica hat ihm gesagt, dass ich zahle. Und schon ist der Wettgewinn aus dem Boxkampf gegen meinen Vater wieder dahin. Dafür bekomme ich ein Lächeln von Jessica, das sich anfühlt wie ein exotischer Nachtisch – oder ein Vorgeschmack auf das Date, das keines ist.

Als ich guter Dinge zurück in mein Büro gehe, warten dort Thomas, Jay und Ben. Mein neues Backoffice. Sie haben alle ihre Notebooks aufgeschlagen und hauen in die Tasten.

Wahrscheinlich spielen sie gegeneinander World of Warcraft. Oder zocken online an der Börse. Wenn ich ihnen die gute Nachricht überbringe, dass sie zum Einstand gleich den ersten Tag frei bekommen, werden sie mich als neuen Vorgesetzten lieben. Zwei Wochen sind ja auch noch eine Menge Zeit. Vielleicht rauchen wir erst mal einen Joint, zum Brainstorming. Und dazu hören wir dann Dire Straits: *Money for nothing and chicks for free!* Bei dem Gedanken grinse in die Runde.

Niemand grinst zurück. Sie scheinen nicht mal gemerkt zu haben, dass ich reingekommen bin. Ich räuspere mich.

»Jungs, willkommen in meinem Backoffice«, beginne ich meine Einstandsrede. »Ich habe gute Nachrichten: Euer erster Tag ist ein freier Tag. Packt eure Sachen, klappt die Computer wieder zusammen und amüsiert euch.«

Statt sich zu freuen, sehen Ben, Thomas und Jay mich nur erschrocken an. Thomas schluckt trocken. »Willst du uns rausschmeißen?«, fragt er. »Nachdem du uns gerade erst eingestellt hast?«

»Nein!«, rufe ich. »Ich dachte nur, wir lassen es heute mal etwas lockerer angehen. Wir sind jung, arbeiten können wir auch, wenn wir alt sind.«

Jay schüttelt den Kopf. »Frederick, wir haben bald die erste Präsentation und noch keine einzige Idee. Wir müssen auch das Wochenende durcharbeiten.«

»NEIN!«, entgegne ich, lauter als ich vorhatte.

Ben und Thomas wechseln vielsagende Blicke.

»Ben, willst du nicht mal Zeit mit deiner Tochter verbringen?«

Er schüttelt den Kopf: »Sie ist mit meiner Frau zu meiner Schwiegermutter gefahren, damit ich hier ungestört arbeiten kann.«

Ich sehe Jay an. »Du hast doch bestimmt auch Familie!«

Er winkt ab. »Für so was habe ich keine Zeit. Ich habe einen Job. Die Nacht ist die Braut des Beraters.«

»Thomas?«, beginne ich.

Er seufzt. »Ich habe tatsächlich eine Freundin, aber die ist auch Beraterin. Unsere Devise lautet: Job comes first. Ausruhen können wir uns noch, wenn wir alt sind. Jetzt brauchen wir erst mal dringend eine Lösung im Case Khamroff.«

Er sieht mich an. »Also, Frederick, wenn du mir die Chance gibst, an diesem Projekt mitzuarbeiten, dann nutze ich sie.«

So ein Mist. Dabei wollte ich heute eigentlich zum Yoga.

»Also, ich habe um acht einen Außentermin. Ist echt wichtig …«, stammle ich.

Die drei wechseln vielsagende Blicke.

»Frederick, du kannst uns vertrauen«, sagt Jay. »Worum geht es?«

»Um Sport, muss da in einem Yogastudio für unser Projekt recherchieren.«

Die drei schauen mich weiterhin fragend an.

»Und um eine Frau«, ergänze ich.

Jay und Ben klatschen ab.

»Jessica?«, fragt Jay.

Ich schaue entrüstet. »Wie kommst du denn darauf?«

»War nicht zu übersehen.«

Was bringt das ewige Lügen? Ich nicke ertappt.

Thomas murmelt »Mist«, zückt sein Portemonnaie und drückt jedem der beiden Kollegen einen Fünfziger in die Hand.

»Okay, bis um acht sind es noch fünf Stunden«, sage ich. »Lasst sie uns nutzen.« Dann erzähle ich meinen neuen Mitarbeitern von Khamroff, seinem vielen Geld, dem Faible für Superhelden, und gebe den dreien gleich mal einen Überblick über die wichtigsten Filme, Comics und Figuren im Heldenkosmos.

Mein Vater hatte recht, die Arbeit ist tatsächlich kreativ – zumindest der Teil, den ich beitragen kann. Okay, die Idee vom »Superman-Pumping«, einem Training, das die Muskeln so definiert wie bei dem Comic-Helden, ist Quatsch. Auch die Idee eines Windtunnels, in dem man die Muskelgruppen trainiert, indem man so fliegt wie Superman, entpuppt sich eher als Marketing-Gag. Aber allmählich kriege ich den Bogen raus und überlege, wie man das Schauspieltraining in den Studioalltag umsetzen könnte oder das Training durch abenteuerähnliche Herausforderungen und Kampfbewegungen effektiver gestalten könnte. Jay und Thomas berechnen den Kosten-Nutzen-Faktor, Ben überlegt sich technische Umsetzungen. Im Nu sind fünf Stunden vergangen.

Eigentlich will ich jetzt gar nicht gehen, aber Jay schiebt mich aus der Tür. »Sport fördert die Leistungsfähigkeit. Lass dich inspirieren. Außerdem kommst du danach ja wieder ins Büro.«

Das hatte ich eigentlich nicht vor.

Jay sieht mich mahnend an: »Zumindest machen das alle anderen Berater so. Du kannst ja auf dem Rückweg ein paar Pizzen mitbringen. Aber frag nach Mengenrabatt!«

Der Umkleideraum von Hari-Yoga ist voller Frauen, die sich so selbstverständlich umziehen, als wären sie unter sich. Die Hälfte der Teilnehmerinnen ist zwanzig bis vierzig Jahre alt, die andere Hälfte deutlich darüber. Aber sie alle scheinen irgendwie alterslos glücklich. Viele sind braungebrannt, und alle tragen ein Lächeln im Gesicht wie Kinder im Spielzeugladen. Nur Jessica kann ich nirgends entdecken. Während ich mich aus den Klamotten schäle, höre ich Gespräche über vergangene Yogastunden, Seminare und die letzten Yoga-Talks mit. Eine Frau ist ganz begeistert von einer Pre-Yoga-Gesprächsrunde über »Achtsamkeit«: »Seit ich die Dinge bewusst erledige und nicht mehr von Termin zu Termin hetze, komme ich viel besser voran. Manchmal ist es effektiver, weniger zu arbeiten.«

Klingt fast wie ein Werbeslogan für Hartz IV. Na, da erzähle ich besser nicht, dass ich hier gerade nur eine abendliche Mittagspause einlege. Auch Error schaut eher skeptisch drein. Mein Kumpel trägt abgeschnittene Jeans und ein »Pick of Destiny«-Shirt, ich habe einen Jogginganzug dabei.

Aus dem Augenwinkel sehe ich Jessica und nicke ihr zu. Ihr Outfit kann man eigentlich nicht »Yoga-Sachen« nennen: ein enges schwarzes Jogging-Top und dazu schwarze Hotpants, die der Phantasie nicht mehr viel Spielraum in eine anständige Richtung lassen.

Ich dachte, Yogasachen wären irgendwie ökiger oder zumindest bequemer.

»Habe ich einen Fleck im Dekolleté?«, fragt Jessica. »Du starrst da so hin.«

Ich fühle die strafenden Blicke der Frauen und schaue nun sicherheitshalber an die Decke.

Error legt mir eine Hand auf den Bauch. »Na, was wächst denn da heran?«, fragt er kichernd. »Ein Alien? Oder trainierst du jetzt für eine Rolle als Sumo?« Gerade will ich ihn in die Brustwarze zwicken, da sehe ich Sina. Als sie mich erblickt, sacken ihre Mundwinkel nach unten. Sie kommt auf uns zu.

»Ich hätte nicht gedacht, dass Sie wirklich kommen«, sagt sie. Auf ihrem T-Shirt ist Bin Laden im Lotussitz abgebildet. Darunter steht: »Asana for Osama«. Dazu trägt sie eine kurze Adidas-Shorts, so eine, wie Beckenbauer sie bei der WM '74 getragen hat. Damals, als Fußballer noch keine Sonnengrüße machen mussten.

»Was interessiert Sie eigentlich am Yoga?«, fragt Sina.

»Jessica«, sage ich ehrlich.

»Ihre Freundin ist schon drin.«

»Meine Freundin?«, entfährt es mir. »Schön wär's. Auch wenn ich eigentlich kein Mann für Freundinnen bin.«

»Ah, die typische Bindungsangst Anfang dreißig?«, fragt Sina spöttisch. »Oder schon eine Midlife-Crisis?«

»Nein, ich bin einfach gern Single«, entgegne ich genervt. Was geht die Frau mein Beziehungsstatus an? Wir sind hier nicht bei Facebook.

Error starrt Sina an, als wäre sie Megan Fox, die eben erzählt hat, dass sie beim Dreh ihrer Sexszenen immer nur an ihn denkt. Die Yogalehrerin streckt die Hand aus. Error ist wie ferngesteuert.

»Ich würde gern mit Ihnen auf die Matte«, murmelt er.

Der Arme. Offenbar ist er immer noch so schüchtern wie früher. In der Grundschule hat Error mal einer Mitschülerin, in die er wirklich verknallt war, einen ziemlich langen Liebesbrief geschrieben, in dem er sie unter anderem bat, sein »Kuscheltier« zu sein. Der Brief endete mit dem Satz: »Willst du mich heiraten?« und drei Kästchen zum Ankreuzen: »Ja«,

»Nein« und »Vielleicht (eher schon)«. Error war schon damals kein Junge für halbe Sachen. Blöderweise hat seine Angebetete den Brief vor der ganzen Klasse vorgelesen. Das hat ihn nachhaltig traumatisiert. In Gegenwart von Frauen sagt er seitdem grundsätzlich das Falsche. Ja, das machen Männer generell so, aber bei Error ist es eben besonders schlimm. Deshalb haben ihn die Jungs auf dem Internat mit kindlicher Boshaftigkeit auch »Error« getauft.

Aber Sina lächelt nur über seinen Fauxpas, Error errötet und blickt nach unten, auf ihr Beckenbauer-Höschen.

»Ich bin hier wegen meiner Bandscheide«, brabbelt er. »Scheibe meine ich, die Bandscheibe. Da gab es einen Vorfall … aber das ist halb so wild – Probleme wie du und ich.« Er presst sich die Hand vor den Mund.

Interessant. Vielleicht kann ich zwei Fliegen mit einer Klappe schlagen: Ich komme Jessica näher, und er bekommt neben einer Menge Bewegung endlich auch mal eine Freundin. Wer weiß, vielleicht bändelt er ja tatsächlich mit Sina an. Die beiden würden gut zusammenpassen: Sie sind nicht die Hübschesten, recht eigenwillig, und der eine ist schon jetzt hoffnungslos in die andere verliebt. Außerdem habe ich noch nie jemanden verkuppelt. Wird höchste Zeit, das nachzuholen.

»Das ist mein Freund Error«, stelle ich ihn vor.

Sina schaut ihn fragend an. »Erol? Wie der Schauspieler?«

Ich will den Irrtum gerade richtigstellen, da tritt er mir auf den Fuß.

»So ähnlich«, erkläre ich. »Aber natürlich ist Error nicht so oberflächlich wie diese Schauspielertypen.«

Sina legt ihm fürsorglich die Hand auf den Arm. »Dann sind Sie hier beim Yoga genau richtig.«

Error wird noch ein bisschen röter. »Ach, und bitte einfach Du sagen.«

Sina nickt zufrieden. »Wir duzen uns hier sowieso alle.«

Sie sieht mich auffordernd an, aber ich mache eine abwehrende Geste.

»Ich finde das Sie ja ganz schön. Es ist ein Zeichen von Respekt.«

»Ganz wie Sie wollen.«

Es war eine bescheuerte Idee, hierherzukommen, höchste Zeit, sie über Bord zu werfen. Außerdem sollte ich bei meinem Team sein und an der Präsentation mitarbeiten. Was habe ich mir hierbei nur schon wieder gedacht? Ich öffne meine Sporttasche, werfe einen Blick hinein, wühle ein bisschen und schaue die Yogalehrerin traurig an. »Oje, ich habe mein Sportzeug vergessen.«

Das hat schon in der Grundschule funktioniert. Sie wird mir ja wohl kaum vorschlagen, in Unterhose zu turnen. Sina verschwindet in Richtung Empfangstresen. Während sie dort wühlt, zischt mir Error zu, er werde mir die Freundschaft kündigen, sofort sein Auto zurückfordern und mich wegen Tierquälerei bei der Polizei anzeigen, wenn ich ihn ausgerechnet jetzt, da er endlich seine Traumfrau gefunden hat, alleinließe:

»Du bist damals einfach nach Berlin abgehauen. Ich habe es dir nie gesagt, aber ich war stocksauer. Wenn du mich jetzt wieder im Stich lässt, kannst du unsere Freundschaft vergessen.«

Er hat ja recht. Ich seufze und schaue Sina an, die mit zwei Stofflappen in Rot und Gelb wieder aufgetaucht ist.

»Das sind unsere Studiosachen. Keine Angst, die werden regelmäßig gewaschen.« Sie hält mir das Zeug hin, und ich denke, dass »regelmäßig« völlig relativ ist. Aber Sina grinst fröhlich: »So leicht lasse ich keinen Fisch von der Angel, der schon angebissen hat. Nicht mal einen Haifisch.«

Error legt mir die Hand um die Schulter. »Fische, die bellen beißen nicht.« Er lächelt Sina treuherzig an.

»Also, ich habe jetzt so richtig Lust auf Yoga bekommen.«

Für seine Verhältnisse kommt das einem Heiratsantrag gleich.

Widerwillig falte ich die Filzlappen auseinander: ein gelbes T-Shirt, gebatikt. Ich dachte, diese Kulturtechnik sei in den Neunzigern am Strand von Ibiza ausgestorben? Die Hosen sind noch schlimmer. Sie erinnern an eine filzige Mischung aus Feinripp-Slips und Oma-Unterwäsche. Sicherheitshalber rieche ich noch mal am Stoff: Ein Duftblitz aus Patschuli, Jasmin und Mottenkugelgestank sticht mir direkt in den dafür zuständigen Teil meines Gehirns. Der Zwei-Meter-Schlacks neben mir trägt genau die gleichen Exemplare in Moosgrün. Er nickt mir aufmunternd zu.

»Das sind ja Hotpants«, bemerke ich. Wahrscheinlich sind sie sogar kürzer als die Boxershorts, die ich heute trage.

»Ich muss doch sehen können, wie Sie Ihr Bein ausrichten«, erklärt mir Sina. »Wenn Sie sich unwohl fühlen, können Sie sich gern in unserem Ashram umziehen«, sagt sie und deutet auf eine große, mit indischen Ornamenten verzierte Decke aus golden-buntem Stoff, die von der Decke hängt und eine Ecke des Raums vor neugierigen Blicken abschirmt.

»Es ist natürlich kein echter Ashram, aber manche Leute bevorzugen beim Umziehen etwas Privatsphäre. Könnte ja sein, dass Sie irgendwelche Handicaps haben – was völlig okay wäre.«

»Ich habe aber keine Handicaps.«

»Gut, dann beeilen Sie sich bitte ein bisschen. Jessica hat Ihnen schon eine Matte hingelegt.« Sie zieht vielversprechend die Augenbrauen hoch, als würde sich Jessica hinter der Tür in einem überdimensionalen Champagnerglas räkeln.

»Bin gleich da«, seufze ich und bedeute ihr, schon einmal reinzugehen. Widerwillig schlüpfe ich in die Filzhöschen. Offenbar werde ich tatsächlich dick – oder es sind einfach Frauensachen. Denn sie sitzen nicht nur knalleng, sondern sind am Bein auch kürzer als meine Boxershorts, so dass die nun darunter hervorschauen. Ich kremple meine Boxershorts bis zum Ansatz hoch. Was tut man nicht alles für einen Freund? Dann schlüpfe ich in das Höschen. Die Gummibänder schnüren mir in den Oberschenkel, der Stoff spannt über dem Po wie eine italienische Badehose. Als ich aus der Umkleide herauskomme, sieht Sina meinen verzweifelten Blick und legt mir beruhigend die Hand auf die Schulter.

»Supermans Hosen hatten den gleichen Schnitt«, spöttelt sie.

»Was wissen Sie schon von Helden?«, murmle ich, während ich versuche, den knappen Stoff über meine Oberschenkel zu stretchen. Vergeblich.

Sina grinst. »Ich weiß, wie die Heldenstellung geht.«

Als wir den Übungsraum betreten, murmelt Error:

»Na dann, Hals- und Beinbruch.« Wenn ich mir die Bilder der verknoteten Yogaposen hier so ansehe, könnte genau das wirklich passieren. Die Teilnehmer stehen schon auf allen vieren oder auf dem Kopf, drücken ihre Beine gegen die Wand und in die Baumwollgurte. Die meisten Frauen liegen mit überkreuzten Beinen auf dem Rücken, als wären sie im Schneidersitz weggedöst und nach hinten gekippt.

Jessica winkt uns zu sich herüber. Neben ihr liegen zwei anthrazitfarbene Yogamatten, zwei Nylongurte, vier laminierte Styroporklötze, zwei metergroße Kissenwürste und zwei Decken. Erinnert an eine Mischung aus Spielzimmer und Folterkammer. Ich setze mich zwischen Jessica und Error, der nur Augen für Sina hat.

Die schließt die Tür und verkündet, dass ihr Lehrer, der eigentlich die Stunde geben sollte, immer noch krank sei. Aus der Bronchitis sei eine Lungenentzündung geworden. Die versuche er nun mit »Pranayama« zu bekämpfen. Wahrscheinlich eine Art indisches Antibiotikum. Außerdem hat er eine leichte Gehirnerschütterung. Letztere käme allerdings nicht vom vielen Shirshasana-Üben. Verstehe kein Wort. Error dagegen nickt so eifrig, als gehörten diese Begriffe schon sein Leben lang zu seinem bevorzugten Wortschatz.

»Pranayama ist eine Atemtechnik und Shirshasana der Kopfstand«, erklärt mir Jessica flüsternd. Daraufhin sagt Sina, wenn wir weiter so viel tuschelten, müsse sie uns auseinandersetzen. Als Nächstes fragt sie, wer seine Periode habe, und verordnet den betreffenden Frauen ein »Schonprogramm«. Also doch alles genau wie früher im Sportunterricht.

Dann setzen wir uns in den Schneidersitz und schließen die Augen. Ich blinzle ein bisschen durch die Wimpern, sicherheitshalber. Nach einer Weile macht Sina mit überraschend tiefer Stimme: »Ommmm«. Ich dachte immer, das sei ein Scherz. Aber da bin ich wohl der Einzige, denn nach und nach stimmen alle anderen ein, bis es wie ein entspannter Killerbienenschwarm klingt. Selbst von Error dröhnt ein kehliges Röhren herüber, das mich sehr an Lemmy von Motörhead erinnert. Jetzt würde es niemand sehen, wenn ich abhaue, aber irgendetwas lässt mich zögern. Klar, ich bin wegen Jessica und wegen Error hier, aber ein bisschen auch wegen mir.

Nach dem dritten »Om« ist die Chance eh vertan, weil alle die Augen wieder öffnen.

»Was hat euch denn in letzter Zeit so bewegt?«, fragt Sina in die Runde. Ich sehe zu Error, der nur die Lippen aufeinanderpresst. Auch keiner von den anderen Teilnehmern meldet sich zu Wort. Sina lässt etwas Zeit verstreichen, lächelt gütig und wird zurück angelächelt.

Dann höre ich meinen Mund sagen: »Also, ich muss dringend Erfolg haben, aber mir fällt nichts ein.«

Error sieht mich erstaunt an. Diesmal bin ich es, der die Hand auf den Mund presst. Wie peinlich! Jetzt drehen sich die Blicke nach und nach von mir zurück zu Sina. Die greift zur Seite, nimmt ihr schlaues Büchlein in die Hand und blättert. Nach einer Weile sieht sie hoch und sagt: »Wenn die Emotion stimmt, kann man Erfolg haben.«

»Wer hat das gesagt«, will ich wissen. »Osho, Gandhi, Mutter Teresa?«

Sina klappt das Buch zusammen. »Sylvester Stallone.«

»So ist es«, meldet sich eine ältere Teilnehmerin. »Ich war mit meinem ersten Beruf als Bankkauffrau überhaupt nicht glücklich. Jetzt bin ich Kindererzieherin, und seitdem geht es mir viel besser.«

»Seltsam«, sage ich. »Bei mir ist es genau andersherum.«

Die anderen Leute nicken mir aufmunternd zu. Während sich Berater unterschiedlicher Meinungen leidenschaftlich zerfetzen, herrscht hier offenbar noch wahre Basisdemokratie.

»Na, dann wollen wir euch mal in euer emotionales Gleichgewicht bringen«, sagt Sina. Zuerst sollen wir »in den Hund gehen«. Sofort krabbeln die Yogis hier auf alle viere und strecken sich dann wie Satan, wenn er aufwacht. Die Leute um mich herum sehen erstaunlich gelenkig aus. Sina schaut mich auffordernd an.

»Wollen wir uns nicht erst mal aufwärmen?«, frage ich. »Ein bisschen laufen, ein paar Liegestütze? Vielleicht Zirkeltraining?«

»Ihnen wird schon noch warm«, verspricht Sina. Also mache ich es den anderen nach. Sina geht durch den Raum und verbessert die Haltungen. Wir sollen die »Oberschenkel nach innen drehen«, »die Wirbelsäule auch nach innen bringen«, »die Unterschenkel nach hinten«, »Daumen- und Zeigefingerwurzel fest auf den Boden pressen« und »den Nacken entspannen«. Klingt stressig.

Was wir alles richtig machen, erwähnt sie nicht.

In meinem Kopf ist kaum Platz, um mir all das zu merken. Dort hat sich vor allem eine Anweisung breitgemacht, und die stammt nicht von Sina, sondern von meinem Vater:

»In zwei Wochen ist die Präsentation! Lass dir was einfallen, das Khamroff überzeugt!«

Als ich gerade in der Hundestellung darüber nachgrüble, was diesen Waffenhändler wohl emotional dazu bringen könnte, uns den Auftrag zu geben, steht plötzlich Sina neben mir.

»Leeren Sie Ihre Schale!«, sagt sie leise und legt mir die Hand auf den Kopf. »Sie sind in Gedanken ganz woanders. Machen Sie sich nicht so einen Stress. Leeren Sie Ihre Schale.«

»Meine Schale leeren? Was für eine Schale?«

Sinas Lächeln ist unerschütterlich: »Ihren Kopf, Ihre Hirnschale, wenn Sie so wollen«, sagt sie und streicht mir doch tatsächlich über den Hinterkopf, als hätten wir uns nie angezickt.

Immer wenn Sina den indischen Namen der nächsten Stellung ansagt, gleitet Jessica anmutig in Position. Error dagegen hat einen hochroten Kopf. Unter den Achseln und am Rücken hat der Schweiß sein grau verwaschenes Shirt bereits dunkel gefärbt. Ich fürchte, mein Batikshirt sieht genauso aus. Wahrscheinlich ist das hier dieses Schwitzyoga, davon habe ich in Berlin schon mal gehört.

Als Error im Stehen mit durchgestreckten Beinen den Boden nicht mit den Händen berühren kann, stellt Sina so viele Klötze darunter, dass er den obersten bequem erreicht. Er lächelt ihr dankbar zu. Als er kurz darauf in der Hundestellung einen Buckel macht, drückt sie den behutsam in die Wirbelsäule zurück. Dabei stöhnt Error auf. Ich merke mir diesen Moment. Sollte ich ihr Trauzeuge werden, dann erwähne ich das hier als erste, lustvolle Berührung.

»Es geht hier darum, die eigenen Grenzen zu erkennen und bewusst mit ihnen umzugehen. Wer zu ehrgeizig ist, hat den Sinn von Yoga nicht verstanden, außerdem kann man sich wehtun, wenn man zu viel auf einmal will«, meint Sina. »Nehmt lieber mehr Hilfsmittel und steht richtig in der Asana, als dass ihr zu wenig Unterlagen nehmt und euch verletzt.«

Error hängt an ihren Lippen.

Ach ja, die Khamroff-Unterlagen. Die liegen ja noch in der Agentur. Vielleicht sollte ich sie gleich noch holen und sie heute Nacht durchsehen?

»Frederick, leeren Sie Ihre Schale.«

Ein paar Übungen später liegen wir alle auf dem Rücken, sollen unser Bein hochstrecken und dabei »die Fußsohlen öffnen«. Ein anderer Teilnehmer soll kontrollieren, ob das Bein ganz durchgestreckt und der Fuß gerade ist. Ich mache die Übung mit Jessica, weil Errors Beine von Sina mit Gurten zusammengebunden wurden. Sina geht umher und kontrolliert. Als sie bei mir ist, will ich ihr beweisen, dass man gar nicht so viele Hilfsmittel braucht, und strecke den Fuß ohne Seil nach oben. In dem Moment höre ich die Naht meiner Yogahose reißen.

Jessica blickt mit großen Augen zu mir herüber. Ich nicke ihr zu.

»Meine Bänder«, sage ich. »Klingt schlimmer, als es ist.«

Zwei Übungen später sitzen wir mit ausgestreckten Beinen auf dem Boden und sollen uns vornüberbeugen. Dabei entdecke ich den Riss in meiner Yogahose: direkt am rechten Oberschenkelbündchen, das nun den Blick auf meine Boxershorts freigibt. Oder besser gesagt: auf meine Kronjuwelen. Erschrocken sehe ich hoch. Und blicke direkt in Sinas Augen.

»Das hier ist kein Tantrakurs«, sagt sie grinsend. Gegen meinen Willen erröte ich, murmele eine Entschuldigung.

»Wenn eure Schultern nach vorne rollen, seid ihr in Gedanken nicht bei euch und der Übung«, ermahnt uns Sina. Schnell bedecke ich meine Blöße mit dem Batikshirt und ziehe die Schultern zurück.

Zum Abschluss sollen wir uns auf den Kopf stellen. Sina empfiehlt Error, lieber noch mal den Hund zu üben. Er ist sofort einverstanden. Mir rät sie, erst mal einen halben Kopfstand an der Wand zu machen. Aber ich bin kein Mann für halbe Sachen. Gut, nach fast eineinhalb Stunden Yoga bin ich schon ein bisschen erschöpft, aber einen Kopfstand werde ich wohl noch hinkriegen. Schließlich war ich früher im Kinderturnen ein As.

Sina drückt nun erneut Errors Buckel in den Körper. Jessica ragt längst kerzengerade neben mir empor, die Hände hinter dem Kopf verschränkt, die Ellenbogen hält sie schulterbreit auseinander. Wäre ja gelacht, wenn ich das nicht auch hinkriege. Dass die anderen Yogis hier an die Wand gelehnt üben, stört mich nicht. Ich werde es wie Jessica machen: frei wie ein Vogel.

Während Sina mit Error beschäftigt ist, gehe ich in den Vierfüßlerstand: Wie die anderen lege ich die Hände hinter den Kopf auf den Boden und stemme mein Gesäß hoch. Eins, zwei, drei und hopp! Schon schwinge ich wie früher beim Kinderturnen ein Bein beherzt in die Luft. Auf halbem Weg höre ich Sina neben mir »Stopp!« rufen, aber da habe ich schon das zweite Bein hinterhergeschwungen. Leider zieht es am anderen vorbei. Ich kann das Gleichgewicht kaum halten. Bevor mich Sina stützen kann, merke ich schon, wie ich die Balance verliere und schräg auf Jessica krache.

Wie ein Dominostein den anderen reiße ich sie zu Boden.

»Ist alles in Ordnung?«, ruft Sina und hilft zuerst Jessica hoch. Die lacht nur und winkt ab: »Alles halb so wild.«

Flüsternd fragt sie: »Warum trägst du denn keine Unterwäsche?«

»So kann ich mich besser bewegen«, antworte ich.

»Ja, das mache ich manchmal auch so«, entgegnet Jessica. »Aber da muss man schon aufpassen, wie man sich hinsetzt. Und Kopfstand solltest du so auch nicht machen.«

Sina ist froh, dass niemand von uns verletzt wurde. Auch Jessica scheint nicht nachtragend zu sein. Und ich fühle mich zum ersten Mal seit Tagen wieder entspannt. Die letzte halbe Stunde habe ich weder an die bevorstehende Präsentation noch an meine Überstunden mit dem Backoffice gedacht.

Am Ende der Stunde machen wir alle zusammen die Schlussentspannung in der »Leichenstellung« Savasana. Dabei muss man zum Glück nicht aufhören zu atmen, sondern braucht sich nur ganz entspannt auf den Rücken zu legen. Ein paar der Teilnehmer stöhnen allerdings wie Zombies, als sie sich in die Haltung legen. Sina möchte sogar, dass wir »in den Boden hineinschmelzen«. Mit sanfter Stimme erzählt sie von dem »Ich«, das immer kleiner wird, von Gedanken, die kommen und die man »weiterziehen lassen« soll, den »Geräuschen von draußen, die immer mehr in den Hintergrund treten«, vom »Zurruhekommen des inneren Seins«. Mehr kriege ich nicht mehr mit, denn ehe ich es bemerke, bin ich eingeschlafen.

Als jemand an meinem Zeh zieht, erschrecke ich mich dermaßen, dass ich »Huch!« rufe. Ich brauche ein paar Augenblicke, bis ich begreife, wo ich bin. Sina, die mitten in dem nun abgedunkelten Raum steht, hält sich den Finger an den Mund. Ich blicke zur Seite. Jessica hat die Augen geöffnet. »Du hast geschnarcht!«, flüstert sie.

»Kann gar nicht sein, ich schnarche nie«, flüstere ich zurück.

»Doch«, höre ich Error von der anderen Seite raunen.

»Und wie«, ergänzt eine ältere Frau.

Sicherheitshalber zwinge ich mich, die letzten Minuten der Schlussentspannung die Augen offen zu halten, aber sie fallen sofort wieder zu.

Am Ende der Stunde verabschieden wir uns mit einer Verbeugung. Sina und die anderen sagen dabei »Namasté«.

»Hat es euch gefallen?«, will sie wissen, als Error und ich wieder in unsere normalen Kleider geschlüpft sind. Error nickt begeistert, ich zucke mit den Achseln. Denn ehrlich gesagt war meine erste Yogastunde wohl eher ein Fiasko. Aber trotzdem fühle ich mich gar nicht so schlecht. Sina geht zu einem Ständer, auf dem Flyer stehen, greift einen heraus und reicht ihn mir. Darauf steht: *Heraus aus dem Hamsterrad – Neue Energie für Manager*.

»Das kannst du vielleicht gebrauchen«, meint sie.

Reflexartig stecke ich den Flyer ein.

Error kauft eine Dreimonatskarte. Mein Geld reicht dafür nicht. Sina, die Error die Karte ausgestellt hat, sieht hoch.

»Kann ich die auch abarbeiten?«, frage ich.

Sie zieht die Stirn in Falten und mustert mich verwundert.

»Etwas ungewöhnlich, dass ein Berater eine Yogalehrerin anschnorrt, oder?«

Ich nicke. Und vor allem ganz schön peinlich.

Plötzlich zieht ein Lächeln über ihr Gesicht. »Ich habe eine Idee. Dir liegt ja so viel an meiner Qualifikation, oder?«

Ich seufze. »Das war wirklich nicht so gemeint. Tut mir leid.«

»In zwei Monaten habe ich meine Yogalehrer-Prüfung. Dafür brauche ich ein Modell, an dem ich meine Unterrichtsweise demonstrieren kann, am besten einen absoluten Laien. An dir kann ich gut zeigen, was die meisten Leute falsch machen. Außerdem bist du in der Lage, Anweisungen umzusetzen. Wenn du mir bei der Prüfung Modell stehst, darfst du hier umsonst üben. Schließlich hast du wirklich Tapas!«

Spanische Vorspeisen? Ich frage lieber gar nicht nach.

Nach einem schnellen Bier bei Wumme verabschiede ich mich von Error, der sich »irgendwie stoned, aber wach« fühlt, und hole die Pizzen für Jay, Thomas und Ben.

Während mein Backoffice sein spätes Abendbrot isst, schaue ich im Internet nach, was Sina wohl mit »Tapas« gemeint hat. Im yogischen Sinne bedeutet »Tapas«, dass jemand »mit Eifer dabei« war – oder eben »Eier gezeigt« hat.

Seltsam. Ich stehe mit Jessica vor Mesuts Boxfabrik, in der ich vor fast einem Monat ihren Chef, meinen Vater, K. o. geschlagen habe. Mesut hat den Laden tatsächlich an Khamroff verkauft, und der hat ihn zu seinem Übergangs-Headoffice gemacht. Zu meiner Müdigkeit kommt ein fieser Yoga-Muskelkater dazu. Den lasse ich mir natürlich nicht anmerken, denn Jessica zeigt keinerlei Beschwerden.

In letzter Zeit bin ich ziemlich oft zum Yoga gegangen und habe mir sogar eigene Yogasachen gekauft. Ehrlich gesagt nicht nur Error zuliebe, dem ich in der Zwischenzeit erzählt habe, sein Mops sei in der Schweiz ausgebüxt. Mein Freund hat drei Tage nicht mehr mit mir geredet. Kann ich verstehen. Ich habe ihm angeboten, den imaginären Praktikanten feuern zu lassen, aber er meinte, das würde auch keinen Sinn mehr machen. Die Einzige, die ihn derzeit zum Lächeln bringen kann, ist Sina.

Ich hole ihn dreimal pro Woche zum Yoga ab. Wenn es jemandem gelingen kann, Error auf andere Gedanken zu bringen, dann ihr. Und immerhin habe ich das Gefühl, Sina interessiert sich mehr für ihn als Jessica sich für mich. Selbst bei den Partnerübungen weicht Jessica jeder Berührung aus, und immer, wenn ich ihr näher komme, sagt sie nur: »Das ist nicht, was ich will.«

Was sie aber will, verrät sie mir nicht.

Mit Sina habe ich Waffenstillstand geschlossen. Schließlich kennt sie Jessica schon länger und kann mir bestimmt einiges über ihre Geheimnisse verraten, auf die ich ziemlich neugierig bin. Und dafür werde ich mich beim Yoga ins Zeug legen. Sina meint zwar, Error hätte mehr Talent als ich, aber ich glaube, sie sagt das, um mich herauszufordern. Zumindest nimmt sie mich auffallend oft als Negativbeispiel und zeigt an mir, was die anderen bevorzugt falsch machen. Heute Morgen waren wir zusammen im »Sonnengruß-Kurs«, und ich habe mal wieder meine Schale geleert. Allmählich würde ich sie allerdings gern wieder füllen. Denn Sinas Rat, dass nur aus Emotionen Großartiges entstehen kann, hat bis jetzt nicht funktioniert. Vielleicht liebe ich meinen Beruf einfach nicht genug.

»Du siehst aufgeregt aus!«, stellt Jessica fest. »Hast ja auch allen Grund dazu.«

Zwei Wochen lang haben Jay, Thomas, Ben und ich an der Präsentation gesessen. Ohne Ergebnis. Oder besser gesagt: ohne gutes Ergebnis. Klar haben wir ein paar Ideen entwickelt, von High-Class-Fitness über Sparta-Fitness bis hin zu: alles verkaufen. Jay hat vorgeschlagen, einfach die Angestellten zu entlassen und das Studio in eine Art Selbstbedienungsladen zu verwandeln. Das sei wenigstens rentabel. Ben meinte, wir könnten es »EgoFit« nennen, weil man dort nur auf sich und sein Ego setze, was ja ein Trend der Zeit sei. Das ist unser Plan B. Das B steht für »Bis jetzt«. Die drei wären gern mit zur Präsentation gekommen. Thomas wollte sie sogar selbst halten. »No chance«, habe ich ihnen gesagt. »Das Backoffice heißt Backoffice, weil es ›back in the office‹ bleibt.«

Dort verbringe ich auch die meiste Zeit. Offiziell wohne ich immer noch zuhause. Im Gegensatz zu den anderen Unternehmensberatern bekomme ich so gut wie nie ein Hotel zu sehen. »Einerseits ist das ein Ansporn für dich, andererseits ist es am effektivsten«, meinte mein Vater. »Je mehr du mich siehst, desto mehr lernst du.« Direkt danach ist er weggeflogen. Zu irgendeinem Kunden. Und dann zum nächsten.

Ein Taxi hält, und mein Vater steigt aus. Obwohl er eben erst gelandet ist, wirkt er, als hätte er zwei Wochen Wellnessurlaub in der Karibik hinter sich. Der Fahrer hievt seinen schwarzen Rollkoffer aus dem Taxi, während mein Vater Jessica mit zwei Küsschen begrüßt und mich mit Handschlag.

»Wie sehe ich aus?«, will er wissen, obwohl er genau weiß, wie er aussieht: auf erwachsene Weise jung, auf zurückhaltende Weise dynamisch – und auf sympathische Weise unsympathisch. Oder kurz gesagt: besser als ich.

»Na, dann werden wir denen mal ein paar High Level Glossy Slides delivern, die den Process plotten!«, freut sich mein Vater.

Ich mache eine beschwichtigende Handbewegung. »Also eigentlich wollte ich bloß empfehlen, das gesamte Personal zu entlassen.«

Er grinst und haut mir auf die Schulter. »Du bist lustig. Aber im Ernst: Ich bin gespannt auf deine Ideen.«

»Ich habe keine Idee.«

Er deutet in Richtung Tür. »Dann lass dir schleunigst eine einfallen. Wir haben schon Präsentationen mit weniger als nichts gehalten. Hauptsache, du rettest die Agentur.«

Ich an seiner Stelle wäre nervöser, wenn es um mein Lebenswerk ginge. Seltsam. Ich schließe den Hemdknopf am Kragen und ziehe meine Krawatte wie ein Schloss darüber. Jessica öffnet mit ernstem Gesicht den obersten Knopf ihrer Bluse.

Mesut begrüßt uns mit Handschlag und bittet uns herein. Ich erkenne das Studio kaum wieder: Ein paar Grünpflanzen lockern das Ambiente auf, die Fitnessmaschinen glänzen wie neu, nur die Wände sehen immer noch so altbacken aus wie vorher.

»Hat sich viel getan«, meint Mesut und grinst. Dann stellt er uns Danilo Wasiljewitsch vor, Khamroffs rechte Hand und ab sofort als Deutschlandchef eingesetzt, um den Umbau der anderen Studios zu betreuen. Er ist etwas rundlich, trägt einen Nadelstreifenanzug und erinnert mit seinem Einstecktüchlein eher an die Stammkunden der Londoner Savile Row als an einen Fitnessmanager.

»Über ihn ist Adam an das Projekt gekommen«, flüstert mein Vater. »Khamroffs Cousin. Aber es geht darum, dass du den großen Boss überzeugst.«

Danilo sieht an uns herunter, begutachtet offenbar unsere Anzüge. Sein Blick bleibt etwas länger an mir hängen als an den anderen.

»Herzlich willkommen«, sagt er mit sehr, sehr warmer Stimme, »Monsieur Khamroff ist noch nicht bereit, und Ihr Kollege war noch etwas schneller als Sie. Vielleicht mögen Sie Hallo sagen.« Gerade will ich fragen, von welchem Kollegen er spricht, da bedeutet mir mein Vater, lieber zu schweigen.

»Lassen Sie mich Sie durch das Geschäft führen«, sagt Danilo und kichert affektiert. »Schließlich bin ich ja der Geschäftsführer.« Wir folgen ihm vorbei an neuen Kraftmaschinen und versiegelten Turnmatten. »Nächste Woche streichen wir die Wände«, erklärt er und zwinkert mir zu.

»In welcher Farbe?«, frage ich.

»Das steht sicher in Ihrer Präsentation«, antwortet er und zwinkert mir zu. »Auch Herr Khamroff ist sehr gespannt. Dieser Laden soll das Flagship für alle anderen Filialen werden. Fehlt nur noch das Konzept«, sagt er fröhlich. »Ich habe schon mal die hässlichen Sachen rauswerfen lassen.«

In einem gläsernen Raum tanzen Frauen in Pluderhosen zu einer Mischung aus Rumba-Beats und Kirmes-Techno. Das Grinsen der Trainerin steht in schönem Kontrast zu den angestrengten Gesichtern der Kursteilnehmerinnen.

»Das ist Zumba«, erklärt Danilo beiläufig. »Haben wir jetzt neu im Programm. Sollten Sie mal versuchen.« Er zwinkert mir schon wieder zu. »Ich mache da manchmal selbst mit, um mich fit zu halten. Und auch Khamroff ist ein großer Fan.«

Überrascht mich nicht. Diesen neuen Russen ist ja nichts

zu exzentrisch. Mein Vater grinst, auch Jessica zeigt den Anflug eines Lächelns. Aber ich sauge jede Information auf wie ein Schwamm. Wer weiß, wann ich sie gebrauchen kann.

Danilo fährt fort: »Wir wollen besser sein als die anderen, und dafür werden wir investieren. Geld haben wir mehr als genug – perfekte Studios noch nicht.«

Na super, damit wäre unser EgoFit-Plan also gestorben.

Auf einer Hantelbank entdecke ich Adam. Über ihm sichert ein riesiger Bodybuilder die schwere Doppelhantel. Unser Weg führt direkt an ihm vorbei. Ich höre das rhythmische Keuchen, mit dem er die Gewichte nach oben stemmt. Sein Kompagnon feuert ihn bei jedem Stoß auf Russisch an. Als wir bei ihm ankommen, hat er sich gerade aufgesetzt, öffnet und schließt die Hände, als prüfe er, ob er sie überhaupt noch bewegen kann. Danilo kommt auf ihn zu und begrüßt ihn mit einer Umarmung.

»Die lieben Kollegen!«, sagt Adam etwas außer Atem. Dann erzählt er, dass er hier seit Jahren trainiere, um sich »für den Job fit zu halten.« Er tritt beiseite und macht eine einladende Geste in Richtung seiner Seilzugmaschine. Alle sehen mich erwartungsvoll an. »Als guter Berater solltest du dich mit deiner Materie auskennen«, stichelt Adam und deutet auf eine in der Luft hängende Querstange. Ich kann jetzt keine Rücksicht auf meinen Yoga-Muskelkater nehmen, ziehe an der Querstange und wuchte die Gewichte hoch. Einmal, zweimal, dreimal, dabei halte ich Adams Blick. Plötzlich fährt mir ein stechender Schmerz in den Rücken. Vor Schreck lasse ich die Stange los, und die Gewichte knallen aufeinander. Das wäre mir beim Yoga nicht passiert.

»Ja, manche Sachen sind wohl einfach zu schwer für dich«, verkündet Adam. Alle lachen. Ich bemühe mich, aufrecht zu stehen. Jessica öffnet ihre Handtasche, holt routiniert eine Tablette heraus und steckt sie mir zu.

»Gegen die Schmerzen«, sagt sie.

Mein Vater schnappt sich die Hantelstange und wuchtet die Gewichte hoch, als seien sie aus Styropor. Danilo klatscht in die Hände wie Andy Warhol beim Anblick von Arnold Schwarzenegger.

Als mein Vater mit seiner Machtdemonstration fertig ist, sieht er Adam verärgert an: »Solltest du um diese Zeit nicht im Büro sein?«

»Da komme ich gerade her. Wir haben heute Nacht die Weidenberg-Präsentation überarbeitet. Ich habe mein Team schlafen geschickt. Sie haben über 48 Stunden am Stück gearbeitet und waren nicht mehr effektiv.« Er sieht zu mir herüber und zwinkert mir zu. »Außerdem wollte ich mir deine Präsentation nicht entgehen lassen.«

Danilos Mundwinkel sacken kurz nach unten. Er sagt ein paar Wörter auf Russisch zu Adam, der schüttelt den Kopf und deutet zu mir herüber. »Das hier ist nicht mehr mein Projekt.« Danilo sieht von Adam zu mir.

»Mein Sohn ist unser neuer High Potential«, mischt sich mein Vater ein. »Adam ist persönlich involviert, das schadet seiner Objektivität. Und wir wollen ja nur das Beste für Sie.«

Danilo mustert mich einmal mehr von oben nach unten. Diesmal liegt in seinem Blick etwas Amüsiertes.

»Khamroff wird nicht erfreut sein.«

Mein Vater schaut zuversichtlich. »Wenn er die Ideen meines Sohnes hört, wird sich das ändern.«

Na, seinen Optimismus hätte ich gern.

Ich muss diesen Danilo irgendwie von mir überzeugen. Mit etwas, das mich auf den ersten Blick als den perfekten Mann für diesen Job dastehen lässt.

In diesem Moment beschließen die Zumba-Tänzerinnen hinter der Glaswand ihre Choreographie mit einem beeindruckenden Sprung. Die Trainerin bedankt sich, die Frauen klatschen und greifen schnell zu ihren Trinkflaschen und Handtüchern. Dann platzen sie aus dem Kursraum direkt durch unsere kleine Versammlung und streben den Umkleiden entgegen.

»Als guter Unternehmensberater muss ich alle Bereiche des Unternehmens kennenlernen«, sage ich. »Es ist bestimmt eine gute Idee, die Zeit für eine Runde Zumba zu nutzen. Ich nehme an, es geht gleich weiter?«

»Klar«, sagt Mesut, »wir lassen den Tanzraum selten ungenutzt. In zehn Minuten beginnt der nächste Kurs.«

Adam grinst breit und klatscht in die Hände: »Ja, das ist toll, tanz uns etwas vor.«

Die Verwunderung in Danilos Blick wird nur noch von dem erstaunten Gesichtsausdruck meines Vaters übertroffen.

»Das ist doch albern«, meint er leise zu mir. »Kein Berater würde bei so einem Hampeltanz mitmachen.«

»Du hast gesagt, du brauchst mich für unkonventionelle Denkansätze«, flüstere ich zurück. »Das hier ist unkonventionell. Und wenn Danilo sieht, dass ich auch Zumba tanze, dann haben wir gleich etwas gemeinsam. Das könnte wie bei Frau Merler-Beckscheid laufen. Nicht der Case ist die Herausforderung, sondern der Client. Hast du selbst gesagt.«

»Aber du kannst doch gar nicht Zumba tanzen.«

»So schwer wird das schon nicht sein. Ich mache ja auch Yoga.«

»Du machst Yoga?«

»Lass ihn doch«, meint Adam spöttisch. »Ist ja *sein* Job – jetzt.«

Mein Vater schüttelt den Kopf und setzt sich hin.

Mesut winkt die Fitnesstrainerin heran und tuschelt kurz mit ihr. Sie trägt ein sehr knappes Bikinioberteil und eine ausgeleierte Jogginghose, sieht zu mir herüber und lacht freudig, als Adam auf mich zeigt.

»Hi, ich bin Ann«, stellt sie sich vor. »Und du bist nicht nur der einzige Anzugträger im Kurs, sondern auch der einzige Mann. Siehst nicht gerade glücklich aus darüber.«

Stimmt, bin ich auch nicht. Aber ich muss das jetzt machen, auch weil ich mir so etwas Zeit verschaffe, um über eine neue Strategie nachzudenken. »Ich ziehe mich nur schnell um«, sage ich und hole meine Yogasachen von heute Morgen aus dem Lederkoffer.

»Dass du deine gute Laune zuhause vergessen hast, ist nicht schlimm«, meint Ann, »die kommt ganz von selbst.«

Das werden wir ja sehen.

Adam legt mir die Hand auf die Schulter. »Ich zeige dir, wo die Umkleidekabinen sind.«

Zwei Stockwerke tiefer schält sich Adam aus seinen verschwitzten Klamotten. Auch ich ziehe mich aus.

»Dein Plan wird nicht aufgehen«, sagt Adam. Welcher Plan? Ich wünschte, ich hätte einen. »Dass ein Consultant beim Kunden vorgetanzt hat, hat es echt noch nie gegeben.«

»Dann wird es ja höchste Zeit«, entgegne ich. Adam schnappt sich sein Handtuch. Auf dem Weg zu den Duschen bleibt er noch einmal stehen.

»Dein Vater meint, du bist ein Superkreativer. Also lass dir was einfallen, Superkreativer, sonst bist du nämlich ganz schnell wieder draußen.« Er grinst breit. »Und dein Vater auch. Ist eigentlich eine Art Familientragödie, da helfen dir auch deine Hotpants nicht.«

Das wollen wir doch mal sehen.

Im Zumba-Raum warten mindestens fünf Reihen Frauen, alle gertenschlank und durchtrainiert. Sie wirken nicht, als ob sie Fitnesskurse nötig hätten. An der Glasscheibe stehen mein Vater, Jessica, Danilo und Mesut. Eigentlich wollten sie während meiner Tanzstunde Mittagessen gehen, aber offenbar will Danilo sicherstellen, dass ich nicht kneife.

Ann trägt jetzt ein Headset-Mikro. Der Gedanke, gleich mit so vielen Frauen zu tanzen, spornt mich seltsamerweise an. Wäre doch gelacht, wenn ich da nicht auf gute Ideen komme.

Schon tönen Steeldrums und Trompeten in einem schnellen Sambarhythmus durch den Raum. Sofort beginnen die Frauen, mit den Armen Joggingbewegungen zu machen und im Takt dazu die Hüften kreisen zu lassen.

»Zumba he!«, ruft Ann. Ich bleibe wie in Schockstarre stehen.

»Zumba ho!«, kommt es von allen Seiten fröhlich zurück. Kurz überlege ich, »Zickezackezickezackheuheuheu« zu rufen, lasse es dann aber bleiben.

Ich sehe, wie mein Vater auf der anderen Seite der Scheibe auffordernde Handbewegungen macht. Jessica hält sich die Hand vor die Augen und grinst. Danilo klatscht in die Hände, der Spott ist aus seinem Gesicht verschwunden. Nun gesellt sich auch noch Adam zu den dreien. Langsam trete ich von einem Bein auf das andere. Um mich herum tanzen die Frauen jetzt so ausgelassen wie beim Karneval in Rio. Meine Bewegungen dagegen erinnern eher an Karneval in Köln.

Ann steht breitbeinig vorn, zieht jeweils ein Bein hoch und tippt abwechselnd mit Hacke und Ferse auf. Ich versuche, es ihr nachzumachen, aber das geht mir alles viel zu schnell. Ich gebe mein Bestes, kann aber nicht mithalten. Mein Vater und die anderen schütteln traurig die Köpfe, Danilo und Adam grinsen um die Wette. Noch immer keine Spur von Khamroff.

Ein neues »Zumba he!« von Ann.

»Zumba ho!«, schallt es zurück. Jetzt ändert sich der Beat. Er ist sogar eine Spur schneller geworden. Ich bin Unternehmensberater, ich mache Yoga, viel Würde ist mir ohnehin nicht mehr geblieben. Da kann ich auch vor meinem Vater und der Frau, die ich, nun ja, interessant finde, Zumba tanzen. Was habe ich zu verlieren?

Ich konzentriere mich auf Anns Füße, Hacke, Spitze, nun das Wippen mit den Beinen fortsetzen, Beine schließen, die Arme nach rechts und links werfen. Ist gar nicht so schwer. Nach all den statischen Yogahaltungen bin ich fast dankbar für ein bisschen Bewegung.

»Gut!«, lobt Ann und klatscht im Takt in die Hände. Mittlerweile haben sich auch die übrigen Fitnesstrainer des Studios vor der Glasscheibe versammelt. Ich bin jetzt sehr, sehr froh, dass Jay, Ben und Thomas im Backoffice geblieben sind.

Die Zuschauer lachen, ein paar nicken mir aufmunternd zu. Hoffentlich kommt Khamroff bald, lange halte ich das hier nicht mehr aus. Weder konditionell noch emotional.

Nach fünfzehn Minuten bin ich völlig durchgeschwitzt. Ich habe immer über diese unglaubwürdigen Statements in Boulevardmagazinen gelästert, in denen Frauen sagen, dass sie durch ihren Trendsport »gute Laune kriegen«. Tatsächlich lachen alle um mich herum. Wahrscheinlich über mich. Auch mein Vater, Adam und Jessica grinsen breit. Danilo hat einen Laptop aufgeklappt und auf mich gerichtet. Offenbar filmt er meine Tanzeinlage, und mir schaut gerade die halbe Welt zu, wie ich den letzten Rest meiner Würde wegtanze. Bis Ende des Jahres bin ich wahrscheinlich ein Youtube-Star. Aber dann will ich den Leuten auch etwas bieten. Wie hat Sina gesagt? Etwas Großes kann nur aus Emotionen entstehen. Ich habe nicht mehr viel Zeit, und die Musik hier ist ja emotional. Also stelle ich mir vor, ich wäre irgendwo in Mexico City auf einer Party und hätte den abendlichen Tequilarekord gebrochen. Schon geht mir das »Zumba Ho« so leicht von den Lippen wie der kreisende Schwung aus den Hüften. Wahrscheinlich tun mir einfach die Frauen hier gut. Ist wie beim Yoga. Als ich das nächste Mal hinsehe, sind meine Zuschauer verschwunden. Mein Shirt ist völlig durchgeschwitzt. Ein neuer Beat. »Zumba he!«, rufen wir.

Plötzlich bleibt Ann stehen. »Vielen Dank, meine Lieben, und ein extra Applaus für Ricky Martin«, sagt sie und deutet auf mich. Vor lauter Tanzerei habe ich wohl die Zeit vergessen. Die Damen klatschen, und ich verbeuge mich.

Vor der Getränkebar warten schon mein Vater und die

Entourage. »Hallo, Tanzbär«, begrüßt mich Adam. Danilo sieht mich ernst an, fast berührt.

»Das war wirklich wunderschön«, sagt er mit belegter Stimme. »Ich sehe leider viel zu selten Männer, die sich so gut bewegen können. Wenn Sie wollen, können Sie hier regelmäßig trainieren.«

»Ja, mal schauen.«

Auf dem Weg zu den Duschen komme ich an der Cardio-Ecke mit den Laufrädern vorbei. Die Leute hier rennen und kommen doch nicht voran. Wie im Hamsterrad.

Das ist es!

In den Umkleidekabinen wühle ich in meinen Yogasachen und finde den Flyer, den mir Sina am ersten Tag im Studio zugesteckt hat. Plötzlich weiß ich, was ich gleich präsentieren werde: ein gutes Gefühl.

Im Konferenzraum sitzen mein Vater und Jessica, Mesut, Adam und Danilo in einem kleinen, offenen Kreis um den Tisch. Sie alle starren auf einen aufgeklappten Laptop. Von Khamroff immer noch keine Spur. Durch die Glastür kann ich sehen, dass sie in den Handouts blättern, in denen steht, dass nicht investiert werden soll. Ich erkenne die erste Folie unserer PowerPoint-Präsentation: das EgoFit-Logo mit der Krone.

Danilo winkt mich vor den Laptop. Auf dem Bildschirm sehe ich einen Mann an einem Patriarchenschreibtisch, im Hintergrund steht tatsächlich eine Superman-Figur, wie manchmal in Videotheken. Das kleine rote Licht am oberen Rand des Bildschirms leuchtet. Es ist eine Skype-Konferenz.

»Ich dachte, wir treffen uns persönlich?«, frage ich Danilo. Der tut überrascht angesichts so viel Ahnungslosigkeit: »Herr Khamroff hat noch andere Termine. Er kommt nur zu den ganz wichtigen Präsentationen.« Alles klar.

Ich stelle mich vor den Bildschirm, so dass mich alle sehen können. Dann greife ich mir ein Handout und zerreiße es.

»Vergessen Sie das!«, beginne ich.

Schon habe ich die Aufmerksamkeit der Runde. Ich nehme mir Zeit, in jedes Gesicht zu schauen. Mein Vater stutzt, Jessica schenkt mir ein Lächeln, Danilo schaut interessiert, Adam trinkt einen Schluck Wasser und lehnt sich zurück. Khamroff lacht.

Ich halte das zerrissene Präsentationssheet hoch.

»Hier steht drin, was Ihnen jeder Berater empfehlen würde, der sich oberflächlich mit Ihrem Studio beschäftigt, der das Unternehmen nicht mental durchdrungen hat. Es sollte gespart werden, weniger Personal, günstigere Geräte, ein griffiger Name, kleine Preise, großes Geld. Das ganze sollte *EgoFit* heißen«, sage ich. »Eine Schnapsidee.«

Mein Vater sieht mich erstaunt an. Seine Lippen formen tonlos die Worte *What the fuck?*

Ich lächle Khamroff virtuell an. »Aber als ich Sie eben gesehen habe, ist mir gleich klar geworden: Das ist kein Mann, der klein denkt. Das ist kein Mann, der mit Rabatten locken muss. Deshalb werde ich Ihnen heute keine High Level Glossy Slides delivern. Das können alle. Wir können mehr, und vor allem können Ihre Studios mehr.«

Ich deute mit dem Zeigefinger nach draußen in den Gerätepark.

»Was sehen Sie?«, frage ich. Danilo hebt den Computer hoch und schwenkt ihn langsam von links nach rechts.

»Ein Fitnessstudio«, höre ich Khamroffs Stimme.

Ich schüttle den Kopf.

»Schauen Sie genauer hin!«

Jetzt beugt sich Adam vor. »Ein renoviertes Studio?«

»Lassen Sie sich Zeit.« Pausen sind bei jeder Rede, gleich ob Präsentation oder Laudatio, das A und O. Ich zwinge mich, im Kopf bis zehn zu zählen, dann breite ich die Arme aus.

»Ich sehe den ersten Schritt in die Zukunft. Dort strampeln, ziehen, drücken, wuchten und bewegen Menschen für Geld Gewichte. Sie erzeugen Energie.« Nächste Pause.

»Russland ist der viertgrößte Stromproduzent der Welt«, sagt Khamroff. »Aber fossile Energien sind endlich«, entgegne ich. »Deutschland hat in den letzten zehn Jahren mehr als hundert Tonnen militärisches Uran aus russischen Atombomben gekauft, um Energie herzustellen.« Habe ich mal irgendwo gelesen, keine Ahnung, ob das stimmt.

»Worauf wollen Sie hinaus?«, fragt Danilo.

Khamroff sieht gelangweilt aus.

»Wir suchen verzweifelt nach alternativen Energiequellen«, erkläre ich. »Nach dem Atomunglück in Fukushima wenden sich auf der ganzen Welt die Menschen von der fossilen Energieerzeugung ab. Zum einen haben sie Angst, dass wieder ein Atomkraftwerk explodiert, zum anderen gehen uns die Rohstoffe aus: Mit Erdöl und Erdgas kommen wir noch 43, maximal 66 Jahre aus, mit Kohle etwa 170 Jahre. Die Internationale Energieagentur geht aber davon aus, dass sich der weltweite Primär-Energiebedarf zwischen 2008 und 2035 um 36 % erhöhen wird.«

Die Fakten stehen auf Sinas Flyer, der nun vor mir auf dem Tisch liegt.

Adam gähnt demonstrativ. Danilo schaut mich fragend an, Khamroff sieht auf die Uhr.

»Die Welt braucht alternative Energien«, erkläre ich. »Saubere Energien. Italien hat den Atomausstieg schon vollzogen, Deutschland, die Schweiz und Belgien stecken mittendrin. Das einzige Problem, und jetzt komme ich zum Wesentlichen, ist, dass Windkraft, Wasserkraft und Solarenergie in Deutschland nicht rentabel sind, dafür haben wir einfach zu wenig Wind und zu wenig Sonne. Was wir brauchen, was die Welt braucht, ist eine neue Form von Energie: humane Energie, menschliche Energie.«

Ich mache eine Pause und schaue zu Danilo herüber. Der hat offenbar gerade mit offenen Augen geschlafen, denn er grinst mich entschuldigend an. Ich sehe zu Khamroff, aber auch dessen Rubel ist weit davon entfernt, zu fallen.

Adam allerdings hat es begriffen. »Sollen wir die Mitglieder vielleicht versklaven?« fragt er spöttisch.

»Nein, das machen die schon freiwillig.« Ich deute nach draußen zu den strampelnden, drückenden und schuftenden Trainierenden. »Ich habe es doch schon ganz am Anfang gesagt: Diese Menschen erzeugen Energie. Wir müssen nur einen Weg finden, sie nutzbar zu machen.«

Auf Danilos Lippen macht sich ein Lächeln breit. Er hat angebissen.

Ein Blick zu Khamroff. Der hebt den Zeigefinger und grinst.

»Die Leute rennen da wie im Hamsterrad, die reinste Energieverschwendung, wenn man so will …«, winke ich mit dem Zaunpfahl und deute durch die Verglasung. Einundzwanzig, zweiundzwanzig, zähle ich leise, aber Khamroff kommt einfach nicht drauf. Muss er aber, denn wenn es nicht seine Idee ist, wird er sie nicht hundertprozentig verfolgen. Regel Nummer zwei, wenn ich nicht irre.

Mein Vater stöhnt und lässt den Kopf in die Hände sinken.

»Die Leute gehen sowieso ins Fitnessstudio«, sage ich also. »Aber wenn sie dort nicht nur trainieren, sondern dabei auch noch etwas für die Umwelt, die Menschheit und am Ende für sich selbst tun würden, wenn sie ein gutes Gefühl mit nachhause nehmen könnten – das wäre toll. Ein großer Mann hat mal gesagt: Wenn die Emotion stimmt, kann man Erfolg haben.«

»Wer war das?«, fragt Khamroff.

»Sylvester Stallone.«

»Das ist es!«, ruft er, und ich sehe, wie seine Hand auf den Bildschirm zufliegt. Augenblicklich wird er schwarz. Danilo springt auf, läuft zum Computer und beginnt, wie wild zu tippen. Sekunden später haben wir Khamroff wieder auf dem Schirm.

»Wir bauen die Fitnessgeräte so um, dass mit ihnen Energie erzeugt wird, die wir einspeisen können«, platzt es aus ihm heraus. »Die Leute machen ihren Strom selbst, so wie wir unseren Wodka.«

»Oder die Deutschen ihren Kartoffelsalat«, stimmt Danilo ein. »Die Mitglieder bekommen ihre Energie auf ein Stromkonto gutgeschrieben, dann haben sie einen zusätzlichen Antrieb, ins Studio zu kommen.«

Ich nicke bewundernd, als wäre ich nie im Leben auf diese Idee gekommen. »In meinem Backoffice habe ich einen Techniker, der könnte einen Prototypen bauen. Wir könnten staatliche Förderung beantragen, und das Geld, das Herr Khamroff in die Forschung investiert, käme nicht nur sauber zurück, sondern richtig grün. Da haben Sie auch gleich noch einen immensen Imagegewinn – nicht, dass Sie den nötig hätten.«

Adam lehnt sich vor: »Aber es ist doch überhaupt nicht rentabel, Energie in so kleinen Mengen einzuspeisen. Selbst auf dem Laufrad wird es kaum mehr sein, als ein Fahrradtrafo erzeugt.«

»Das müssen wir halt mal durchrechnen«, entgegne ich. »Aber um die Menge des erzeugten Stroms geht es ja in erster Linie auch gar nicht. Khamroffs Idee ist brillant: Statt Sport zu machen, um so banale Ziele wie Abnehmen oder Muskelaufbau zu erreichen, gehen die Mitglieder dieses Studios zum Sport, um etwas Gutes zu tun, etwas zu schaffen, das bleibt: Nachhaltigkeit – das große Wort meiner Generation.«

Danilo lehnt sich zurück. »In Berlin kenne ich so einen Club, der mit Cardiogeräten Strom erzeugt, Green Gym Berlin heißt er. In den USA gibt es bestimmt schon hunderte solcher Fitness-Studios.«

Khamroff hat sich ein kleines Glas Wodka bringen lassen und trinkt es auf Ex aus. »Das machen wir, das ist modern«, sagt er. »Das ist ökologisch, und ökologich ist gut.« Er schaut nun eindringlich in die Kamera. »Wir nennen die Studios EcoFit.«

»Genial«, sagt mein Vater und klatscht in die Hände. Adam seufzt.

»Leider nicht meine Idee, aber so könnte es funktionieren«, sage ich vorsichtig.

Khamroff haut auf den Tisch, dass das Bild wackelt: »Natürlich wird es funktionieren! Wie lange brauchen Sie für die Entwicklung?«

»Wir müssten Prototypen anfertigen, mit Ingenieuren, Green-PR-Leuten und Feng-Shui-Experten sprechen, eine Idee entwickeln«, antworte ich. »In sechs Wochen kann ich Ihnen ein Konzept präsentieren. Das wird aber nicht billig.«

»Es wird uns unsterblich machen«, entgegnet Khamroff. Er will sogar persönlich vorbeikommen und sich die Präsentation vor Ort anschauen: »Ich will, dass ihr das Studio so umbaut, wie EcoFit aussehen soll. Ich will auf dem Laufband Strom erzeugen. Ich will beim Hantelnheben Energie produzieren. Ich will neue Maschinen, neue Farben und Öko-Sprüche an den Wänden.« Er deutet mit dem Finger in die Laptopkamera. »So etwas wie: *Der Baum ist dein Bruder, und deine Schwester ist ein Hase.*« Ich tue so, als ob ich mitschreiben würde.

»Ein Rat noch, Sohnemann: Hören Sie mit diesem Zumba-Quatsch auf.«

Ich schaue zu Danilo hinüber. Der grinst und zuckt entschuldigend mit den Schultern.

»Ich wollte Sie halt mal tanzen sehen«, verteidigt er sich bockig. In Zukunft werde ich mich vor ihm in Acht nehmen.

»Haben Sie sonst noch irgendwelche Frauenhobbys?«, fragt Khamroff.

»Nein«, sage ich. Yoga ist schließlich ein Männersport.

Mein erster Klient beendet die Konferenz mit einem Lächeln im Gesicht.

Plötzlich sehne ich mich nach der Stille des Yoga-Studios.

Mein Vater legt mir den Arm um die Schulter: »Gut gemacht«, murmelt er.

Als ich mich von Danilo verabschiede, drückt er mir seine Karte in die Hand. »Ich weiß, Sie haben viel zu tun, aber wenn Sie noch mal so eine gute Idee haben, dann rufen Sie mich an.«

Als wir zurück in die Agentur fahren, will mein Vater seinen Arm gar nicht mehr von meinen Schultern nehmen. Er lobt die perfekte Dramaturgie meiner Präsentation, die Tatsache, dass der Kunde den ersten Vorschlag ablehnen konnte, dass ich die drohende EgoFit-Schlappe mit dem EcoFit-Kniff am Ende noch einmal gedreht habe.

»Das war genial«, meint er. »Aber eine Frage musst du mir noch beantworten. Wie bist du auf diese schwachsinnige Idee mit dem Hamsterrad gekommen?«

Drei Wochen später versuche ich mal wieder, in der Hundestellung meine Schale zu leeren. Aber die ist bis oben hin voll. Muss unbedingt dran denken, mir eine zweite zuzulegen.

Am Tag nach der Khamroff-Präsentation ist ein Foto von mir im Intranet aufgetaucht, auf dem ich Zumba mache, weshalb nun jeder Kollege, der mir auf dem Gang entgegenkommt, meint, einen Latino-Disco-Tanzschritt improvisieren zu müssen. Für Außenstehende muss es aussehen, als würde ich in einem Musical arbeiten.

Adam habe ich nun schon eine Woche nicht mehr gesehen. Mein Vater überhäuft ihn mit Arbeit, wahrscheinlich will er ihn mir einfach vom Hals halten. Auch er selbst ist dauernd unterwegs »auf Akquise« und schläft meist im Büro. Allerdings habe ich ihn noch nie dabei gesehen.

Bei Caesar & Horn herrscht die totale Entkopplung von Raum und Zeit. Schlafen, frühstücken, Zeitung lesen, arbeiten. Das aktuelle Projekt hat immer Vorrang vor allem. Niemand verschwendet Zeit mit ausgewogener Ernährung, regelmäßigem Schlaf oder gemütlichen Fernsehabenden. Ich arbeite gefühlte 23,5 Stunden pro Tag an *EcoFit*.

In Wummes Metall-Eck oder im Kino war ich schon ewig nicht mehr. In der Zeitung habe ich neulich von diesem Yogafilm *Der atmende Gott* gelesen, der ziemlich gut sein soll. Den würde ich eigentlich gern mal mit Jessica anschauen. Blöderweise hatte ich noch keine Zeit, sie zu fragen.

Dabei nimmt mir mein Backoffice schon viel Arbeit ab: Ben verbringt mittlerweile die meiste Zeit bei unserem Dienstleister »Lab«, einer Mischung aus Bastelkeller und

Elektroladen, das gern James Bonds geheimes Waffenlabor wäre. Mein Vater hat das »Lab« gegründet, als sich herausstellte, dass einige Kollegen technisch noch versierter sind als wirtschaftlich. Seitdem übernimmt es nicht nur die komplette Computertechnologie von Caesar & Horn, sondern liefert immer wieder auch technische Spielereien als Prototypen für Präsentationen.

Ben hat hier seine zweite Heimat entdeckt. Während Thomas und Jay die EcoFit-Idee ausarbeiten, hat Ben einen Zwitter aus Akku und Scheckkartengerät erfunden, mit dem die Trainierenden den gewonnenen Strom einspeisen können. Wir konzipieren die Personalstruktur nach Khamroffs Vorgaben, suchen Experten für vegane Ernährungskonzepte, ökologische Wandfarben für das Studio und verhandeln mit Öko-Baumwollfirmen über T-Shirts mit hundertprozentig abbaubaren Aufdrucken. Außerdem versuchen wir gerade, anderen Firmen ihre Klimawandel- und Öko-Spezialisten abzuwerben.

»Leere deine Schale, Frederick«, höre ich Sina sagen.

Error hat inmitten seiner Klötze, Kissen und Bänder bereits die Hundestellung eingenommen. Als Sina zu uns herüberschaut, streckt er sich, dass der Buckel in seiner Wirbelsäule verschwindet. Error atmet tief und gleichmäßig.

Sina nickt stolz. »Bei wem hast du dir denn diesen Hund abgeschaut?«, will sie wissen.

»Bei Satan«, entgegnet Error, wirft mir einen vielsagenden Blick zu, lässt den Kopf aber dann gleich wieder vorschriftsmäßig hängen.

In den vergangenen Wochen ist er zu einem echten Yogatalent avanciert. Neulich habe ich gesehen, wie er in einer Vorwärtsbeuge mit den Fingerspitzen den Boden berührt hat – mit durchgestreckten Beinen! Ohne Hilfsmittel. Aber seine wahre Stärke sind die Stehhaltungen. Jeder normale Mensch, der einen so großen Bauch mit sich herumträgt, würde wahrscheinlich umfallen – nicht aber Error. In der

Heldenstellung steht er wie ein Held, in der Dreieckstellung wie ein Dreieck, und im Baum steht er so fest, dass Satan wahrscheinlich sein Beinchen an ihm heben würde – wenn er schon wieder da wäre.

Sina bekommt gar nicht mit, dass sich mein Freund nur für sie so ins Zeug legt. Mit dem Flirten klappt es bei Error immer noch nicht so gut.

»Meinst du, das ist der richtige Weg?«, will ich wissen.

Error zuckt mit den Achseln, was in der Hundestellung etwas komisch aussieht. »Sonst hab ich ja nicht so viel zu bieten«, meint er. »Wahrscheinlich stehen einfach alle Yoga-Azubis auf ihre Lehrer.«

Ein Höhepunkt jeder Stunde sind für mich die Yoga-Talks. Oft finde ich mich in Sinas Gleichnissen wieder – auch wenn ich die indischen Superhelden nicht so gut kenne.

»Dein Leben ist das Produkt deiner Gedanken« hat Sina mir vergangene Stunde gesagt, und ich habe die ganze Nacht darüber nachgedacht. Sie hat recht: Es ist ein einziges Chaos. Aber seit ich Yoga mache, wird es besser. Manchmal schwebe ich regelrecht aus der Stunde. Sina meint, ich würde sehr gut auf die Asanas reagieren. Nur mit dem »Om« kann ich mich einfach nicht anfreunden. Deshalb bewege ich halt die Lippen ohne Ton, wie damals im Schulchor.

Vorhin hat mir Sina erzählt, dass sich der legendäre Studiobesitzer wieder von seiner Lungenentzündung erholt hat – dank der Pranayama-Atmung. Er wird diese Stunde leiten. Vor Aufregung hat ihre Stimme gezittert. Auch ich bin schon ganz gespannt. Zwar muss Sina heute nur assistieren, aber Hari, so heißt der Studiobesitzer, muss noch offiziell zustimmen, dass ich ihr Prüfungspartner werde.

Der Yogaraum ist heute so voll wie schon lange nicht mehr, doch Jessica hat mir eine Matte hingelegt. Der Mittwochabend ist zu unserem festen Yogadate geworden. Mehr war bisher nicht drin. Aber seit einiger Zeit sehe ich das ganz gelassen. Wahrscheinlich macht Yoga am Ende impotent. Wäre mir aber auch egal.

Sina zitiert seit Tagen Haris weise Sprüche, schwärmt davon, wie leicht er in den Handstand springt, hunderte von Rückbeugen macht und immer noch mit fester Stimme unterrichten kann. Dabei leuchten ihre Augen. Armer Error.

Die Tür öffnet sich, und sofort kehrt Ruhe ein. Eine freundliche Stimme wünscht allen Teilnehmern einen guten Abend. Hari ist offenbar kurz bei Sina stehen geblieben, die ihre Matte heute nicht vorn, sondern an einer Säule am Rand des Raumes platziert hat. Irgendwie kommt mir diese freundliche Stimme bekannt vor. Als Hari zum Podest schreitet, kann ich nur seinen Rücken sehen. Sina geht an seiner Seite. Der Oberyogi trägt weder Dreadlocks, noch ist er sonderlich groß, geschweige denn muskulös. Seine roten Haare sind stoppelig kurz geschnitten. Er lächelt offen und blickt durch seine John-Lennon-Brille in den Saal.

Das darf doch nicht wahr sein! Meine eben noch vorbildlich aufrechte Körperhaltung sackt in sich zusammen, der Brustkorb fällt ein, als wäre die Luft raus. Am liebsten würde ich mir die Decke über den Kopf ziehen oder mich unter den Kissen verstecken: Hari ist der verirrte Bildungsreisende, den ich nach meinem ersten Arbeitstag aus Errors Mercedes geworfen habe.

»Tut mir leid, dass ich so lange weg war«, sagt er und sieht sich um. Wenn Sina mitkriegt, was ich ihrem Oberyogi angetan habe, kann ich mein neues Hobby vergessen. Und mit Error und Sina wird das nie was. Ich beschließe, spontan eine Vorwärtsbeuge zu machen: mit der Nase so weit wie möglich hinunter auf die Knie – oder zumindest so weit, dass Hari mich nicht sieht. Unten angekommen blinzle ich vorsichtig nach oben. Das einzig Logische für ihn wäre, mich rauswerfen zu lassen – genauso, wie ich es vor einem Monat mit ihm gemacht habe.

»Eine Menge neuer Gesichter hier«, sagt Hari zufrieden

und nickt Sina anerkennend zu. Er nimmt sich die Zeit, in jedes einzelne zu schauen. »Alles, was man mit Liebe betrachtet, ist schön.«

Als sich unsere Blicke treffen, erstarrt sein Lächeln kurz. »Na ja, fast alles«, ergänzt er mit freundlichem Lächeln.

Die Stunde beginnt für die anderen mit dem üblichen Om und für mich mit dem üblichen Playback.

»Wie ist es euch ergangen, meine Lieben?«, sagt er. Sina sieht mich auffordernd an, da meine Probleme thematisch einen Großteil der vergangenen Yoga-Talks bestimmt haben.

»Gut«, sage ich leise und ducke mich hinter den Typen, der vor mir sitzt. Eine etwas fülligere Frau, deren herzliches Lachen mir schon ein paar mal aufgefallen ist, räuspert sich. Ich glaube, sie heißt Zoe. Hat mir Error erzählt, der gelegentlich mit ihr Partnerübungen macht, weil man dafür immer Leute mit einer ähnlichen Statur sucht.

»Ich habe in letzter Zeit oft schlechte Laune«, sagt sie. »Liegt wahrscheinlich am herbstlichen Wetter.«

Hari schließt kurz die Augen. Man kann die Erwartung im Raum förmlich fühlen. »Damit wir unsere Schale leeren und mit Glück füllen können, müssen wir die Tür, die nach innen führt, weit öffnen. Aber das allein genügt nicht. Wenn das Glück durch die Tür zu uns gekommen ist, dann sind wir dafür verantwortlich wie für ein Kind oder einen Taxifahrgast.« Mir wird etwas flau im Magen. Aber Hari sieht nicht zu mir herüber, sondern sitzt einfach weiter mit geschlossenen Augen im Schneidersitz auf seinem kleinen Podest.

»Wir müssen dieses Glück hegen und pflegen, indem wir gut zu uns sind. Sind wir das nicht, dann werfen wir es aus unserem Herzen in den herbstlichen Regen. Was bleibt, ist Leere.«

Zoe nickt dankbar, und schon kehrt ein Lächeln auf ihr Gesicht zurück. Auch ich fand Haris Worte sehr schön, bin diesmal aber leider etwas voreingenommen.

selbst gesagt, wenn man die Dinge in sein Herz gelassen hat, ist man dafür verantwortlich. Und neben meinem neuen Job habe ich mir nun auch noch die Verantwortung fürs Yoga eingebrockt.

Als wir am Ende in der Schlussmeditation sitzen, bin ich zum ersten Mal nach dem Üben überhaupt nicht entspannt. Wie schade, gerade habe ich Gefallen am Yoga gefunden, da kann ich schon wieder damit aufhören. Ich werfe einen Blick zu Error. Der hat sich schon bestens in die Yogagruppe eingefügt.

Später in der Umkleidekabine plaudert er so ungezwungen mit Zoe, als würde er bei Wumme sein drittes Bier bestellen.

Ich nehme Sina beiseite. »Es tut mir total leid«, beginne ich. »Dass ich Hari bei strömendem Wetter aus dem Wagen geschmissen habe. So etwas macht man nicht.«

Sina schaut mich skeptisch an. »Warum hast du es dann gemacht?«

Ich zucke mit den Schultern.»Das war ein ganz mieser Tag für mich, und ich … Er war mir wohl einfach zu ausgeglichen«, versuche ich es zu erklären. »Aber das verstehst du wahrscheinlich nicht.«

Sina seufzt. »Doch, das verstehe ich gut.« Sie atmet durch. »Passiert ist passiert, und du würdest so was ja nicht noch mal machen, oder?«

»Nein!« Instinktiv hebe ich Zeige- und Mittelfinger der rechten Hand zum Schwur in die Luft. »Großes Berater-Ehrenwort.«

Wieder so ein skeptischer Blick. Sina scheint mir nicht zu glauben.

»Ich werde einen Weg finden, die Sache wiedergutzumachen. Versprochen. Als Erstes besorge ich dir diesen Yogafilm, von dem gerade alle reden. Wie hieß er noch gleich?«

Sinas Gesicht hellt sich auf. »*Der atmende Gott?* Aber der

kommt doch jetzt erst ins Kino.« Sinas Augen leuchten verräterisch.

»Ein Freund von mir kennt den Cutter und kann eine Rohfassung bekommen«, lüge ich. »Die ist vielleicht noch nicht perfekt abgemischt, aber ...«

»Cool!«, sagt Sina strahlend. »Das wäre super. Auch als Vorbereitung für die Prüfung.«

»Gut, dann bringe ich dir den Film einfach mit, sobald ich ihn habe.« Natürlich habe ich nicht die geringste Ahnung, woher ich ihn bekommen soll. Aber da kann mir mein Backoffice bestimmt weiterhelfen.

»Das ist echt lieb von dir, aber ich habe leider keinen Fernseher und auch keinen DVD-Player. Wegen der Strahlung, du weißt schon ...«

»Kein Problem. Wir können den Film ja bei mir zuhause schauen«, sage ich sofort. »Mein Vater besitzt die beste HiFi-Anlage aller Zeiten.« Dass ihm auch das dazugehörige »Zuhause« gehört verschweige ich ihr. Welcher erwachsene Mann wohnt denn noch bei seinen Eltern? Außerdem lebt mein Vater ja eh in der Agentur. Der Gedanke, allein mit Sina fernzusehen, ist mir nicht ganz geheuer. Schon wegen Error.

Ihr offenbar auch nicht. »Vielleicht haben Erol und Jessica auch Lust, mitzuschauen?«, fragt sie. Erleichtert nicke ich. »Dann frage ich ihn und du Jessica, okay?«

Sina nickt und deutet mit dem Kopf zu Hari hinüber, der von einer Schar seiner überwiegend weiblichen Anhänger umgarnt wird. Habe verstanden.

Ich stelle mich dazu. Bei der ersten Gelegenheit grätsche ich ins Gespräch und bitte Hari um fünf Minuten unter vier Augen. Er entschuldigt sich bei seinen Fans und führt mich in sein Yogabüro.

Dort stehen goldene Buddhafiguren und Klangschalen herum. An den Wänden hängen Fotos von Haris Indienaufenthalten, Gruppenbilder mit typischen Yogalernenden und Lehrern, versehen mit Jahreszahlen von 1969 bis 2013. Auf den meisten älteren Bildern steht Hari neben einer Frau, die Sina erstaunlich ähnlich sieht, und grinst noch breiter als sonst, oder vielmehr: ungezwungener.

In einer Ecke, unter einem Foto des obersten Yogagurus, B.K.S. Iyengar, sind dünne weiße Baumwolldecken aufgestapelt, die wir beim Üben als Unterlage benutzen.

Darauf liegt Satan und schläft.

»Sie haben meinen Mops geklaut!«, rufe ich wütend, aber Hari lächelt nur beschwichtigend.

»Nein, du hast ihn nachts im Regen ausgesetzt.« Ein weiteres mildes Lächeln: »Genau wie mich. Ich habe ihn unter meiner Jacke nachhause getragen.«

Irgendwie hat er ja recht, aber trotzdem: Es ist nicht sein Mops. »Okay, das tut mir leid. Aber jetzt hätte ich Satan gern wieder.«

»Satan?«, fragt Hari erstaunt. »Da wundert mich nichts mehr.«

Der nun mehrfach Erwähnte blinzelt und seufzt, wie nur ein Mops seufzen kann. Mit geschlossenen Augen streckt er seine vier Pfoten von sich.

»Schreien Sie nicht so, Sie wecken ihn noch auf«, sagt Hari leise. »Er hatte auch eine Lungenentzündung und ist noch rekonvaleszent.«

»Geben Sie mir meinen Hund wieder«, zische ich.

»Dann lassen Sie die Finger von Sina!«, zischt er zurück.

Ich habe mich wohl verhört.

»Ich habe überhaupt kein Interesse an der«, erwidere ich nun etwas lauter.

»Von wegen«, höhnt Hari. Eigentlich sollte ein echter Yogi doch über so niederen Gefühlen wie Eifersucht stehen. So, wie der klammert, sehe ich leider schwarz für Errors Zukunft.

»Was ist denn hier los?«, höre ich Sina fragen. Sie steht im Türrahmen.

Jetzt schlägt Satan die Augen auf. Aber statt sich zu freuen und mit dem Stummelschwanz zu wedeln, starrt er mich ängstlich an. Ich gehe einen Schritt auf ihn zu und strecke die Hand aus. Mit einem Satz springt der Hund vom Deckenstapel, starrt mich böse an und fletscht die Zähne.

»Aus!«, befehle ich laut, aber Errors Hund macht keine Anstalten, zu gehorchen. Stattdessen bellt er mich wütend an. Hari lächelt zufrieden.

»Ich glaube, er will gar nicht zu Ihnen«, sagt er und streckt die Arme aus. Satan sieht verwirrt von Hari zu mir. Genau wie Sina.

Da höre ich Errors Stimme. Sie klingt leise, fast brüchig und so zärtlich, als würde er zu einem Baby reden, das selbst nicht genau weiß, warum es eigentlich schreit. »Was macht denn mein kleiner Satansbraten hier?«, fragt er freundlich und drängelt sich an Sina vorbei durch den Türrahmen. Keine Spur von Schüchternheit. Mit der Selbstsicherheit einer Mutter, die ihr verlorenes Kind wiedergefunden hat, lässt er sich auf die Knie sinken und streckt die Arme aus. Satan klemmt den Schwanz zwischen den Hinterpfoten ein. Schritt für Schritt tappst er auf Error zu. Bei ihm angekommen, macht er Sitz und gibt Pfötchen.

Ich erkläre Sina, dass hier ein akuter Fall von Dognapping vorliegt, ich aber bereit bin, auf eine Anzeige zu verzichten, wenn auch Hari davon absieht, mich wegen des Auffahrunfalls zu verklagen. Hari hat die Arme verschränkt und sich zu einer Shiva-Statue gedreht. Ich sehe in die andere Richtung.

»Männer!«, schimpft Sina, und ich sehe, wie Hari zusammenzuckt. »Offenbar seid ihr alle gleich.« Sie sieht ihn an und deutet mit dem ausgestreckten Zeigefinger auf mich: »Ich will Frederick als Prüfungsmodell. Er ist das Gegenteil von uns. Wenn es uns gelingt, einem Managertypen wie ihm zu zeigen, wie effektiv Yoga ist, dann kommen vielleicht noch mehr von seiner Sorte. Und du weißt, wie wichtig das für uns ist.«

So streitlustig reden nur alte Paare miteinander.

Hari schaut mich bockig an. »So Leute wie der bringen mich total aus dem Gleichgewicht. Die sind nicht gut für meinen inneren Gott.«

Ich winke den beiden zu. »Hallo? Ich bin auch noch hier! Könnt ihr eure Streitereien bitte später klären? Ohne mich? Ich habe nämlich noch Termine.«

»Erst gebt ihr euch die Hand!«, fordert Sina.

Ach, was soll's. Wenn ich dafür weiter Yoga machen darf. Und wenn Error dafür weiter Sina anhimmeln kann; ich strecke die Hand aus.

Aber Hari dreht sich bockig zur Seite. »Unternehmensberater und Yoga, das passt einfach nicht zusammen«, murmelt er.

»Siehste!«, sage ich und deute vorwurfsvoll auf Hari.

Sina schüttelt den Kopf und schiebt mich aus der Tür. Ist mir recht, sollen sie ihren Kram allein klären.

»Nächsten Dienstag um sieben?«, fragt sie leise. Hari zuckt zusammen.

»Sehr gern«, sage ich und blicke provozierend den Oberyogi an, dessen Kopf knallrot anläuft. »Bringst du etwas zu essen mit?«

Sina nickt. Dann schließt sie die Tür hinter mir, und ich stehe neben Error, der Satan auf dem Arm hält.

»Ich kann dir alles erklären«, sage ich.

»Bring mich einfach nur nachhause«, bittet Error leise. Satan hat die Augen wieder geschlossen. Als die beiden das Yogastudio verlassen, geht ein kollektiver Seufzer durch die Teilnehmerinnen. Zoe wischt sich eine Träne aus dem Augenwinkel.

Auf der Fahrt zu Error nachhause beichte ich ihm, wie ich an dem Abend Hari angefahren und Satan verloren habe. Error hört schweigend zu und streichelt seinen Mops. Die ganze Fahrt über schaut er nur Satan an. Als ich ihn vor seiner Haustür rauslasse, warte ich darauf, dass er mich auf ein Bier zu sich aufs Zimmer bittet. Macht er aber nicht. Also

deinem Vater erzähle, bekommst du Schwierigkeiten.« Sie betrachtet meine Hand, die immer noch ihr Handgelenk umklammert. »Noch mal aua«, haucht sie. Die hat wirklich einen Totalschaden. Leider fühle ich mich trotzdem zu ihr hingezogen. Ich lasse ihren Arm los.

»Es tut mir leid. Du kannst das gern meinem Vater erzählen.«

Jessica schlägt mit gespielter Scheu die Augen nieder. »Dann wäre das aber sehr unartig von mir.«

Was ist denn das jetzt wieder für eine Nummer? Ist hier irgendwo eine versteckte Kamera aufgestellt?

»Ich hole dir Eis«, sage ich und gehe los.

»Nicht nötig!«, höre ich ihre Stimme in meinem Rücken. »Dein Vater schlägt viel härter zu.«

Ich sehe sie einen Moment irritiert an. »Wie bitte? Er schlägt dich?«

»Manchmal«, gurrt sie.

Ich starre sie an. »Scheint dich ja nicht zu stören.«

»Denk mal drüber nach«, sagt sie und sammelt ihre Blätter zusammen. Ich sehe ihr irritiert dabei zu.

Als sie fertig ist, raunt sie: »Hast du dich eigentlich mal gefragt, was aus der Uhr geworden ist, die Adam deinem Vater schenken wollte?«

Mist, die Uhr, die habe ich in dem Stress total vergessen. Jessica streift den Ärmel ihrer schwarzen Bluse hoch. Das Zifferblatt kommt zum Vorschein.

»Mit der Widmung konnte ich sie ja schlecht deinem Vater geben«, sagt sie leise. Kurz bedaure ich, dass ich sie nicht aus Versehen K.o. geschlagen habe, denn dann hätte ich ihr das Ding noch abnehmen können.

»Du musst sie meinem Vater ja nicht geben. Steht dir ausgezeichnet«, entgegne ich.

»Vielen Dank«, flötet Jessica. »Bis zum nächsten Mal.«

»Beim Videoabend mit Sina dann, ja?«

»Mal schauen«, sagt Jessica leichthin und stöckelt davon.

Ich beschließe, von nun an im Büro sicherheitshalber nur noch Yoga zu machen.

Jay, Ben und Thomas sind noch da. Ich stelle das Bier auf den großen Tisch, direkt auf die Akten und Kurven und Diagramme. Jay, Thomas und Ben sehen mich erstaunt an.

»Wir sind mitten in einer Besprechung«, sagt Jay vorsichtig. Aber nach meinem Titelkampf gerade brauche ich jetzt ein Bier und bedeute den anderen, sich auch eins zu nehmen. Alle drei Mitglieder meines Backoffices sehen blass aus. Ben rührt sein Bier nicht an. Er läuft wie ein Tiger auf und ab. Ich werfe Jay, der noch am vitalsten scheint, einen fragenden Blick zu.

»Wir kommen nicht weiter«, sagt er. »Die Idee, selbst Strom zu erzeugen, klingt gut, aber wir haben noch keinen Weg gefunden, das bisschen Bewegung in einem Fitnessstudio wirklich in Strom umzuwandeln.« Er deutet auf ein Flipchart, auf das er Formeln und Gleichungen gemalt hat. »Sieht doch gut aus«, sage ich.

»Beim Laufrad ist es noch am einfachsten, die Seilzugmaschine kann auch etwas Strom produzieren, aber bei den meisten Geräten kommt einfach keine kontinuierliche Bewegung zustande. Die Sätze sind einfach oft zu kurz, wir müssten ganz neue Geräte erfinden.«

»Dann macht das.«

Die drei schauen mich aus müden Augen an.

Ich nehme die drei in den Arm. »Danke. Macht Schluss für heute, ruht euch aus und macht morgen mit frischem Kopf weiter«, sage ich.

Jay räuspert sich: »Also, wenn es dir nichts ausmacht, würden wir lieber gleich weitermachen«, sagt er ernst. »Wir haben nur noch einen Monat, bis Khamroff nach Deutschland kommt. Da brauchen wir jeden Tag.«

»Das schaffen wir schon«, sage ich und kremple die Ärmel hoch. »Wir haben dieses Projekt angefangen und ihm die Tür geöffnet.«

Die drei starren mich fragend an.

»Wir haben es in unsere Herzen gelassen«, fahre ich fort. »Jetzt sind wir verantwortlich dafür. Wie für ein kleines Kind oder einen …, na, ihr wisst schon, was ich meine. Das hier ist unsere Chance!« Ich schaue Ben an. »Das hier ist auch deine Chance. Wenn einer solche Maschinen bauen kann, dann bist du das.«

»Ist alles in Ordnung mit dir?«, fragt Jay. »Du wirkst ein bisschen verwirrt.«

»Nein, ich sehe klarer als je zuvor«, behaupte ich. »Es geht hier nicht um irgendein neues Projekt, das hier ist unser Projekt, unser Herzensprojekt.«

»Er hat recht«, meint Thomas. »Wir ziehen das jetzt nicht nur durch, wir machen das richtig gut.« Wir klatschen einander ab und gehen wieder an die Arbeit.

Ben verschwindet in das Fitnessstudio, damit er direkt vor Ort herausfinden kann, an welchem Part der Maschinen eine regelmäßige Bewegung entsteht, aus der sich Energie gewinnen lässt. Mit Thomas und Jay gliedere ich die möglichen Bereiche, die für EcoFit relevant sein können. Wir analysieren die Öko-Förderprogramme der Regierung, schauen uns die letzten Wahlkampfthemen der Grünen an, recherchieren Artikel über Photovoltaik, Wind- und Wasserkraft. Wir werten Tabellen über Stromerzeugung und Stromverbrauch aus, schreiben E-Mails an Initiativen gegen Atomstrom, das Berliner Fitness-Studio und die amerikanische Konkurrenz.

Dabei wird mir immer klarer, dass wir hier nicht einfach ein Konzept übernehmen dürfen, sondern versuchen müssen, die Stromerzeugung über die klassischen Laufbänder hinaus auch für Kraftmaschinen, Hanteln und alle anderen Fitnessgeräte möglich zu machen. Je mehr ich mich in die Materie einarbeite, umso mehr wird mir klar, dass Khamroff recht hat: Wir können hier etwas Gutes, etwas Besonderes schaffen, das ganze Thema völlig neu aufgreifen und vermarkten. Die große Gruppe der *Lohas*, der Menschen also, die sich den *Lifestyle of health and sustainability* auf die Fahnen geschrieben haben, all diese jungen, klugen und gut verdienenden Leute müssen wir erreichen. Es sind Menschen wie wir. Wir arbeiten hier nicht für irgendeine Zielgruppe, sondern für uns selbst. Denn mit EcoFit können wir die Welt ein bisschen besser zu machen.«

»Ich habe noch eine Bitte«, sage ich um zwei Uhr morgens, während die anderen ihre Sachen zusammenräumen. Dann erzähle ich ihnen von dem Yogafilm *Der atmende Gott* und dass ich ihn dringend für die Recherche brauche.

»Kein Problem«, sagt Jay. »Ich bestelle uns aus Indien ein Presseexemplar.«

»Aber du bist doch gar kein Journalist.«

»Das wissen die ja nicht.«

Daheim bin ich zu aufgekratzt, um ins Bett zu gehen. Ich fange an, die Küche aufzuräumen, komme mir aber schnell albern vor, weil die sowieso schon ordentlich ist. Was ist bloß mit Jessica los? Steht die auf Sadomaso? Ich dachte immer, das sei eine Erfindung der Erotikindustrie und gar kein echter Trend. Aber seit *Shades of Grey* ist ja alles erlaubt. Blöderweise kenne ich mich damit überhaupt nicht aus, und ehrlich gesagt habe ich auch gar keine Lust, jemanden zu schlagen. Schon gar keine Frau.

Ist es das, was sie will?

Vielleicht sollte ich sie einfach fragen. Aber ist das nicht etwas zu intim? Jetzt bräuchte ich tatsächlich mal den Rat meines Vaters. Vor lauter Frust schaue ich in seinem Wohnbereich vorbei. Aber er ist natürlich nicht da. Überhaupt sieht es hier aus, als wäre er noch nie da gewesen. Seit ich wieder in Frankfurt bin, hat es vielleicht vier Abende gegeben, an denen er so früh nachhause gekommen ist, dass wir noch zusammensitzen konnten. Und an denen haben wir fast nur über die Arbeit gesprochen.

Einmal habe ich ihn gefragt, ob er noch oft auf dem Friedhof ist, aber er hat nur stumm den Kopf geschüttelt. »Keine

Zeit«, hat er gemurmelt. »Die Geschäfte, du weißt ja. Und du?«

»Genau das Gleiche«, habe ich geantwortet. Dabei hätte ich schon Zeit gehabt. Ich denke auch jeden Abend an meine Mutter, klar, es ist unser altes Haus. Trotzdem war ich noch nicht an ihrem Grab, seit ich aus Berlin wieder da bin. Weiß selber nicht, wieso.

Vielleicht, weil ich keine Lust habe, in Tränen aufgelöst auf dem Kies zu liegen.

Ergebnisoffen

Zur Feier des DVD-Abends verlasse ich heute ausnahmsweise schon um sechs die Agentur. Mein Vater bekommt davon nichts mit, weil er gerade auf der anderen Seite der Welt Menschen zu Maßnahmen rät, die alles noch schlimmer machen. Zuhause räume ich noch mal das Zimmer auf und putze sogar über den riesigen Bildschirm. Tatsächlich hat mir Jay den Film per Kurier aus Indien besorgt, der Schnelligkeit nach muss er mit dem fliegenden Teppich gekommen sein. Ich vermute, wenn ich ihn darum bitten würde, könnte er auch B. K. S. Iyengar dazu bringen, Sina zu seinem hundertsten Geburtstag einzuladen.

Um Punkt sieben klingelt es an der Tür.

Zuerst erkenne ich Sina gar nicht wieder, weil sie roten Lippenstift und Lidschatten trägt. In der Hand hält sie einen bunt emaillierten Topf mit rotem Deckel.

»Oh!«, sage ich überrascht. Sina lacht ein bisschen schüchtern. »Ich habe uns ein Curry mitgebracht, meine Spezialität. Das Currypulver kommt aus Pune. Sie hebt den Deckel. Im Topf schwimmt eine dickliche grün-braune Soße, in der ich verkochte rote Paprikastückchen zu erkennen glaube. Ich hoffe jedenfalls, dass es Paprikastückchen sind.

»Ist ein bisschen viel geworden, aber ich schaffe es nicht, nur für vier Personen zu kochen. Error kommt doch auch, oder?«

»Natürlich«, sage ich. »Er müsste jeden Moment hier sein. Möchtest du einen Tee?«, frage ich und suche den Ingwer, den mein Vater für seine Sonntags-Smoothies nimmt.

»Hast du auch ein Bier?«

Eine Viertelstunde später sitzen wir in der Küche und warten auf Error und Jessica. Sina, die sich die Wohnung ganz genau angeschaut hat, fragt, was denn meine Mutter beruflich macht. Als ich ihr erzähle, dass ich Halbwaise bin, nimmt sie mich in den Arm. Ich bin ein wenig überrumpelt.

»Wie kommst du damit klar?«, will sie wissen.

»Na ja, ich vermisse sie ziemlich«, sage ich, selbst überrascht über meine Ehrlichkeit.

Daraufhin murmelt Sina: »Willkommen im Club. Die letzte Karte von meiner Mutter kam, glaube ich, aus Indien.« Dann erzählt sie mir, dass ihre Mutter sich nach der Geburt von ihrem Vater getrennt habe. Sie war auch Yogalehrerin, die beiden hatten sich in Indien auf einem Seminar kennengelernt. Zu Sinas Geburt flog ihre Mutter dann nach Deutschland, wo sie die Yogaschule aufmachte. Aber nach einem Jahr hielt sie die Kälte des Landes und seiner Einwohner nicht mehr aus und floh zurück nach Indien. »Eigentlich wollte sie ein halbes Jahr hier und ein halbes Jahr in Indien leben. Aber dann verliebte sie sich in einen Inder und blieb dort.« Sie sieht mir in die Augen. »Ich vermisse sie sehr. Manchmal glaube ich, dass ich mich deshalb immer so zwingen will, glücklich zu sein.«

»Kann ich gut verstehen«, sage ich und überlege kurz, ihre Hand zu nehmen. Lieber nicht.

Sina atmet tief durch und haut auf die Tischplatte. »Also jedenfalls muss ich dir wirklich dankbar sein, dass mein Vater noch hier ist und du ihn nicht auch noch totgefahren hast.«

»Es war mir ein Vergnügen«, sage ich und lächle entschuldigend.

Sina trommelt mit den Fingern auf der Tischplatte.

»Gefällt dir die Wohnung?«, frage ich in die Stille.

»Ja, doch«, sagt sie leise. »Ist nicht mein Stil, aber sicher sehr, nun ja, sehr teuer. Gefällt sie dir?«

Seltsam, das habe ich mich nie gefragt. »Also, ehrlich gesagt, nein, nicht so. Ich habe sie eingerichtet übernommen, weil ich so viel arbeite. Und da habe ich halt nichts mehr geändert.«

»Man könnte meinen, dein Vater wohne hier«, meint Sina und grinst.

»Haha, ach was!«

Wieder diese unangenehme Stille.

»Wie geht es Hari denn?«, frage ich. Sie schiebt die Lippen ein bisschen vor und wiegt den Kopf hin und her. »Der ist schon wieder auf dem Damm und schmiedet große Pläne.«

»Wofür?«

»Ach, das ist nicht so wichtig.«

»Aber es interessiert mich.«

Sina erzählt, dass Hari seit Monaten nach Wegen suche, um mehr Geld zu verdienen. Das sei auch ein Grund, warum sie nun ihre Yogalehrerprüfung mache. »Wir müssen uns einfach vergrößern, damit wir beide von dem Studio leben können. Hari hat sich lange Zeit um nichts gekümmert. Seit einem halben Jahr versuche ich nun, den Laden auf Vordermann zu bringen. Jetzt will er einen Yoga-Event, eine Art kleine Yogamesse veranstalten, auf der verschiedene Stile zusammen üben und von ihren Erfahrungen berichten. Er meint, so könne er auf unser Studio aufmerksam machen. Du bist doch Berater, hast du nicht einen guten Rat für uns?« Sie sieht mich fragend an.

»Also, das klingt doch wie eine tolle Idee«, finde ich.

»Aber unser Studio ist dafür nicht groß genug.«

»Ach, Hauptsache, ihr macht das alles von Herzen, dann wird das schon«, sage ich ehrlich. In dem Moment klingelt das Festnetztelefon. Ich gehe ran. Es ist Jessica, sie will Sina sprechen.

»Jessica!«, ruft sie, »wo steckst du denn?«

Dann dreht sie sich zur Seite. Ich bekomme nur Gesprächsfetzen mit: »Die Treppe? Ach, du Arme! … ausgerechnet heute … soll ich vorbeikommen? … Jetzt ruh dich erst mal aus, morgen sieht die Welt gleich ganz anders aus.« Sie sieht mich an und schüttelt den Kopf.

»Jessica ist die Treppe runtergefallen. Sie hat ein Veilchen, meinte sie. Sieht aus, als habe sie jemand geschlagen. Sie kommt nicht.«

»Du weißt selbst, wie schlecht Jessica lügen kann. Was ist wirklich los?«

»Sie will kein Doppeldate mit dir und Error, weil …«

Ich versuche, möglichst erstaunt zu wirken. »Ein Doppeldate? Wie kommt sie denn darauf?«

»Keine Ahnung«, sagt Sina mit einem ironischen Grinsen und stellt schon mal ihr Curry auf den Herd.

So ein Mist. Am besten, ich fahre nach dem Film in die Agentur und lasse sie mit Error allein. Alles Weitere wird sich schon ergeben. Aber wo bleibt Error eigentlich? Während Sina in ihrem blubbernden Curry rührt, rufe ich meinen Kumpel an.

Bei ihm geht nur die Mailbox dran. Er hat sein Handy ausgemacht. Wahrscheinlich ist er unterwegs und hört das Klingeln nicht. »Sorry, Error geht nicht ans Telefon«, sage ich. Sina sieht auf die Uhr. »Ist gleich halb acht, der wird schon noch kommen.« Das Curry riecht gar nicht schlecht.

»Wollen wir vor dem Fernseher essen?«, fragt Sina.

»Ich denke, du hast eine Strahlenallergie.«

Sie grinst. »Stimmt, deshalb ist es ganz wichtig, dass ich vor der Glotze esse. Zur Immunisierung.«

Ich hole zwei Teller, und sie füllt das Curry auf. In dem Moment klingelt mein Handy. Error ist dran.

»Wo steckst du denn?«, frage ich. »Wir fangen gleich an.«

»Ich kann nicht«, sagt Error. »Ich habe keinen Babysitter für Satan gefunden.«

»Das ist eine faule Ausrede«, schimpfe ich. »Sina ist hier, und sie sieht fabelhaft aus.« Sie macht einen Knicks. »Außerdem ist Satan alt genug, um auf sich selbst aufzupassen.«

»Entschuldige bitte«, sagt Error. »Das geht mir zu schnell.

Ich will das nicht verbocken.« Dann legt er einfach auf. Der spinnt wohl. Als ich erneut anrufe, geht nur die Mailbox dran.

Sina schüttelt lachend den Kopf. »Also wird das jetzt ein Single-Date?«

»Sieht ganz so aus.«

Ich hole die DVD *Der atmende Gott* aus meiner Tasche. Sina reißt sie mir aus den Händen. »Dann mal los, wo steht die Flimmerkiste?«

Vorsichtig deute ich mit dem Daumen in Richtung väterliches Schlafzimmer. Wir sind ganz allein. Aber warum mache ich mir darüber eigentlich Gedanken? Es geht hier um Sinas Yogaprüfung, um sonst nichts. Außerdem ist mein bester Kumpel in sie verliebt.

Als ich die Treppe nach oben zum Schlafzimmer hinaufgehe, bin ich trotzdem ein bisschen nervös.

»Das ist ja wie im Pornokino«, meint Sina und lässt sich auf das große weiße Bett plumpsen. Ich verzichte darauf, ihr die traurige Realität eines Pornokinos zu beschreiben, und reiche ihr stattdessen einen Teller Curry. »Wie lange kennst du Jessica eigentlich schon?«

»Wir sind zusammen zur Schule gegangen.«

Ich erzähle ihr, dass Jessica als Assistentin meines Vaters zwar nicht gerade meine Stiefmutter ist, aber doch irgendwie zur Familie gehört. »Und deshalb würde ich natürlich gern mehr über sie erfahren. Hat sie irgendwelche besonderen Vorlieben? Also, ich meine, so richtig besondere Vorlieben?«

Sina grinst. »Schade, dass sie nicht hier ist, sie könnte dir bestimmt einiges erzählen. Du würdest dich wundern.« Als hätte sie schon zu viel verraten, legt sie sich die Hand vor den Mund. Darunter höre ich sie kichern. Das wird mir jetzt echt zu albern. Ich lege die DVD ein und starte den Film. Sina hat es sich ganz links auf dem großen Bett gemütlich gemacht und isst ihr Curry. Also setze ich mich ganz rechts an den Rand und greife auch zu, bevor es kalt wird. Über Jessica können wir ja auch nach dem Film noch reden.

Das Curry ist nicht schlecht, etwas lasch vielleicht. Genau wie der Film. Ein Europäer reist nach Indien, um bei den großen Meistern Yoga zu lernen, stellt sich dabei aber eher ungeschickt an. Sina ist trotzdem begeistert. Sie hat aufgegessen, den Teller neben das Bett gestellt und starrt wie ein Kind in den Fernseher. Ab und zu schreit sie »Stopp«. Dann muss ich die Pausentaste drücken. Aber das war ja der Deal. Weil mir gerade ganz schön warm wird, ziehe ich meinen

Pullover aus. Sina schaut mich verwundert an. »Schön auf der anderen Seite des Bettes bleiben, mein Lieber«, mahnt sie mit Yogalehrerinnenstimme. »Es geht hier um reine Theorie.«

»Ich mache mal das Fenster auf«, krächze ich und spüre, wie mir der Schweiß auf die Stirn tritt.

»Das ist Pune!«, ruft Sina, als ein Yogaraum in Indien gezeigt wird. Eine Menge Leute, die aussehen wie Akademiker, üben den Hund, hängen kopfüber in einem Seil oder stehen kerzengerade auf dem Kopf.

Als ein weißhaariger alter Mann mit einem listigen Lachen erzählt, wie er zum Yoga kam, legt Sina die Handflächen zusammen und verneigt sich. Der Typ hat die haarigsten Augenbrauen, die ich je gesehen habe. »Der Guruji!«, ruft sie aufgeregt. In der Tat ist es beeindruckend, wie gelenkig er mit seinen fast hundert Jahren noch ist. Wenn er einfach mal so in den Kopfstand geht, wird mir nur vom Zuschauen schwindelig. Sinas Augen funkeln. Offenbar liegt Error doch nicht so falsch, wenn er versuchen will, sie mit seinen neuen Yogafähigkeiten zu beeindrucken. Und so weise und gelenkig Sinas Guruji auch sein mag, er hat einen unübersehbaren Bauch, genau wie mein Kumpel.

»Magst du Männer, an denen etwas mehr dran ist?«, frage ich Sina. Die Antwort ist ein »Scht«. Nach einer Weile sagt sie: »Ja, vor allem, wenn sich das ›etwas mehr‹ auf ihr Hirn bezieht.«

Ich räuspere mich. Nicht, weil ich mich ertappt fühle, sondern weil ich ein ganz schönes Kratzen im Hals habe. Da hilft sicher ein Schluck Bier. Oder auch nicht. Ich huste erst vorsichtig und breche dann in einen regelrechten Keuchanfall aus. Sina sieht mich erschrocken an. »Ist alles okay?«

Ich trinke noch einen Schluck Bier. »Alles bestens, kein Problem, danke«, stammle ich, aber das Kratzen will und will nicht verschwinden. Ich bekomme auch nicht mehr so gut Luft.

»Dieses Pranayama ...«, beginne ich. Sina starrt mich an. »Hattest du schon die Masern?«

»Wie bitte?« Seltsamerweise höre ich gerade schwer.

»Du kriegst rote Flecken im Gesicht.«

Das erklärt, was da so juckt. »Ich ...«, bringe ich noch heraus und versuche, vom Bett aufzustehen. Aber mir ist ein bisschen schwindlig.

»Du reagierst allergisch auf irgendwas«, sagt Sina.

»Wahrscheinlich die Strahlen vom Fernseher«, bringe ich heraus, denn meine Laune ist seltsamerweise gut. Vielleicht bin ich ein bisschen durcheinander.

»Leg dich hin!«, befiehlt Sina und baut mir einen Kissenturm unter die Beine. Dann wühlt sie in ihrer Tasche. »Ich habe hier irgendwo mein Allergie-Notfall-Set, vielleicht kann dir das helfen.« Das finde ich wirklich nett. Leider spüre ich nun, wie sich mein Magen zusammenkrampft. Die Verdauung verliert den Kampf gegen das Curry, ich springe auf und renne ins Bad. Mein Magen tut sein Möglichstes, das Curry loszuwerden. Mir geht es gar nicht gut. Die Luft scheint viel dicker als sonst, und etwas neblig ist es auch.

Aus dem Nebenzimmer höre ich, wie Sina den Fernseher ausmacht und telefoniert. Ich reiße mich zusammen, spüle, öffne das Fenster und sehe in den Spiegel. Daraus blickt mich eine Art pickliger, rasierter Menschenhamster an. Meine Backen sind total angeschwollen. So kann ich Sina nicht unter die Augen treten. Aber ich bin mir sowieso nicht sicher, ob ich den Weg zurück ins Schlafzimmer schaffe, deshalb setze ich mich erst mal auf den Klodeckel.

»Mach mal die Tür auf!«, höre ich Sina von der anderen Seite rufen.

»Das willst du nicht wirklich!«, rufe ich zurück. Vielleicht sollte ich mich auf den Badezimmerfußboden legen? Keine schlechte Idee mit der Fußbodenheizung. Da ruhe ich mich ein bisschen aus, und dann schauen wir weiter.

Ich höre, wie sich der Drehverschluss der Badezimmertür

öffnet. »Der alte Münztrick«, erklärt Sina kurz darauf und beugt sich über mich. Ihr Gesicht wirkt besorgt. »So eine Scheiße!«, sagt sie ganz unyogisch. Ich entschuldige mich für den Gestank. Sie nimmt einen Zahnputzbecher und schüttet ein Pulver hinein. Dann hilft sie mir, mich aufzusetzen.

»Du hast einen allergischen Schock, das hier ist ein Antihistaminikum.« Ohne weitere Zeit mit Erklärungen zu verschwenden, setzt sie mir den Becher an die Lippen. Ich trinke.

»Hast du mir was ins Essen getan?«, frage ich grinsend. »K. o.-Tropfen, damit ich dehnbarer werde?« Mein Kopf ist total durcheinander. Zum Glück hält ihn Sina fest.

»Das geht jetzt nicht, wegen Error«, stammle ich. Sina legt mir eine Tablette auf die Zunge.

»Ecstasy?«, frage ich. Sie seufzt und lächelt. »Kortison. Vertrau mir.«

Dann öffnet sie meinen Gürtel. Wusste ich es doch. Aber warum lächelt sie? Das neonfarbene Licht scheint durch ihr hennarotes Haar, das sie fast aussehen lässt wie einen Engel. Sina schaut mich kurz prüfend an und zückt eine Spritze. Bevor ich »Heroin?« fragen kann, sagt sie »Adrenalin!« und sticht mir die Nadel in den rechten Oberschenkel. Dann lässt sie sich neben mir auf die warmen Fliesen sinken. Erst spüre ich nur den Stich, dann wird mein Kopf plötzlich klarer, und ich bekomme wieder besser Luft.

»Wo hast du denn die ganzen Drogen her?«, frage ich.

Sina erzählt, dass sie auf einem Yogaseminar im Himalaja in der Heldenstellung mal von einem Insekt gestochen wurde und einen anaphylaktischen Schock erlitten habe. Eine der häufigsten Krankheiten im Himalaja-Gebirge ist die Höhenkrankheit, deren Symptome dem allergischen Schock ähneln. Die bewährte Notbremse gegen das allgemeine Organversagen ist auch bei der Höhenkrankheit die Adrenalinspritze. Ein befreundeter Arzt, Bergsteiger und Yogi rammte sie ihr seinerzeit in den Oberschenkel und rettete ihr damit wahrscheinlich das Leben. Seitdem trägt sie ein Allergie-Notfallset mit sich herum: »Dein Körper schüttet bei einer allergischen Reaktion Histamine aus, dagegen wirkt das Antihistamin. Das Kortison bekämpft die Symptome, und das Adrenalin bringt dich wieder auf die Beine ...«

Während sie fachsimpelt, werde ich immer aufgeregter. Ich bin mir gerade nicht sicher, ob es am Restcurry liegt oder am Adrenalin, das nun munter durch meine Adern schießt.

»Wir könnten tanzen gehen«, sage ich, »oder joggen. Ich war schon ewig nicht mehr laufen«, sage ich, aber Sina drückt mich runter auf den warmen Fußboden.

»Am besten, du legst dich gleich ins Bett. Ich habe gerade mit einem Notarzt telefoniert, der meinte, ich sollte dir mein Notfallset geben und dich dann beobachten.« Sie sieht mich aus ihren unglaublich grünen Augen an. Meine Hamsterbacken strahlen mit ihrem Lippenstift um die Wette.

Ich küsse sie.

Sina lässt es den Bruchteil einer Sekunde geschehen, ohne sich zu wehren, dann löst sie sich von mir und lässt sich wieder auf die Fliesen gleiten. Eine Weile liegen wir einfach nebeneinander. Dann flüstert Sina:

»Das ist das Adrenalin, das bist nicht du.« Ich versuche noch mal, sie zu küssen, aber sie dreht den Kopf weg. »Jetzt komm erst mal auf die Beine und lass den Mist.«

»Genau«, sagt die Stimme meines Vaters aus Richtung Tür. Vorsichtig stehe ich auf. Tatsächlich, da steht er. Seltsamerweise freue ich mich richtig, ihn zu sehen.

»Wie schön, dass du da bist«, sage ich erstaunt. »Wie war dein Tag?«

Auch Sina steht auf und zieht ihre Kleider zurecht, als wären wir gerade in flagranti erwischt worden. Irgendwie fühlt es sich auch so an.

Ich rechne damit, dass mein Vater jetzt einen Mordsaufstand macht, weil ich fremde Frauen in sein Zimmer bringe.

Dass er mich so richtig schön runterputzt, vielleicht noch meine Schulden erwähnt oder was weiß ich – am Ende wird mich Sina nicht mal mehr mit ihrem schönen runden Hintern ansehen.

Stattdessen fragt mein Vater: »Willst du mir deine Freundin nicht vorstellen?«

»Das ist Sina. Sie ist nicht meine Freundin ...«, beginne ich, da ergänzt Sina:

»Ich bin seine Yoga-Lehrerin.« Sie streckt eine Hand aus, aber mein Vater hält seine Rechte hinter dem Rücken versteckt. Er greift ihre Hand mit links, drückt sie kurz und lässt sie schnell wieder los. »Yoga? So mit Om und Räucherstäbchen und ›Wir-haben-uns-alle-lieb?‹«, fragt er.

Sinas Gesichtsausdruck verhärtet sich. »Nein, wir haben uns nicht alle lieb.«

»Sina hat mich auf die Ökostrom-Idee gebracht. Wir müssen nämlich mal raus aus dem Hamsterrad«, sage ich begeistert. An Sina gewandt fahre ich fort: »Mein Vater ist Unternehmensberater.«

Sina nickt. »Ich weiß, wer dein Vater ist. Der *zweit*beste Berater des Landes. Ich habe den Artikel in *Good Money* gelesen.«

Jetzt holt mein Vater die Hand, die er hinter dem Rücken versteckt hat, hervor. Darin hält er eine Flasche Champagner.

»Ich wollte mit dir anstoßen. Du bist seit fast zwei Monaten bei uns – und machst dich gut.«

Sina sieht von ihm zu mir. »Also, wenn ihr was zu feiern habt, können wir den Film auch gern ein anderes Mal ansehen ...«

»Gute Idee«, erwidert mein Vater.

Sina schaut mich traurig an. »Dann gehe ich jetzt mal«, beschließt sie. »Ihr habt etwas zu feiern. Da braucht ihr mich Ökotante ja nicht.«

Mein Vater tritt einen Schritt zu Seite, um Platz für sie zu machen. »Und tschüss«, sagt er. Ich stehe nur da und kann nicht glauben, was hier passiert.

»Sie hat mir gerade das Leben gerettet!«, sage ich laut.

»Sie hat versucht, dich zu vergiften. Kannst froh sein, dass nichts Schlimmeres passiert ist.«

Mit gesenktem Kopf schleicht Sina aus dem Badezimmer. Ich will ihr hinterhergehen, aber mein Vater hält mich fest. »Es ist besser so. Sie passt nicht zu uns.«

Ich sehe ihn an. Er ist offenbar extra früher nach Hause gekommen, nur um mit mir anzustoßen. Das hier wäre der erste Vater-und-Sohn-Abend. Mein Vater lässt mich los und macht sich daran, die Champagnerflasche zu öffnen. Ich höre Sinas Schritte auf der Treppe. In dem Moment wird mir eines ganz klar: Ich wäre lieber mit Sina allein als mit meinem Vater.

»Ich passe auch nicht zu euch«, sage ich und mache mich los und renne ihr hinterher. Dabei denke ich nicht mehr an Error oder Jessica, nur an Sinas Lippen. Und an ihre Augen. Und an ihr Lachen. Ich hole die DVD aus dem Player, renne die Treppe herunter und greife mir irgendeine Jacke von der Garderobe.

Draußen regnet es in Strömen. Es ist einer von diesen warmen, sommerlichen Bindfadenregen. Durch die Pfützen renne ich Sina hinterher. Sie läuft den Bürgersteig entlang, als wäre das hier ein Wettrennen. Vielleicht ist es das auch. Aber ich bin besser gedopt.

Ohne zu zögern, greife ich sie am Arm. Sina dreht sich um. Ihre Augen funkeln zornig, dennoch sind sie nass. Wahrscheinlich vom Regen.

»Es tut mir leid«, sage ich, nicht, weil mir nichts Besseres einfällt, sondern weil es so ist. »Es tut mir leid, dass ich dich belogen habe. Es tut mir leid, dass ich deinen Vater angefahren und das Curry nicht vertragen habe. Und es tut mir leid, dass ich Unternehmensberater bin.«

Sina reißt sich los. »Weißt du was? Vergiss es. Ich habe gedacht, hinter dieser bescheuerten Yuppiefassade steckt ein guter Mensch. Ich habe mich geirrt. Das kommt vor.« Sie dreht sich um und will erneut weglaufen, aber ich halte sie fest.

»Saudumm, das alles, ich weiß«, sage ich. »Aber ich wollte mich noch bei dir bedanken. Dass du mir so super beim Yoga hilfst – und dass du mir das Leben gerettet hast.« Sie sieht mich ungläubig an und schüttelt den Kopf. Ich brabbele weiter. »Ich meine jetzt nicht nur gerade eben mit diesem Notfallkit, sondern auch mit allem anderen, mit diesen komischen Filzhosen und diesem alten Inder und diesem Yoga, das mich so ruhig macht. Ich habe das nur alles nicht gesehen. Aber jetzt sehe ich es ganz klar.« Plötzlich blitzt es hell auf, als wollte mir der liebe Gott recht geben. Kurz darauf bricht der Donner los.

»Wir sollten uns irgendwo unterstellen«, schlage ich vor. »Vielleicht besser nicht bei mir zuhause.«

Sina nickt. »Am besten, wir gehen zu mir. Ich habe dem Notarzt ja eh versprochen, dass ich dich beobachte.«

Im Bus erzähle ich Sina, was ich mit ihrer Anregung zum Ausstieg aus dem Hamsterrad gemacht habe, und von der Präsentation im Fitness-Studio.

»Das heißt, du bist eine Art guter Unternehmensberater, der die Menschen besser machen will.«

»Wenn du so willst …«

»So was!«, sagt sie, ihre Augen strahlen. »Ich habe ja gleich gewusst, dass du kein schlechter Mensch bist.«

Als wir aus dem Bus aussteigen, kommen wir am Hotel Deutscher Hof vorbei. Ich will Sina einladen, dort spontan mit mir einzuchecken und die Zeche zu prellen, aber sie meint, das sei schlecht fürs Karma. Als sie die Haustür des mehrstöckigen Altbaus, in dem sie wohnt, aufschließt, flüstert sie: »Wir müssen ganz leise sein, wir sind nicht allein.«

Ihr Zimmer erinnert mich an meine erste WG: Eine Wand ist orange gestrichen, an die Decke sind Wolken gemalt, die

Hari starrt mich entsetzt an. Erst jetzt wird mir bewusst, dass wir beide nur Filzhöschen tragen. »Frederick? Bist du das?«, fragt er.

»Nein, ich bin Ganesha, der indische Elefantengott, nur versehentlich im falschen Körper wiedergeboren.«

»Wohl eher in der falschen Wohnung!«, sagt Hari, und das gewohnte Grinsen kehrt auf seine Lippen zurück. Aber sofort legt er die Hände wieder auf seinen Bauch.

»Was machst du denn hier?«, will ich wissen.

»Ich muss aufs Klo«, presst er heraus. »Habe das Curry nicht vertragen.« Sofort gebe ich den Weg frei, und er schlägt die Klotür hinter sich zu. Daran hängt ein Strichmännchen-Plakat. Das oberste zeigt eine Figur, die im Stehen uriniert. Sie ist rot umkreist und durchgestrichen. Darunter sehe ich einen Mann, der in der Hundestellung pinkelt und dabei die Toilette zwischen den Beinen hat. Die Stellung ist offenbar erlaubt. Pinkeln in der Baumhaltung dagegen ist verboten, ebenso wie Drehhaltungen. Rückwärtsbeugen stehen gar nicht erst drauf.

Auf dem Weg zurück in Sinas Zimmer komme ich darauf, dass es eigentlich nur eine Lösung für Haris Erscheinen in der Wohnung gibt: Die beiden sind ein Paar. Wahrscheinlich wollte mich Sina deshalb nicht küssen. Oje! Erst fahre ich ihn an, dann ertappt mich ihr Kerl auch noch bei sich zuhause. Vorsichtig wecke ich Sina und erzähle ihr von der Begegnung. »So ein Mist!«, sagt sie, dann steht Hari auch schon in der Tür.

Sina senkt den Blick. »Wir haben uns bei ihm *Der atmende Gott* angeschaut und wollten dann noch ein bisschen über die Grundlagen des Yoga reden …«

Hari unterbricht sie mit einer waagerechten Handbewegung, die die Luft vor ihm in der Mitte zerteilt.

»Es reicht mir, mein Fräulein. Auch wenn du Mitte zwanzig bist und offiziell erwachsen, solange du deine Füße auf meiner Matte …«, beginnt er.

Ich kapiere endlich: Hari ist Sinas Vater!

»Du wohnst noch bei deinem Vater?«, frage ich sie erstaunt.

»Du doch auch!«

In dem Moment macht Haris Magen ein Geräusch, das mich eher an einen Kampfschrei als an ein Om erinnert.

Eine halbe Stunde später sitzen wir zu dritt in der Küche, und Hari macht mir klar, dass er ein sehr toleranter Mensch sei und kein Problem damit hätte, wenn Sina einen Punk, einen Hippie oder meinetwegen auch einen Clown mit nach Hause bringen würde. »Aber ein Unternehmensberater ist selbst für einen flexiblen Menschen wie mich zu viel.«

Wenn ich mich jetzt aber artig von seiner Tochter verabschiede und mit ihr so fleißig Yoga übe, dass sie ihre Prüfung besteht, dann sei Hari vielleicht bereit, sein Vorurteil zu überdenken.

»Aber jetzt«, bittet er mich, »geh besser nachhause, denn Sina braucht all ihre Energie für ihre Prüfung.« Er sieht mich finster an. »Auch ihre tantrische Energie!«

Ich verstehe. Zum Glück sind meine Sachen mittlerweile getrocknet. Ich ziehe mich an, und Sina bringt mich zur Tür.

»Sehe ich dich wieder?«, frage ich.

»Wenn du zum Yoga kommst, schon.«

»Seltsamer Tag, oder?«

»Gute Nacht, Frederick.«

»Ich werde Sina einen Ring schenken«, stößt Error hervor. In der einen Hand hält er die Hundeleine, in der anderen ein türkisfarbenes Schmuckkästchen. Am liebsten würde ich meinen Kopf gegen den Türrahmen hauen oder die Tür einfach zuknallen. Stattdessen bitte ich Error herein. In dem Schmuckkästchen steckt tatsächlich ein Ring mit einem kleinen Diamanten.

»Nicht schon wieder!«, rutscht es mir heraus. »Du weißt doch, was beim letzten Mal passiert ist.«

»Ich war seitdem nicht wieder so verliebt«, entgegnet Error bockig.

»Wer einer Frau einen Ring schenkt, könnte sich vorstellen, sie zu heiraten.«

Error nickt. »Ich weiß. Hast du etwas dagegen?«

Gute Frage. Mein Abend mit Sina ist jetzt eine Woche her. Error habe ich seitdem nicht mehr gesehen. Er ist weder ins Yoga gegangen, noch hat er auf meine Anrufe reagiert. Und jetzt steht er plötzlich um acht Uhr morgens bei mir vor der Tür und will die Frau heiraten, mit der ich gerade in, ja, was eigentlich schlittere?

Auch Sina habe ich in der vergangenen Woche nur einmal beim Yoga gesehen. Sie wollte wissen, ob ich meinen allergischen Schock gut überstanden hätte. In der Tat ist mein Gesicht wieder komplett abgeschwollen, aber Sina bringt mich immer noch ganz durcheinander. Bei ihr scheint das anders zu sein. Sie verhält sich, als sei nichts Besonderes zwischen uns vorgefallen. Wir haben Yoga geübt wie immer, sie hat mich korrigiert wie immer, alles wie immer. Als hätte ich sie nie geküsst.

Nach der letzten Stunde haben wir Hari von der Yoga-Event-Idee berichtet. Er fand sie gut, meinte aber, wir hätten ihm früher davon erzählen müssen. Jetzt sei es zu spät. Als ich nachfrage, warum, winkt er ab.

»Das bringt doch nichts mehr.«

Ich hatte gar nicht gewusst, dass es so schlimm um das Studio steht. Auch Sina war überrascht, aber Hari wollte uns nicht mehr sagen. Es sah ein wenig so aus, als wäre er auf dem besten Weg in eine Depression. Hoffentlich keine Spätfolge des Currys.

Trotzdem: Ich habe Sina versprochen, meinen Fehler wiedergutzumachen. Und das hier ist meine Chance. Nun muss ich nur noch Danilo überzeugen. Ich weiß auch schon, wie. In zwei Stunden habe ich einen Termin bei ihm. Und jetzt kommt mir Error dazwischen. Auch wenn ich mir sicher bin, dass er Sina keinen Ankreuz-Liebesbrief schreibt und sie ihn eh nicht vor dem Yogakurs verlesen würde, so muss ich ihn diesmal doch vor seinem Fehler bewahren. Sonst wird er am Ende noch Big Error genannt.

»Was hältst du davon?«, fragt mein Freund. Seine Augen leuchten. Der ist ja völlig verknallt. Alles Lethargische scheint von ihm abgefallen. Eigentlich sollte ich mich für ihn freuen. Hat er nicht auch mal ein bisschen Glück verdient?

»Ich bin nicht sportlich«, sagt er, »sehe nicht gut aus und kriege kein Wort heraus, wenn ich eine Frau mag. Das Einzige, was ich Sina wirklich geben kann, ist meine Liebe. Und so, wie ich für sie empfinde, so kann dieser Hari nie für sie fühlen. Denn mein Liebe ist etwas Reines.« Er errötet. »Die ist gewissermaßen jungfräulich.«

Was redet er denn da für einen Unsinn? Das klingt so gar nicht nach dem Error, den ich kenne. So verhalten sich doch nur Spinner. Ich sollte einen blöden Scherz machen, aber mir ist nicht nach Scherzen zumute. Error sieht mich an wie ein Chihuahua, der einen Rottweiler um Tipps im Straßenkampf bittet.

»Aber du musst ihr doch nicht gleich einen Ring schenken!«

Er stutzt kurz und deutet mit dem Finger auf mich. »Das habe ich zuerst auch gesagt.«

»Wem hast du das gesagt?«

»Deinem Vater.«

Error erzählt mir, dass er vor ein paar Tagen in der Agentur vorbeigekommen sei, weil er nicht mehr gewusst habe, wie er Sina zeigen soll, dass er sie mag. Am Eingang sei er meinem Vater begegnet, der ihn mit in sein Büro genommen habe.

»Er hat nur ein paar Fragen gestellt, dann ist alles irgendwie aus mir herausgebrochen«, erzählt Error. »Dein Vater meinte, wenn ich die richtige Frau gefunden hätte, müsste ich alles für sie in die Waagschale werfen.«

Das ist wieder typisch. Mein Vater hat mich und Sina gesehen und sofort Gefahr gewittert.

»Ist das falsch?«, fragt Error so unschuldig wie ein Kind, nachdem es das Gänseblümchenspiel »Sie-liebt-mich, Sie-liebt-mich-nicht« mit Schmetterlingsflügeln gespielt hat. Am liebsten würde ich laut und deutlich »Ja« rufen. Aber ich bringe es nicht übers Herz und nehme meinen Freund in den Arm.

»Nein, meinen Segen hast du, Error. Das ist eine tolle Idee«, sage ich und zwinge mich zu einem Lächeln. »Und mach dir keine Sorgen um Hari. Er ist kein Konkurrent, er ist ihr Vater.«

Error macht vor Freude die Beckerfaust.

»Ich räume jetzt mein Leben auf. Mit Sina wird alles besser.« Bestätigend klopfe ich ihm auf den Rücken.

»Wann willst du ihr den Ring denn geben?«

Error sieht mich ratlos an. »Keine Ahnung.«

Wieder dieser Kinderblick.

Dann sage ich das Bescheuertste, was ich in letzter Zeit so gesagt habe: »Ich kann ja mal für dich vorfühlen.«

Damit wäre die Angelegenheit also entschieden. Der Case Sina wird beim nächsten Meeting abgeschlossen.

Einen Smoothie später fahre ich zum Fitness-Studio. Meine Stimmung ist niedriger als der Ölpegel in Errors altem Benz. Um mich abzulenken, krame ich eine Kassette aus dem Handschuhfach. »RM« steht da mit krakeliger Schrift auf das Tape gekritzelt. Wahrscheinlich »Rapid Metal« oder »Rough Metal«. Ich lege sie ein. Kurz darauf höre ich die ersten zarten Gitarrenklänge eines alten Firehouse-Hits. Der Refrain steckt voller Pathos: »I finally found the love of a lifetime – a love to last my whole life through!« Wohl eher »romantic« als »rough«. Ich schmeiße die Kassette aus dem Fenster und hoffe, dass irgendein grober Klotz drauftritt.

An der nächsten Kreuzung bleibe ich kurz stehen und krame weiter im Handschuhfach. Eine alte Frau steigt ein. Sie hält einen Strauß roter Rosen in der Hand. Ein merkwürdiger Kontrast zu ihrer ansonsten schwarzen Kleidung.

»Zum Kastanienfriedhof, junger Mann«, sagt sie. »Und machen Sie bitte die Musik leiser.«

Ich zucke kurz zusammen. Dort liegt auch das Grab meiner Mutter. Eigentlich sollte ich die Frau darauf hinweisen, dass dies kein Taxi ist, aber ich habe noch eine Stunde Zeit bis zum Treffen mit Danilo. Und vielleicht sollte ich tatsächlich mal wieder den Friedhof besuchen. Sina würde jetzt sagen, dass das ein Zeichen ist.

Die Oma nimmt hinter dem Beifahrersitz auf der Rückbank Platz.

»Mein Mann ist vor zwanzig Jahren gestorben«, sagt sie leise, während ich in den Verkehr einschere. »Heute haben wir Hochzeitstag.« Die Frau erzählt, dass sie fünfzig Jahre verheiratet waren, bis der Tod sie schied. »Wie hält man das denn so lange aus?«, will ich wissen. Sie grinst.

»Mit Humor. Sind Sie verheiratet?«

Ich schüttle den Kopf. »Wussten Sie bei Ihrem Mann eigentlich auf den ersten Blick, dass er der Richtige ist?«

Ein Lächeln huscht über ihr faltiges Gesicht. »Ja, das

wusste ich sofort.« Sie erzählt, dass sie ihn in einem Laientheater kennengelernt habe. Er sei Schauspieler gewesen und habe zuvor noch nie auf der Bühne gestanden. Sie habe ihn aus der ersten Reihe einfach nur angeschaut. »Als sich unsere Blick trafen, hat er seinen Text vergessen«, erzählt sie leise, nimmt ein Taschentuch aus ihrer Handtasche und tupft sich die Augenwinkel.

»Es war Liebe auf den ersten Blick. Danach habe ich nie wieder einen anderen Mann gefunden, in zwanzig Jahren nicht.«

»Glauben Sie wirklich, dass es nur eine große Liebe gibt?«, frage ich sie.

Die Oma beugt sich über die Mittelkonsole nach vorn.

»Nein, junger Mann. Ich glaube es nicht, ich weiß es. Und wenn man sie gefunden hat, dann spürt man es sofort.«

Den Rest der Fahrt über redet sie kein Wort. Als sie aussteigt, lehne ich ihr Geld ab.

Ich warte, bis sie im Friedhof verschwunden ist. Dann parke ich das Taxi. Noch eine knappe Stunde Zeit bis zu meinem Termin. Ich schaue zum Friedhof hinüber.

Er sieht immer noch so aus, wie ich ihn in Erinnerung habe: Trauerweiden lassen ihre Zweige über die Wege hängen, Menschen gehen mit Blumen oder kleinen Schaufeln umher. Nach dem Tod meiner Mutter war ich jeden Tag hier, um ihr zu erzählen, was mir so alles passiert ist. An ihrem Grab habe ich mich ihr immer am nächsten gefühlt. Seit ich ausgezogen bin, war ich nicht mehr hier. Und was sollte ich ihr jetzt auch berichten? Dass ich Unternehmensberater geworden bin wie mein Vater? Ich starte den Wagen und trete aufs Gas.

Im Fitness-Studio lässt mich Danilo zehn Minuten warten, weil er noch eine Skype-Konferenz mit Khamroff hat. Er trägt einen italienischen Anzug mit weißem Einstecktuch und ein breites Grinsen auf dem Gesicht.

»Was kann ich für Sie tun?«, fragt Danilo, nachdem wir

uns begrüßt haben. »Unsere Präsentation ist doch erst in zehn Tagen, wenn ich nicht irre.«

»Das stimmt«, sage ich. »Aber ich habe eine Idee, die ich gern vorher mit Ihnen besprechen würde. Sie hat nichts mit der Agentur zu tun – und auch nichts mit Khamroff. Aber ich glaube, dass sie Ihnen gefallen könnte.«

»Sie wollen mit mir tanzen gehen?«

Ich zwinge mich zu einem vielversprechenden Lächeln.

»Nein, viel besser.«

Ohne Umschweife erzähle ich Danilo vom neuen Yoga-Trend. Dass immer mehr Männer zu diesem Sport finden und die Lehrer immer besser ausgebildet werden. Im Großen und Ganzen wiederhole ich eigentlich, was Sina auf dem Beraterseminar in der Schweiz erzählt hat. Aber ich muss gar nicht so richtig ins Schwärmen geraten, denn Danilo unterbricht meine Kampfrede schon nach wenigen Minuten: »Ich mache jeden Morgen Yoga, mich müssen Sie nicht überzeugen.«

Also gehe ich den nächsten Schritt und berichte ihm von der Idee, einen Yoga-Event in Khamroffs Studio zu veranstalten. Als Beta-Test für das EcoFit-Projekt. Ich erzähle davon, verschiedene Stile und Gurus zusammenzubringen, Workshops zu geben, Hilfsmittel und natürlich Merchandising-Produkte zu verkaufen. »Allerdings bin ich mir nicht sicher, ob Khamroff versteht, welche Bedeutung Yoga mittlerweile in Europa hat.«

Danilo nickt. »Wenn es nach ihm ginge, würden alle Männer nur boxen und jagen. Aber dafür bin ich ja da. Lassen Sie Khamroff meine Sorge sein. Er ist ein guter Geschäftsmann, und Yoga ist ein gutes Geschäft. Jeder Event braucht ein Gesicht. Wie sollen wir das Baby nennen?«

Ich schaue ihn überrascht an. Daran habe ich noch gar nicht gedacht.

»Wie wäre es mit SINA?«, schlage ich spontan vor.

»Wer ist Sina?«

»Meine Yogalehrerin.«

»S.I.N.A., wie die Anfangsbuchstaben der Yogastile: Sivananda, Iyengar, Nidra und Ashtanga.«

»Genau«, sage ich einfach mal. »Was ist denn Nidra?«

»Schlafyoga. Wir brauchen halt etwas mit N. Sonst gäbe es nur Nacktyoga«, sagt Danilo.

»Ach, Nidra geht schon in Ordnung.«

Danilo erzählt, dass er in der Stadt noch kein gutes Yogastudio gefunden habe und Sina gern kennenlernen würde, am liebsten schon morgen. »Dann können wir auch gleich das Konzept festlegen.«

Ich verspreche ihm, sie heute Abend noch zu fragen, wenn ich sie beim Yoga sehe. Als ich ihm zum Abschied die Hand geben will, legt Danilo die Handflächen vor der Brust zusammen und verneigt sich.

Ich mache mich auf den Weg in die Agentur, um meinem Backoffice von dem Plan zu erzählen. Jay, Thomas und Ben sitzen am Coffee-Point und trinken Kaffee, der so schwarz ist wie ihre Augenringe.

»Ein Server ist abgestürzt«, erklärt Jay. »Wir mussten eine Zwangspause einlegen.«

»Und jetzt?«

Jay schaut auf die Uhr. »Wir kriegen gerade ein Back-up. Caesar & Horn lässt immer Computer parallel mitlaufen, die im Fünf-Minuten-Takt gesynct werden, damit man bei einem Absturz keine Arbeitszeit verliert. Wir machen gleich weiter.«

»Wie läuft es denn sonst so?«, will ich wissen. Etwas zu schnell kommt ein dreistimmiges »Gut!« zurück. Die drei sehen sich ertappt an.

»Die Ökostrom-Idee funktioniert nicht«, erklärt Ben leise. »Die Geräte, das klappt nicht. Wird alles viel zu teuer. Der erzeugte Strom steht in keinem Verhältnis zu den Kosten, die wir haben, wenn wir so kleine Mengen einspeisen.«

Jay nickt zustimmend. »Was die Trainer betrifft, sind wir

schon ganz gut aufgestellt, aber wir müssen noch ein Konzept finden, das eine Auslastung der Kurse garantiert, um ein konkurrenzfähiges Preisniveau zu halten«, referiert Thomas.

»Wir brauchen noch irgendetwas Besondere«, dolmetscht Jay. Ich klatsche in die Hände.

»Da habe ich etwas für euch.«

Jay, Ben und Thomas sind Feuer und Flamme für den Yoga-Event. Ben verschwindet ins Lab, um zu helfen, die Server zu retten, während ich mit Jay und Thomas eine Liste der möglichen Lehrer durchgehe. Ich rufe Sina an und erstelle mit ihr eine Liste möglicher Kooperationspartner. Wir überlegen, welche Kurse wann und in welchem Umfeld stattfinden können. Sina hätte gern einen großen zweitägigen Workshop mit Unterrichtseinheiten von verschiedenen Dozenten für verschiedene Erfahrungslevels, aber ich glaube, wir müssen erst einmal schauen, wen wir wann kriegen. Außerdem sollten wir auch das Thema Ernährung bedienen, da Vegetarismus gerade groß in Mode ist. Die Veranstaltung soll in drei Wochen stattfinden, also nach Sinas Yogaprüfung – und Khamroffs Präsentation. Die beiden Events fallen blöderweise auf den gleichen Tag, aber die Präsentation ist vormittags, und die Yogakurse fanden bisher immer abends statt. Warum sollte das bei der Prüfung nun anders sein?

Am liebsten würde ich Sina direkt in mein Backoffice holen, aber wenn sie mein Vater hier sieht, macht der uns gleich einen Strich durch den Yoga-Event. Oder er holt sie zu sich ins Büro und überzeugt sie davon, Error zu heiraten. Beides muss ja nicht unbedingt sein. Deshalb verabrede ich mich mit ihr im Yogastudio.

»Dann können wir auch noch mal dein Prüfungsprogramm durchgehen«, schlage ich vor.

Als ich bei Hari Yoga ankomme, habe ich Zusagen von acht interessierten Yogagruppen, zwei Yoga-Hilfsmittel-Ausstattern, einer Autorin, die gerade ein Buch über »Yoga zwischen den Mahlzeiten« geschrieben hat, einem »Büro-

Yoga«-Spezialisten, einem Aura-Fotografen sowie einem finnischen Saunabauer für Schwitzyoga – und ein Yoga-Magazin sowie eine Yoga-App als Sponsoren. Die meisten haben der Idee zuerst nicht getraut, bis ich sie gebeten habe, meinen Nachnamen zu googeln und sich auf »unserer Internetseite« die Projekte anzusehen, die unsere Firma bereits umgesetzt hat.

Der Umkleideraum ist leer, auch im Studio ist niemand zu sehen. »Hallo?«, rufe ich. Kurz darauf kommt Sina aus dem Büro hervor. Sie hat ein Handy am Ohr.

»Du, ich rufe gleich zurück«, sagt sie und legt auf. Ich sehe sie fragend an. »Ich habe mir ein Prepaid-Handy gekauft, damit wir uns bei Ideen gleich anrufen können.« Ich glaube ihr kein Wort.

»Okay, ich habe schon immer ein Handy. Oder hast du wirklich geglaubt, ich hätte eine Handy-Allergie?« Ich nicke.

»Bisschen naiv, oder?«

Am liebsten will ich ihr sofort von meinen Erfolgen bei der Event-Akquise berichten, aber sie kramt in ihrer Tasche, holt einige zusammengeheftete und ziemlich zerknitterte Blätter heraus und legt sie mir hin.

»Das sind wahrscheinlich die Asanas, die wir bei meiner Prüfung machen müssen«, sagt sie leise. »Du willst ja immer nicht so blöd dastehen. Da dachte ich mir, wir gehen sie vielleicht einmal durch.« Ich werfe einen Blick auf die Illustrationen der Yogastellungen.

»Woher hast du die?«

»Ich habe sie meinem Vater geklaut. Er sitzt ja in der Prüfungskommission. Also nicht richtig geklaut, er hat sie einfach auf seinem Tisch liegen lassen.«

Kommt mir bekannt vor. Väter sind offenbar doch nicht so verschieden. Und auch Sina und ich haben offenbar mehr gemeinsam, als ich dachte.

»Wahrscheinlich hast du recht. Wäre prima, wenn wir vorher etwas üben könnten.« Sina wagt ein vorsichtiges

Lächeln. »Okay, dann zieh mal deine Hotpants an. Über den Event können wir auch nachher reden. Jetzt bekommst du erst mal eine Einzelstunde. Zur Belohnung für dein Engagement.«

Wir setzen uns im Yogaraum gegenüber. Unsere Blicke treffen sich, und wir müssen beide lächeln.

»Heute würde ich gern über Vertrauen sprechen«, sagt Sina. »Und vielleicht fällt dir ja etwas dazu ein.« Ich schaue erstaunt auf, denn bisher haben immer sie oder Hari die guten Ratschläge gegeben.

»Ich kann nicht so gut vertrauen«, sagt Sina unverblümt.

»Also, was für ein Vertrauen meinst du jetzt konkret?« frage ich. Sina seufzt.

»Vertrauen in sich selbst, in andere. Ein Urvertrauen. Hari meint, das liegt daran, dass mein Urvertrauen erschüttert wurde, als meine Mutter uns verlassen hat. Wie ist es bei dir?«

»Äh«, sage ich und ziehe einen Flunsch. »Schwierig.« Das ist mir jetzt ein bisschen zu offen.

»Vielleicht solltest du deine Mutter mal besuchen?«, schlage ich vor. Sina schluckt. »Das wäre schon schön, aber davor fürchte ich mich ein bisschen.«

Verstehe ich gut. So still wie jetzt zwischen uns war es beim Yoga fast nie.

»Jetzt könntest du vielleicht einen passenden Meditationsspruch sagen«, meint Sina leise. »Wenn dir einer einfällt.« Ich überlege. Blöderweise kenne ich keine großen, weisen Meister. Doch, halt!

»Furcht führt zu Wut, Wut führt zu Hass, Hass führt zu unsäglichem Leid.« Sina sieht mich überrascht an.

»Das ist ehrlich gesagt ein bisschen verstörend. Hat das ein Yogi gesagt?«

»Fast«, entgegne ich stolz. »Das stammt von Meister Yoda.«

Nach diesem etwas aufwühlenden Thema üben wir als Erstes harmonisierende Drehhaltungen. Die meisten kriege ich ganz gut hin. Trotzdem nutzt Sina jede Gelegenheit, mich zu korrigieren, streicht mir unter das Kinn, wenn ich den Kopf heben soll, legt ihre Hand auf meinen Rücken, um die Wirbelsäule zu strecken, und greift immer wieder in meine Lendengegend, wenn meine Hüfte aus dem Lot gekommen ist. »Das ist jetzt das Gegenprogramm zu deiner Schreibtischarbeit«, erklärt Sina. »Die Drehhaltungen wirken am besten gegen Rückenbeschwerden aller Art, weil sie deine Wirbel so richtig aufdrehen können.«

Seltsam, sobald wir zusammen Yoga machen, ist alles ganz harmonisch. »Eines würde ich gern mit dir ausprobieren«, sagt Sina nun und sieht mich an wie ein Versuchskaninchen. »Du bist in der ersten Stunde einmal umgefallen, und es wäre zu blöd, wenn das in meiner Prüfungsstunde passiert.« Ich nicke. Wenn ich mich recht entsinne, bin ich im Kopfstand auf Jessica gefallen. Der Gedanke an sie hat seltsamerweise überhaupt keine Wirkung mehr auf mich.

»Parivritta Parsvakonasana«, sagt Sina, »die gedrehte Winkelstreckung. Utthita Parshvakonasana kennst du eigentlich schon.«

Das würde ich jetzt nicht so unterschreiben, aber ich will ja kein Spielverderber sein. Sina zeigt mir, wie ich mich schulterbreit hinstelle. Dann breite ich die Arme aus und knicke mit dem rechen Knie ein. Als Nächstes soll ich mich nach links drehen und versuchen, die linke Hand neben dem eingeknickten rechten Knie auf dem Boden abzusetzen. Eine ganz schön gewagte Angelegenheit. Aber was tue ich nicht alles für Sina. Langsam drehe ich mich über Kreuz. Mein rechter Oberschenkelmuskel zittert vor Anstrengung. Als ich die Hand auf den Boden setze, drohe ich kurz das Gleichgewicht zu verlieren. Und kippe ein wenig nach hinten. Aber da ist Sina schon hinter mir und hält mich fest. »Lass dir Zeit«, sagt sie ruhig und nimmt meine andere Hand. Es ist wie eine Umarmung. Langsam führt sie meinen Arm nach oben. »Sehr gut«, schnurrt sie, und ich spüre ihren Atem an meinem Hals. Sie führt mich in die Haltung. Aber seltsamerweise wirkt sie auf mich eher aufwühlend als harmonisierend.

Dann üben wir die Dreieckshaltung Trikonasana, die ich noch von dem Recruiting-Wochenende kenne. Diesmal versuche ich mich nur auf die Haltung zu konzentrieren. Wieder muss Sina mich zurechtrücken. Sie dreht meine Schultern zur Seite, rückt meine Hüfte gerade und stellt meine Fußaußenkante parallel zum Mattenrand. Als sie damit fertig ist, fühlt sich mein ganzer Körper ruhig und warm an. Khamroff, die Präsentation, mein Vater, selbst der Yoga-Event: Alles verschwindet plötzlich aus meinem Kopf. Zum ersten Mal seit Wochen verspüre ich absolute Ruhe. Mein Atem fließt ruhig und gleichmäßig, ich könnte ewig in der Stellung bleiben.

»Frederick«, höre ich Sinas Stimme. »Bist du noch da?« Ich zwinkere mich zurück in die Gegenwart.

»Bin gerade irgendwie abgetaucht«, sage ich. Sina schaut mich an und lächelt verständnisvoll, während ich versuche, nach ihren Anweisungen die Heldenstellung einzunehmen. Sie erinnert tatsächlich ein wenig an Supermans Pose, mit der er in den Filmen durch die Wolken fliegt. Genauso fühle ich mich gerade.

Nach der Yogastunde sollte ich mit Sina eigentlich die Ergebnisse meiner Recherche besprechen, aber ich bin einfach viel zu entspannt, um zu arbeiten. Draußen ist ein warmer Herbsttag, es ist noch hell, und ich war heute noch gar nicht an der frischen Luft. Genau genommen war ich schon seit Tagen nicht mehr an der frischen Luft.

»Wollen wir ein bisschen rausgehen?«, schlage ich Sina vor. Die nickt.

»Wohin willst du denn?«, fragt sie. Am liebsten würde ich mit Sina an einen besonderen Ort gehen, an dem mir die

Stille der Yogastunde noch erhalten bleibt. Plötzlich weiß ich, wo wir diesen Ort finden.

Wenig später halte ich auf dem Parkplatz vor dem Kastanienfriedhof.

»Bist du dir sicher?«, fragt Sina.

»Bisher hast du ja nur meinen Vater kennengelernt. Meine Mutter kann ich dir ja nicht vorstellen, aber irgendwie fände ich es schön, wenn du mitkommst.« Sina atmet tief ein und aus.

»Also gut«, sagt sie.

Ich öffne das eiserne Friedhofstor. Seit ich nach Berlin gezogen bin, war ich nicht mehr hier. Aber es scheint sich auch nicht viel verändert zu haben. Die Kastanien, die dem Friedhof ihren Namen geben, stehen hier so erhaben wie früher, trotz der späten Stunde gehen noch ein paar ältere Leute mit Blumen, einer kleinen Schaufel oder einer Gießkanne umher. Jetzt merke ich erst, wie aufgeregt ich bin, und freue mich, dass Sina mitgekommen ist. Keine Ahnung, ob es am Yoga liegt, an Sina oder Meister Yoda, aber plötzlich habe ich keine Angst mehr. Stattdessen spüre ich ein tiefes Urvertrauen darin, dass alles gut wird.

Den Weg zum Grab habe ich nicht vergessen. Wir gehen vom Hauptweg ab, passieren einige neue Gräber und kommen zu einer älteren Parzelle, in deren Mitte ein völlig zugewachsenes Stück Rasen liegt. Es ähnelt eher einem Stück Brachland und ist mit rotem Baustellenband vom Rest des Friedhofs abgetrennt. Gänseblümchen, Kletten und Disteln wuchern dort. Ich halte vergebens Ausschau nach dem bekannten Marmorstein, kann ihn aber nirgends entdecken.

»Kann ich Ihnen helfen?«, fragt ein Mann hinter mir. Er trägt die grüne Latzhose eines Gärtners und eine Gießkanne in der Hand. Als ich fragend auf den Ort deute, an dem einst das Grab lag, zuckt er mit den Achseln. »Der Abschnitt hier wird aufgelöst. Wir haben die Angehörigen verständigt, die waren entweder selbst verstorben, nicht zu erreichen oder mit einer Umbettung einverstanden. Die Grabsteine sind schon weg. Angeblich sollen hier Wohnungen in ›ruhiger, aber städtischer Lage‹ gebaut werden. Kannten sie jemanden, der da liegt?« Ich nicke. Er stellt die Gießkanne ab und hebt die Absperrung aus der Halterung, so dass Sina und ich hindurchschlüpfen können.

Hinter meterhohem Gestrüpp kann ich schließlich das überwucherte Grab ausmachen. Offenbar hat sich seit Jahren niemand mehr darum gekümmert. Ich spüre, wie Wut in mir aufsteigt. Klar, meine Mutter mochte romantisch verwilderte Gärten, aber das hier ist doch etwas zu viel des Guten. Ich hocke mich auf den Kies und atme tief durch.

Das Grab war für mich nie ein Wallfahrtsort, aber immer ein Punkt, der mich mit einem Verlust konfrontiert hat, den ich am liebsten verdrängen würde. Ich lege eine Hand auf die steinerne Umrandung des Grabes. Es fühlt sich kalt an. Dann fühle ich Sinas Hand auf meiner Schulter. Sie schweigt, genau wie ich. Einen Moment habe ich das Gefühl, als würde ich sie meiner Mutter vorstellen. Ihr würde es bestimmt gefallen, dass ich mit einer Yogalehrerin befreundet bin.

Plötzlich spüre ich, wie Sina mich loslässt, und höre ihre Schritte auf dem Kies knirschen. In meinem Hals hat sich ein mächtiger Kloß aus Trauer und Wut angesammelt, den ich gern runterschlucken würde. Wie konnte mein Vater das Grab nur so verkommen lassen? Klar hat er viel zu tun, aber man kann doch eine Gärtnerei beauftragen! An Geld mangelt es ihm ja nicht.

Sina ist wieder da. Diesmal legt sie mir keine Hand auf die Schulter. Stattdessen höre ich ein metallisches Reiben hinter mir und drehe mich um. In der einen Hand hält Sina eine Gartenschere, in der anderen Hand eine Schaufel.

»Habe ich mir vom Friedhofsgärtner geliehen«, sagt sie. »Da ist auch noch eine kleine Handharke und ein Spaten für die Disteln.« Sie deutet auf das Grab.

»Aber es wird doch sowieso aufgelöst!«, wende ich ein.

»Aber nicht heute.«

Breaking Point

Danilo ist spät dran. Wir sind zum Mittagessen in einem vegetarischen Restaurant verabredet. Ich will ihm Sina und unsere Pläne vorstellen, freue mich aber auch darauf, mit ihr mal richtig gut auf Spesen essen zu gehen. Nach dem Friedhofsbesuch gestern haben wir noch das Eventkonzept fertiggestellt. Das Beste daran: Unsere Idee passt perfekt in Khamroffs EcoFit-Studio. Wenn die Präsentation erst mal gewonnen ist, können wir Kooperationen mit den anderen Yogastudios weiterführen, uns vernetzen und expandieren. Aber eins nach dem anderen.

Zuerst müssen wir Danilo überzeugen. Als ich ihn kommen sehe, drücke ich instinktiv Sinas Hand. Sie lächelt, und ich kann nicht anders, als das Lächeln zu erwidern. Bis ich hinter Danilo meinen Vater sehe.

Guten Abend«, sagt er, als er bei uns am Tisch angekommen ist. Sein Blick ist kälter als mein Mango-Lassi und bei Weitem nicht so süß. Er stellt seine Ledertasche auf den freien Stuhl neben sich und nimmt uns gegenüber Platz. Danilo bleibt stehen und schüttelt erst Sina die Hand, dann mir.

»Was machst du denn hier?«, frage ich meinen Vater.

»Ich bringe ein paar Sachen in Ordnung, die falsch laufen, bevor du erneut Mist baust.«

»Hat mich gefreut, Sie kennenzulernen«, sagt Danilo zu Sina und nickt uns zu. Dann wendet er sich an meinen Vater: »Sie geben mir bitte Bescheid, wie Sie sich entschieden haben, ja?«

Er macht auf dem Absatz kehrt und verlässt das Lokal. Mein Vater starrt mich an. Als der Kellner fragt, was er trinken möchte, verscheucht er den Mann mit einer Handbewegung.

»Kannst du mir bitte mal erklären, was hier los ist?«, fragt er ruhig, aber drohend. »Warum ruft mich dein Klient an, um mir zu sagen, dass du von der vereinbarten Linie abgewichen bist und einen Yogazirkus aufmachen willst? Dein Fokus sollte auf dem Konzept EcoFit liegen.«

»Es ist kein Yogazirkus, sondern ein Event«, sage ich. »Und dieser Event passt perfekt in Khamroffs Portfolio.«

Mein Vater grinst böse. »Und du bist plötzlich kein gescheiterter Schauspieler mehr, sondern ein Berater.«

Sina schaut mich überrascht an. »Du bist Schauspieler?«

»*Gescheiterter* Schauspieler«, korrigiert sie mein Vater.

»Aber …«, beginnt Sina und schließt dann doch den Mund, ohne etwas zu sagen.

»Ich wollte dir das alles gestern erklären«, beginne ich. Mein Vater lässt kurz amüsiert seine weißen Zähne aufblitzen. Dann deutet er mit dem Zeigefinger auf mich, nein, er deutet nicht, er sticht.

»Erst muss ich dir eine Viertelmillion auslegen, weil dein Film völlig in die Hose geht – in Ordnung, das wirst du abarbeiten, haben wir geklärt.« Ich sehe, wie ihm die Zornesröte in den Kopf steigt. »Und jetzt muss ich von Danilo hören, dass du heimlich in dem Fitness-Studio einen Yoga-Event abhalten willst? Laut deinem Arbeitsvertrag sind alle deine Einfälle Eigentum der Agentur, genau wie du. Und du wirst keine Nebenjobs annehmen. Das ist nicht Part of the deal. Am 10. Oktober ist die Präsentation. Bis dahin wirst du dich auf deine Arbeit konzentrieren und auf nichts anderes. Der 10. Oktober ist der Grund, warum du hier bist.«

»Da ist meine Yogaprüfung«, sagt Sina jetzt. Mein Vater hält inne, als hätte er soeben eine lästige Fliege bemerkt. Aber Sina lässt sich nicht beirren. »Am 10. wird mir Frederick assistieren, ganz gleich, ob er Unternehmensberater ist, Schauspieler oder Yogi.«

»Nein, das wird er nicht.« Sina schaut meinen Vater fassungslos an.

Der seufzt und erklärt mit der Stimme eines Erwachsenen, der zu einem Kind spricht: »Am 10. Oktober kann Frederick nicht zum Spielen kommen. Da hat er schon eine Präsentation. Und zwar die wichtigste seines Lebens. Nicht wahr, Frederick?« Ich spüre, wie mir wieder warm wird. Aber diesmal liegt es nicht am Essen, das haben wir ja noch gar nicht bestellt.

»Aber vielleicht ist die Präsentation ja vormittags und die Yogalehrer-Prüfung nachmittags«, versuche ich einen Kompromiss.

»Zehn Uhr«, sagt mein Vater.

»Zehn Uhr dreißig«, sagt Sina.

Ich seufze. Sina sieht mich überrascht an: »Du hast doch gesagt, dass du mir hilfst. Wir hatten einen Deal!«

Mein Vater nimmt mein Mango-Lassi und trinkt einen Schluck.

»Ich hatte auch mal einen Deal mit meinem Sohn«, sagt er und bedeutet dem Kellner, ihm auch ein Lassi zu bringen. »Aber Frederick hält sich nicht gern an Vereinbarungen. Die Erfahrung habe ich nun schon zum zweiten Mal gemacht. Am 10. Oktober wird er seine Präsentation halten. Basta. Sonst verstößt er gegen seinen Vertrag.« Sina hält den Blick meines Vaters.

»Dann wird er sich wohl zwischen Ihnen und mir entscheiden müssen«, sagt sie und nickt mir zu. Mein Vater schüttelt den Kopf: »Ich fürchte, das hat er bereits mit seiner Unterschrift getan.«

Wie war das? Consulting bedeutet Krieg. Und ich bin in einen Hinterhalt gelaufen.

»Dieser Event wird nicht stattfinden«. Mein Vater sieht mich auffordernd an. »Frederick, bitte sag dieser Frau, dass sie bei EcoFit Hausverbot hat und in der Agentur auch.«

Sina springt auf, greift ihr Glas und will meinem Vater das Lassi über den Kopf schütten. Instinktiv greife ich ihren Arm.

»Sina …«, sage ich. Keine Ahnung, woher ich die Gelassenheit nehme. Wahrscheinlich von ihr. »Das bringt nichts, habe ich auch schon probiert. Ich muss diese Sache zu Ende bringen.«

Sie schließt kurz die Augen. Als sie sie wieder öffnet, stehen Tränen darin. »Das ist jetzt nicht dein Ernst, oder?« Mein Vater räuspert sich.

»Gestern habe ich übrigens mit deinem Kumpel mit diesem bescheuerten Namen telefoniert.«

»Error«, sagt Sina automatisch.

»Genau«, entgegnet mein Vater und zwinkert ihr zu. »Frederick wollte euch ja verkuppeln. Wahrscheinlich ist er nur deshalb so nett zu dir. Du bist nämlich gar nicht sein Typ.«

Sina starrt mich kopfschüttelnd an und weicht ein paar Schritte zurück, bis sie der Stuhl aufhält. Sie hört fassungslos zu, als ihr mein Vater von Errors Idee mit dem Ring erzählt.

»Wusstest du davon?«, schluchzt Sina. Sie schreit es fast heraus, wie ein verwundetes Tier. Die anderen Gäste des Restaurants starren uns an. Ein Kellner kommt zu uns herüber.

»Ich wusste, dass sich Error für dich interessiert«, stammele ich. »Von dem Trauring habe ich erst vor ein paar Tagen erfahren.«

Der Kellner steht jetzt an unserem Tisch.

»Ich muss Sie bitten, sich ein wenig zu beruhigen«, sagt er. Sina funkelt ihn böse an. »Das wird nicht nötig sein, ich wollte eh gerade gehen.« Ohne ein weiteres Wort zu verlieren, springt sie auf und rennt aus dem Restaurant.

Ich stehe auf, um ihr hinterherzulaufen, da hält mein Vater mich fest.

»Ich habe etwas für dich, das deine Mutter und ich dir schon vor vielen Jahren geben wollten, aber da warst du noch nicht so weit«, sagt er und lächelt vorsichtig.

Ich sehe Sina hinterher. Vielleicht sollte ich ihr wirklich etwas Zeit für sich lassen. Der Event läuft uns ja nicht davon. Mein Vater kramt in seiner Ledertasche und zieht eine Flasche heraus.

»Ein Mouton-Rothschild, dein Geburtsjahr«, sagt er und zeigt mir das Etikett. Tatsächlich: 1983. Er stellt die Flasche auf den Tisch. »Es war kein einfaches Jahr.«

»Sie dürfen hier keinen Wein mitbringen«, sagt der Kellner. Mein Vater mustert ihn, zückt sein Portemonnaie, zieht einen Hundert-Euro-Schein heraus und hält ihn dem Kellner hin. Der schüttelt den Kopf.

»Bitte gehen Sie jetzt.«

Mein Vater nimmt noch einen Schein heraus und sieht ihm tief in die Augen, als wollte er den Mann hypnotisieren.

»Ich entschuldige mich für die Umstände und gebe Ihnen mein Wort, dass wir von nun an ruhiger sein werden.«

Dann zückt er den dritten Schein. »Bitte bringen Sie uns zwei Gläser.« Der Kellner steckt die 300 Euro ein. Kurz darauf ist er mit den Gläsern wieder da.

»Vergiss diese blöde Yogalehrerinnen-Prüfung«, sagt mein Vater. »Die macht eh keinen Sinn.«

»Wieso?«, frage ich nach. Mein Vater schenkt mir Wein ein.

»Vertrau mir einfach. Du wirst nicht mehr zu diesem Yoga gehen, das tut dir nicht gut. Es macht dich weich. Du musst dich voll auf die Khamroff-Präsentation konzentrieren, hast ja nur noch zehn Tage Zeit, um dich vorzubereiten. Das Wohl unserer Firma hängt von dir ab. Wenn du versagst, fällt das auf mich zurück.«

Ich setze mich zu ihm, schwenke das Glas und lasse den Rotwein in vielen kleinen Bahnen den Glasrand herunterperlen. Angeblich ist das ein Qualitätsmerkmal. Mich erinnern die Perlen an Tränen.

»Auf die Familie!«, sagt mein Vater. »Blut ist dicker als Wasser.«

»Auf die Familie«, wiederhole ich leise.

»Vermisst du sie?« fragt mein Vater.

»Wen? Sina?«

»Nein, die Familie.«

»Manchmal, aber ich versuche, nicht daran zu denken. Wir waren ja keine richtige Familie. Zumindest habe ich dich selten zuhause gesehen.«

Mein Vater schenkt sich nach, obwohl er noch gar nicht ausgetrunken hat. Plötzlich fällt mir auf, wie gebeugt seine Haltung ist. Er stützt den Kopf in die Hände und fährt sich durch die Haare.

»Ich …«, beginnt er.

»Wann warst du das letzte Mal auf dem Friedhof?«

Mein Vater zieht die Stirn in Falten und macht eine wegwerfende Handbewegung. »Ich weiß es nicht. Das ist ja jetzt auch nicht wichtig. Wichtig ist, dass du deine Gefühle in den Griff kriegst.«

»Wann?«, hake ich nach. Mein Vater lehnt sich zurück, zieht die Lippen ein und presst sie aufeinander.

»Ich gehe nicht mehr zum Friedhof. Man muss Prioritäten setzen. Deine Mutter ist tot. Ich lasse das Grab auflösen.«

»Das Grab sieht aus wie Sau!«, rufe ich. »Du hättest dich darum kümmern müssen. Du hättest einen Gärtner beauftragen können. Was bist du nur für ein Witwer? So etwas macht man nicht.«

»Ich habe wieder eine Frau gefunden«, sagt mein Vater.

»Das ist mir scheißegal!«, brülle ich. Neben mir hüstelt der Kellner. Ich zücke mein Portemonnaie und drücke es ihm in die Hand.

»Hier, machen Sie sich davon einen schönen Tag!«, schreie ich. Dann schaue ich meinen Vater an. Seine Augen sind feucht und leicht gerötet. Ich habe ihn noch nie weinen sehen. Oder ist es der Alkohol?

»Ich kann nicht auf den Friedhof«, sagt er leise. »Das packe ich nicht.«

»Doch, das schaffst du. Und du solltest dich bei Sina entschuldigen. Die Yoga-Idee ist eine gute Idee, und Sina ist eine gute Frau. Sie hat mehr Talent für diesen Job als ich!«

»Das ist nicht schwer«, meint mein Vater, der sich jetzt wieder kerzengerade aufgesetzt hat. Auf seinem Gesicht liegt nun wieder die bewährte Businessmaske. Er trinkt sein Glas aus, zückt sein Portemonnaie und wirft noch einen Fünfziger auf den Tisch. Dann sieht er mich an.

»Blut oder Wasser?«

»Wein«, sage ich und leere ebenfalls mein Glas auf ex.

»Wo sind wir?«, frage ich, als Jessica die Tür zu einem Konferenzraum hinter uns geschlossen hat.

»Ist doch egal«, sagt sie und schaut mich aus ihren großen blauen Augen ängstlich an. »Du musst mir helfen!«

»Wobei denn? Brauchst du ein Taxi?«, scherze ich, aber sie winkt ab und hält ihr Handgelenk direkt vor meine Augen. Es ist ein blasses, haarloses, schmales, ein sehr schönes Handgelenk.

»Hier«, sagt sie. »Adam hat sie!« Ich sehe sie verständnislos an. Offenbar hat sie nun völlig den Verstand verloren.

»Die Uhr, du Idiot! Adam hat die Uhr, die er deinem Vater schenken wollte.«

»Ich dachte, sie wäre bei dir in Sicherheit?«, frage ich Jessica vorsichtig.

»Adam hat Fotos von mir, erotische Fotos, und gedroht, sie als Rundmail an die ganze Firma zu schicken. Er muss jemanden beauftragt haben, diese Bilder zu machen, jemanden aus der Szene.« Erotische Fotos von Jessica? Und welche Szene?

»Interessant«, sage ich ehrlich.

Die Bilder könnten mich vielleicht kurz von meinem Liebeskummer ablenken. Der Jahrgangswein gestern hat es nämlich nicht geschafft. Ja, ich bin mit meinem Vater nach Hause gegangen. Ich schulde ihm etwas. Nicht nur Geld. Er hat mich großgezogen. Doch schon bevor die Flasche leer war, bekam er einen Anruf und musste dringend ins Büro.

Heute Morgen habe ich noch vor zehn Uhr schon viermal im Yogastudio angerufen. Aber dort geht niemand ans Telefon.

»Du musst dich um Adam kümmern«, fordert Jessica.

Ich mache mit dem Finger die Halsabschneidergeste.

»Du meinst ›kümmern‹ im Mafioso-Sinne?« Sie schaut mir tief in die Augen.

»Nein, du sollst ihn beruflich ausschalten«, sagt sie. »Er will deinem Vater schaden.«

»Der kann ganz gut auf sich selbst aufpassen«, finde ich. Jessica wirft mir einen tiefen Blick zu. »Es wird sich für dich lohnen.«

Was reden die hier die ganze Zeit immer von Lohn oder Belohnung? Je länger ich Jessica anschaue, umso weniger verstehe ich, was mich mal an ihr gereizt hat.

»Ist ja gut«, sage ich und gehe einen Schritt zurück. Die Sache mit der Uhr hatte ich eh noch auf dem Zeiger. Gestern Abend habe ich mich gegen die Liebe und für den Beruf entschieden. Error soll versuchen, Sina vor den Altar zu führen, ich bin jetzt mit meinem Job verheiratet. Und von Adam lasse ich mir den garantiert nicht wegnehmen.

Eine halbe Stunde später stehe ich im Lab, dem outgesourcten Bastelkeller von Schnaidt-Consulting, wo mir Ben stolz seine ersten drei Öko-Kraftmaschinen präsentiert: ein Crosstrainer, eine Hantelbank und eine Seilzugmaschine. Daneben stehen Jay, Ben und Thomas. Die drei Geräte bestehen aus Edelmetall, ihr Design ist spartanisch, aber elegant. Jay drückt mir eine Karte in die Hand. Ich schiebe sie in ein kleines, matt glänzendes Kästchen. Ein Display leuchtet auf, die Anzeige zeigt »0,000 kWh«. Ich wundere mich kurz über die vielen Nachkommastellen, setze mich dann aber auf den gepolsterten Sitz und ziehe die Hantelstange an dem Metallseil herunter: einmal, zweimal, dreimal, zehnmal. Beim elften Zug springt das Display auf 0,001 kWh um. Mein Backoffice klatscht. Ich drücke auf einen grünen Knopf an dem matten Metallkasten, es rattert, und er gibt meine Karte frei.

»Nicht schlecht«, sage ich. Thomas zuckt mit den Schultern.

»Ein durchschnittlicher Singlehaushalt verbraucht ungefähr 2000 Kilowattstunden im Jahr«, erklärt Ben und senkt den Kopf. Ich sehe sie fragend an. »Das heißt, ich müsste hier …«

»Jahrelang Gewichte stemmen«, ergänzt Thomas.

»Das ist gut«, sage ich, obwohl ich mir da nicht so sicher bin. »Zumindest für die Fitness!«

Für den Fall, dass nicht alle Leute das so sehen, haben sich die drei noch ein Belohnungssystem ausgedacht. Jeder Trainierende soll mit Abschluss seiner Mitgliedschaft ein weißes Handtuch bekommen: Für je hundert Kilowattstunden bekommt er einen grünen Streifen am Rand. Bei 2000 Kilowattstunden ist das Handtuch grün umrandet und der Trainierende für alle anderen sichtbar ein ökologisch denkender, verantwortungsbewusster Mensch.

»Das ist doch totaler Blödsinn!« Ich sehe mein Team an.

Die drei nicken. Sie hören gar nicht mehr auf damit. Als würden sie auf etwas deuten. Hinter mir steht Adam. Seine ewige Anschleicherei geht mir gehörig auf den Zeiger. Wahrscheinlich war der echt mal beim KGB.

»Was ist Blödsinn?«, fragt er. »Deine Idee?«

»Nein, die ist gut«, entgegne ich. »Wir kriegen das hin.« Adam grinst höhnisch, sieht zu meinem Backoffice hinüber und deutet in Richtung Tür.

»Ihr seid jetzt mal kurz out of office« Die drei machen Anstalten zu gehen, aber ich hebe die Hand wie der Leiter einer abrückenden Spezialeinheit.

»Ihr bleibt. Wenn hier einer geht, ist das Adam.«

»Leute«, Adam schaut Ben, Jay und Thomas an. »Ihr seid Berater, ihr könnt logisch denken. Überlegt doch mal, wer hier die besseren Zukunftsaussichten hat. Er oder ich.« Die drei sehen simultan zu meinem Konkurrenten herüber.

Jay geht als Erster einen Schritt vor und legt mir die Hand auf die Schulter: »Nimm's nicht persönlich. Ich habe dir ja gesagt, du kannst mir nicht trauen.« Er stellt sich hinter

Adam. Jetzt geht Ben einen Schritt vor. »Ich brauche das Geld für meine Tochter. Und meine Frau möchte endlich aus der Stadt rausziehen …«

»Ist schon gut«, sage ich und nicke ihm zu. Nur Thomas zögert noch.

»Geh schon«, sage ich. Aber er schüttelt den Kopf. »Der Job ist noch nicht fertig. Wie willst du das denn allein schaffen?« Ich zucke mit den Achseln. Keine Ahnung. Thomas macht einen schnellen Schritt nach vorn und verschwindet mit den anderen beiden die Treppe hinauf.

»Deine Zeit läuft ab«, sagt Adam. »Tick, tack, tick, tack.« Er legt ein Ohr auf die Uhr. Dann nimmt er das Handgelenk wieder herunter. »Du schuldest mir einen Gefallen.«

»Ich weiß.«

»Ich möchte, dass du nicht zur Khamroff-Präsentation erscheinst.«

»Aber ich habe das *EcoFit*-Konzept erfunden und verkauft. Das wäre mein Aus.« Und das Aus für meinen Vater. Und auch wenn ich stinksauer auf ihn bin: Mittlerweile glaube ich an Karma und daran, dass man gut zueinander sein soll.

»Ich weiß«, sagt Adam und grinst.

Ich schüttle den Kopf. »Das kann ich nicht machen.«

»Du hast keine Wahl. Entweder du gehst freiwillig, oder ich erzähle deinem Vater von deinem Diebstahl und lasse dich rausschmeißen.« Ich sehe mir Adam genauer an: Auf seiner Stirn zeigen sich rote Stressflecken. Seine Haut ist fahl, die Augen von roten Äderchen durchzogen. Er hat Angst um seinen Job. Er blufft.

»Na, dann viel Spaß«, sage ich also und lasse mich auf den Sitz des Fitnessgerätes fallen.

»Den werde ich haben«, meint Adam und verschwindet in Richtung von Vaters Büro. Ich gehe auch nach oben, um Thomas zu suchen, mich für seine Loyalität zu bedanken und ihm zu erklären, dass es völliger Blödsinn wäre, in einem

Streit mit Adam auf mich zu setzen. Er ist ein guter Mann, er hat hier eine Zukunft. Wenn mein Vater mich rausschmeißt, werde ich ein gutes Wort für ihn einlegen.

Aber was mache ich nur mit der Präsentation? Ehrlich gesagt habe ich das Gefühl, dass ich die ganze Sache gehörig vermasselt habe. Es bleibt wirklich nur ein Weg: der zu meinem Vater.

Im Innenhof der Agentur kommt mir Error entgegen. »Was machst du denn hier?«, frage ich. Mein Kumpel lächelt entschuldigend.

»Ich musste mit dir reden, und hier arbeitest du ja.« Er zwinkert mir zu und ergänzt flüsternd: »Zumindest offiziell.« Errors Naivität rührt mich. Ich kann ihn nicht mehr anlügen.

»Error, ich bin kein Schauspieler mehr. Ich bin Consultant. Wie mein Vater.«

Mein Freund ist ganz ruhig, dabei müsste ihn die Nachricht, dass ich die Seiten gewechselt habe, eigentlich umhauen.

»Es war eine Notlüge, Error. Gib mir fünf Minuten, dann erkläre ich dir alles.« Er schüttelt den Kopf.

»Keine Zeit.« Ich höre wohl nicht richtig. Was ist denn mit dem los? Wieder suche ich seinen Blick, wieder weicht er mir aus. Jetzt reicht es. Ich packe meinen alten Freund am Kragen.

»Error, mach irgendetwas! Schrei mich an, schmeiß irgendwas kaputt, aber sei nicht so verdammt beherrscht! Schau mich an!«

Jetzt sieht er mir in die Augen. Wieder mit diesem Hundeblick.

»Sina wollte meinen Ring nicht haben«, flüstert er und putzt sich die Nase. Gegen meinen Willen fällt mir ein Stein vom Herzen. Er verdient es, dass ich völlig ehrlich zu ihm bin. Wir setzen uns beim Coffee Point an den Tresen.

»Error, ich muss dir auch noch etwas zu Sina und mir

sagen.« Er sieht mich kurz überrascht an. »Ja, deshalb bin ich eigentlich auch hier.«

»Dann sag du zuerst«, bitte ich ihn. Error räuspert sich und weicht erneut meinem Blick aus.

»Ich werde ihr Partner bei der Yogalehrerprüfung. Und sie hat mich gebeten, dir etwas auszurichten«, sagt Error leise.

»Was?«, frage ich.

»Du sollst nicht mehr ins Yoga-Studio kommen.« Ich seufze und lasse den Kopf sinken. Aber was soll ich machen. Ich habe mich entschieden – oder besser gesagt: Mein Vater hat mich in der Hand.

»Möchtest du auch einen Kaffee?«, frage ich. »Der ist wirklich gut hier.«

»Ich möchte gar nichts mehr von dir«, sagt Error bitter, steht auf und geht einfach.

Der Barista sieht mich an.

»Espresso und Grappa?«, fragt er und stellt mir gleich die Kombination hin. Gut, der Mann. Jetzt, da ich kein Backoffice mehr habe, sollte ich ihn vielleicht anheuern. Ich hebe das kleine Glas und proste den vorübergehenden Kollegen zu, die ihr Bestes tun zu ignorieren, wie ich hier im Innenhof mit meinen privaten Problemen kämpfe.

Ich weiß nicht, wie lange ich vor mich hin starre. Irgendwann kommt Adam zu mir, setzt sich neben mich. Die Uhr trägt er nicht mehr am Handgelenk. Er erzählt, dass er mit meinem Vater gesprochen habe und der mich sofort bei sich im Büro sehen wolle. Ich stehe auf und verlasse die Agentur. Weil ich getrunken habe, nehme ich besser ein Taxi.

Die laufende Yogastunde bei Hari ist noch nicht ganz zu Ende, der Umkleideraum völlig verwaist. Durch die Glasscheiben in der Tür kann ich die Übenden erkennen. Sie liegen bereits auf dem Rücken in der Schlussentspannung. Offenbar üben sie Pranayama, einige haben kleine rote mit Reis gefüllte Stoffsäckchen auf die Augen gelegt und eine

Decke über die Beine. Die ist wichtig, damit sie in der zehnminütigen Meditationsatmung nicht auskühlen. Direkt neben dem Podest sehe ich Sina, neben ihr steht Error. Unruhig laufe ich vor der Tür auf und ab. Das kann da drinnen noch ewig dauern. Also ziehe ich die Schuhe aus, öffne leise die Tür und schleiche mich herein, immer an der Wand entlang in Richtung Podest. In meinem grauen Berateranzug müsste ich hier normalerweise ziemlich auffallen, aber zum Glück haben alle Reissäckchen auf den Augen. Ein paar Kursteilnehmer schieben ihre Säckchen zur Seite, machen aber keinerlei Anstalten aufzustehen. Ich schleiche weiter an der Wand entlang, bis ich neben Sina stehe. Hari gibt mit einschläfernder Stimme Atemanweisungen und zeigt im Liegen mit den Händen, wie der Atem durch den Oberkörper fließen, wo er gehalten und wie er dann wieder ausgestoßen werden soll.

»Sina«, flüstere ich, aber sie reagiert nicht. Offenbar ist sie völlig in die Übung versunken. Kein Wunder, in vier Tagen hat sie Prüfung. Aber darauf kann ich jetzt keine Rücksicht nehmen.

»SINA«, flüstere ich noch mal, diesmal lauter. Keine Reaktion. Hinter mir höre ich Haris Räuspern, will mich aber gar nicht umdrehen. Ich weiß, dass Sina mich versteht.

»Es tut mir alles total leid«, flüstere ich eindringlich. »Dieser Tag, im Restaurant, das war ein sehr unglücklicher Tag.« Aus dem Augenwinkel sehe ich, wie sich Hari auf dem Podest langsam aufsetzt. Auch zwei Frauen in der Nähe nehmen nun die kleinen Kissen von den Augen und schauen zu uns herüber. Sina hält inne. Um mich herum höre ich Räuspern, Rascheln und vereinzeltes Kichern. Aber darauf kann ich jetzt keine Rücksicht nehmen.

»Es hat bisher nicht so gut geklappt mit mir und den Frauen«, sage ich ehrlich. »Bei dir hatte ich zum ersten Mal das Gefühl, daraus könnte mehr werden – nicht nur, weil du mir das Leben gerettet hast. Und jetzt habe ich alles versaut.«

Sina nimmt das Kissen von den Augen, setzt sich auf und starrt mich entsetzt an.

»Was redest du denn da?« Sie schnuppert. »Bist du betrunken?«

»Nein!«

Ich höre, wie Hari hinter mir vom Podest steigt, und sehe, dass auch Error aufgestanden ist. »Die Nacht mit dir war wunderschön«, sage ich und merke, dass ich nun im Begriff bin, ehrlicher zu sein, als gut ist, weil mir der Alkohol zu Kopf steigt. Aber ich kann die Wahrheit nicht mehr aufhalten.

»Besonders gut fand ich ...« Weiter komme ich nicht, weil mich eine gelbe Kissenwurst mit voller Wucht an den Kopf trifft. Ich taumele nach hinten und sehe Error, der schon wieder mit dem Sitzpolster ausholt. Ich reiße die Arme hoch, um es abzuwehren, da trifft mich ein rotes Kissen in die Seite, dass mir die Luft wegbleibt. Neben mir steht Hari.

»Lass meine Tochter in Ruhe, du Scheißkerl!«, schreit er. Ich rappele mich auf. »Sina, wenn deine Prüfung vorbei ist, lass uns bitte noch einmal wie ganz normale Menschen darüber ...«

In dem Moment wird es dunkel. Nicht richtig schwarz, aber ich kann nichts mehr sehen. Error hat mir eine der Baumwolldecken über den Kopf geworfen. Er hält mich im Klammergriff.

»Hilfe!«, rufe ich, bekomme stattdessen aber erneut ein Sitzkissen an den Kopf. Dann werde ich hochgehoben und geschultert, wahrscheinlich von Error. Ich höre, wie ein Teilnehmer lacht, ein anderer applaudiert. Nach und nach stimmen alle in den Applaus ein.

Haris Stimme sagt: »Sina, übernimm doch bitte kurz.« Dann verlassen wir erst den Yogaraum, dann das Studio. Draußen setzt Error mich ab. Er zieht die Decke herunter. Instinktiv gehe ich in Boxstellung. Vor mir stehen mein ehemaliger bester Freund und mein ehemaliger Yogalehrer.

»Ich will dich hier nicht mehr sehen. Du hast Hausverbot!«, schimpft Hari. »Beim nächsten Mal rufe ich die Polizei.« Frustriert lasse ich die Hände sinken. »Error!«, sage ich und erzähle meinem Freund, wie der Videoabend ohne ihn verlaufen ist, berichte von meinem allergischen Schock und davon, wie Sina mich zurück ins Leben geholt hat. Ich sage ihm sogar, dass ich bei Sina im Bett geschlafen habe. »Aber es ist nichts gelaufen!«, ergänze ich. Error steht auf. »Ist das jetzt wieder so eine Notlüge? Wie die, dass du gar kein Berater bist? Ich habe dir gesagt, dass ich sie liebe«, ruft er. »Ist dir das egal?«

»Nein, das ist mir nicht egal«, antworte ich. »Aber Sina ist mir eben auch nicht egal. Wir können doch auch beide die gleiche Frau lieben. Das kommt doch öfter vor. Zum Beispiel bei Donald Duck und Gustav Gans.« Okay, ich bin doch angetrunken.

Hari räuspert sich.

»So war das jetzt nicht gemeint«, stelle ich richtig. »Error, du bist trotzdem mein Freund.«

»Sie wird die Prüfung mit ihm machen«, sagt Hari. Error schüttelt den Lockenkopf.

»Ich mochte dich lieber, als du nicht da warst«, sagt er und sammelt die Decke ein. Hari hält seinen Arm fest. »Ruhig, Error, atme tief ein, bis zu den unteren Rippenbögen.« Mit den Händen zeigt er Error, wohin der seinen Atem schicken soll.

»Was soll denn das jetzt?«, rufe ich. »Wir müssen doch nicht immer so ausgeglichen sein. Können wir uns nicht auch mal wie normale Menschen benehmen?«

Hari dreht sich um. »Die Normalität ist eine gepflasterte Straße. Man kann gut darauf gehen – doch es wachsen keine Blumen auf ihr«, sagt er.

»Das ist mir wurscht«, entgegne ich. »Auf Straßen wachsen nie Blumen. Die stehen immer am Wegesrand, wo man sie nicht gleich sieht!«

Hari neigt den Kopf, nimmt die Brille von der Nase, schaut hindurch und putzt sie kurz mit seinem Shirt. Dann kehrt sein unerschütterliches Lächeln auf seine Lippen zurück.

»Darüber muss ich mal meditieren«, entgegnet er, legt Error die Hand auf die Schulter und führt ihn zurück ins Yogastudio. Ich schaue die Mauer hinauf in Richtung Fenster. Für einen Moment meine ich dort Sina zu sehen. Doch ehe ich reagieren kann, ist sie verschwunden. Erschöpft sinke ich auf den kalten Oktoberboden. Aber eine Blasenentzündung wäre nun das kleinste meiner Probleme.

Keine Ahnung, wie lange ich dort sitze. Irgendwann kommen die ersten Teilnehmer aus dem Yogastudio und starren mich böse an. Ein paar kichern, die meisten aber schütteln nur abfällig den Kopf. An der Straße vor dem Yogacenter steht ein Taxi. Ohne Schild. Gerade will ich weitergehen, da steigt der Fahrer aus, rennt ums Auto herum und öffnet die Tür. Es ist Thomas.

»Dein Vater will dich sehen«, sagt er. Ich habe keine Kraft mehr, mich zu widersetzen. Erschöpft lasse ich mich auf den Rücksitz fallen. Auf der Fahrt in die Agentur erklärt mir Thomas, dass er sich Sorgen um mich gemacht habe. Ich sage kein Wort. Thomas redet drauflos, wahrscheinlich, um die schmerzhafte Stille zu übertönen. Er spricht von der Präsentation, dass sie so gut wie fertig sei. Ich nicke nur schwach und sehe aus dem Fenster, wo schließlich die Firma auftaucht. Sie wirkt wie eine sichere Burg, und so seltsam das auch klingt, sobald ich sie betreten habe, gewinne ich wieder etwas an Fassung. Als ich an Jessica vorbeigehe und das Büro meines Vaters betrete, habe ich mich fast schon wieder im Griff.

»Wo warst du?«, fragt Jessica und zwinkert mir zu. »Wir haben dich vermisst!« Ich zwinkere zurück. »Jetzt bin ich wieder da und gehöre ganz euch.«

Mein Vater hält die Uhr von Adam in den Händen. Er

liest die Widmung auf der Rückseite. Ich setze mich auf den Stuhl ihm gegenüber.

»Gibt es dafür eine andere Erklärung als die, die ich von Adam bekommen habe?«, fragt er und wedelt mit der Uhr. Ich halte seinen Blick. Seit dem Rauswurf aus dem Yogastudio fühle ich mich seltsam kalt. Sie können mir nichts mehr anhaben. Niemand kann mir etwas anhaben, nicht Adam, nicht mein Vater, nicht Hari. Zu meinen wildesten Heavy-Zeiten hatte ich nicht so eine *Fuck off and die*-Attitüde wie gerade. Wahrscheinlich hole ich gerade meine verpasste zweite Pubertät nach.

»Ich wollte die Uhr klauen«, sage ich. »Na und?« Dann erzähle ich meinem Vater, dass ich ja nicht wusste, was mich erwarten würde. Und dass ich sie ihm auch nicht gegeben hätte, wenn er sie nicht bei der Umarmung zufällig entdeckt hätte.

»Ich hatte nichts zu verlieren«, schließe ich. »Du hättest mich ebenso gut rausschmeißen lassen können.«

Mein Vater nickt. »Immer einen Plan B in der Tasche. Genau wie ich.« Ich stutze. »Was ist dein Plan B?« Mein Vater lehnt sich im Sessel zurück und sagt: »Adam. Er will den Khamroff-Job. Und er wird nicht aufhören, bis er ihn hat. Adam ist ein Terrier. Jetzt hat er sich verbissen.«

»Ich glaube, er will auch deinen Job«, sage ich. Mein Vater schüttelt den Kopf. »Das glaube ich nicht. Ich habe ihn zu dem gemacht, der er ist. Trotzdem müssen wir step by step denken. Adam ist ein guter Berater. Dieser Danilo, die rechte Hand von Khamroff, mag ihn.« Er hält demonstrativ Bens Arbeitsmappe vom Lab hoch. »Deine Idee funktioniert nicht.«

»Erzähl mir was Neues!« Kurz lege ich die Beine auf seinen Schreibtisch, nehme sie aber sofort wieder herunter.

Mein Vater seufzt. »Du hast wieder nur eine Menge Geld verbraten und nichts ist dabei herausgekommen.« Er fährt sich mit der Hand durch die Haare und schüttelt den Kopf.

»Offenbar bist du ein noch schlechterer Berater als Schauspieler. Aber es ist meine Schuld. Ich hätte dir den Job nicht geben sollen. Da war der Wunsch größer als der Verstand.«

Seine Worte lassen mich kalt. Der ganze Kerl lässt mich kalt. So spricht man nicht mit seinem Sohn. »Ich habe mein Bestes gegeben«, sage ich stolz. »Und es hat mir sogar Spaß gemacht. Ich glaube, EcoFit kann funktionieren. Es ist eine gute Sache.«

»Es geht hier nicht um eine *gute Sache*, sondern um die Zahlen, die unterm Strich stehen.«

Mein Vater hält eine zweite Mappe hoch, auch auf ihr steht das Lab-Zeichen – unter unserem Firmenlogo. In der Mitte lese ich den Titel: *All-inclusive-Studio.*

»Adam hat parallel das Projekt entwickelt«, sagt mein Vater. »Er hat ein schlüssiges Konzept abgeliefert.«

Meine Punk-Attitüde fällt in sich zusammen. »Sei mir nicht böse, aber ich arbeite immer mit einer Back-up-Lösung«, erklärt er. »Es ist ein wichtiges Projekt, und du warst zu lange on the beach. Jetzt wird es ernst, und da brauche ich einen Vollprofi. Ich möchte, dass du dich mit Adam verträgst. Sofort. Das ist deine neue Aufgabe. Er wird dich briefen. Am Montag ist die Präsentation, du wirst sie halten. Ihr habt zwei Tage, dich auf die Rolle deines Lebens vorzubereiten.«

»Aber warum sollte er mir helfen?«

Mein Vater zuckt mit den Schultern.

»Weil ich ihn dafür bezahle. Ihr beide bleibt das Wochenende über hier im Büro. Vertragt euch, und holt den Job.«

Ich soll mich mit Adam vertragen? Da ist es noch wahrscheinlicher, dass Kim Jong Un und Barack Obama im Garten des Weißen Hauses ein Korean Barbecue machen, anschließend Superbowl schauen und Obama dem Diktator als Dank für den gelungenen Abend eine seiner Töchter verspricht. Oder gleich beide.

»Das ist der Emergency Room«, sagt Jessica und öffnet die Tür. Der Raum erinnert mich an das Innere eines Bunkers: ein großer Tisch, Computer, am Rand eine Küchenzeile und Feldbetten.

»Hier könnt ihr so lange arbeiten, wie ihr eben könnt«, sagt sie.

Adam sitzt bereits an dem großen Tisch und hämmert in sein Notebook. Als ich mich neben ihn setze, schaut er auf.

»Du hast gewonnen«, sage ich. Er nickt, tippt aber weiter in seinen Computer, drückt eine letzte Taste, atmet tief durch, setzt sich auf und sieht mich an:

»Was willst du eigentlich hier?«

»Meinen Job machen«, sage ich und erzähle ihm von dem Deal mit meinem Vater. »Ich muss Khamroff noch eintüten. Aber ohne dich schaffe ich das nicht.«

»Du *willst* diesen Job machen?«, fragt Adam. »Da muss ich mir nämlich ganz sicher sein, denn sonst verschwende ich hier nur meine Zeit. Und die ist kostbar.« Ich nicke entschlossen.

»Es ist ein guter Job, eine gute Sache. Wir zeigen den Menschen, dass sie nachhaltig …«, beginne ich, da hat sich Adam schon wieder seiner Tastatur gewidmet. »Ich will meinem Vater zeigen, dass ich kein Versager bin«, sage ich. Adam stutzt und sieht mich überrascht an. Ich zucke mit den Schultern.

»Klingt bescheuert, ich weiß. In einem Monat werde ich dreißig und meine immer noch, meinem alten Herren imponieren zu müssen.« Keine Ahnung, warum ich plötzlich so ehrlich bin, aber es fühlt sich richtig an.

»Das verstehe ich gut«, sagt er und seufzt. Die ewige Angriffslust ist aus seinem Gesicht verschwunden.

»Ich komme aus dem Galluviertel hier in Frankfurt«, sagt Adam. Das war damals der soziale Brennpunkt der Stadt. »Meine Familie kommt aus Russland, wir sind Migranten. Ich habe sechs große Brüder, drei sitzen im Gefängnis, einer ist auf der Flucht, zwei lassen sich nicht erwischen. Sie sind alle genauso kriminell wie mein Vater.« Adam seufzt.

»Und moralisch gesehen bin ich das wahrscheinlich auch. Dabei *wollte* ich es besser machen als sie, weil ich wollte, dass mein Vater stolz auf mich ist.«

»Ist er es?«

»Ich weiß es nicht.«

Adam erzählt, dass er keinen Kontakt mehr zu seinem Vater habe. Auch früher habe er nie einen richtigen Kontakt zu ihm gehabt. Sein Vater war jemand, der ihn nie auf den Arm genommen hat, der spät nachhause kam und den er siezen musste.

»Beste Noten in der Schule, Medaillen im Sportverein, nach der Schule habe ich im Supermarkt gearbeitet und nachts in der Küche eines Restaurants, anstatt mich herumzutreiben und Mist zu bauen wie meine großen Brüder.« Er sieht mich ernst an.

»Aber mein Vater konnte nichts mit mir anfangen. Manchmal ist das leider so.« Eines Tages sei er mit Adams Mutter einfach verschwunden und habe ihn bei seinen Brüdern gelassen.

Ein halbes Jahr lang habe Adam die ewigen Streitereien, die Drogen und das Milieu ausgehalten. An seinem sechzehnten Geburtstag habe er seinen ältesten Bruder gebeten, sich als sein Erziehungsberechtigter auszugeben und ihn auf einer Wirtschaftsschule anzumelden. Dort lernte er meinen Vater kennen.

Seitdem ist ihm Adam nicht mehr von der Seite gewichen. Mein Vater hat ihn direkt nach der Wirtschaftsschule eingestellt. Während sich die meisten Männer mit vierzig eine zweite, heimliche und hübschere Frau zulegen, hat sich mein Vater einfach einen zweiten, klügeren Sohn besorgt.

»Und jetzt kommst du aus Amerika zurück und willst dir ihn und meinen Job unter den Nagel reißen?«, murmelt Adam, und der Terrierblick kehrt auf sein Gesicht zurück.

»Also ehrlich gesagt ist er nicht dein Vater.«

»Dein Vater ist mein Vater«, zischt Adam und steht auf. Aber ich bleibe sitzen.

»Ich frage mich, welchen seiner beiden Söhne er lieber mag«, sagt er.

Ich sehe Adam direkt in die Augen.

»Er mag dich lieber. Weil du so bist wie er. Du bist der Sohn, den er sich immer gewünscht hat. Er wollte sich nur noch einmal überzeugen. Deshalb hat er mich nicht weggeschickt.«

Adam schaut mich überrascht an.

»Was sagst du da?« Ich zucke mit den Schultern.

»Dass er dich lieber mag. Ist doch klar. Mir wollte er nur eine Chance geben. Oder sich noch mal vergewissern, dass ich nichts tauge. Vielleicht wollte er mich auch demütigen – keine Ahnung.« Adam setzt sich wieder und schaut mich aufmerksam an.

»Willst du mich reinlegen?« Ich schüttele den Kopf.

»Nein – ich will mich mit dir vertragen. Ich bin kein Berater, sonst hätte ich das damals schon auf der Wirtschaftsschule gemerkt. Bisher dachte ich immer, ich sei ein Schauspieler, aber das bin ich wohl auch nicht – oder zumindest noch nicht. Aber jetzt muss ich erst mal diese eine Sache zu Ende bringen. Ich will nicht wieder abstürzen. Also: Nein, ich will kein Berater sein, aber ja, ich will diesen Job machen. Ohne dich schaffe ich das nicht.«

Ich gehe zu meinem Rucksack, hole die gesammelten Unterlagen heraus und reiche sie Adam. Der nimmt sie in die Hand, wirft einen kurzen Blick auf das Deckblatt und legt sie auf den Tisch. Plötzlich ist er wieder ganz geschäftsmäßig.

»Die kenne ich schon. Du hast dich in eine Idee verrannt. So etwas passiert.« Er sieht mich mitleidig an. »Allerdings nur Anfängern.«

Auf seinem Tisch liegt die Mappe, die mir mein Vater gezeigt hat.

»Du weißt, was hier drinsteht?«

»Nein, nicht genau. Ich nehme an, es ist die Lösung für all meine Probleme?« Adam nickt.

»Was bekomme ich, wenn ich deine Präsentation rette?«, fragt er.

»Meinen Vater. Für dich allein.«

Ich verspreche Adam, dass ich gleich nach der Präsentation der Beraterbranche den Rücken kehren und das Land verlassen werde. Hatte ich eh vor.

Adam nickt, und wir besiegeln den Deal mit Handschlag.

»Puh!«, höre ich eine bekannte Stimme aus dem Türrahmen. Dort stehen Jay, Thomas und Ben. Jay schüttelt den Kopf. »Wir dachten schon, aus dieser Fusion wird nichts mehr.«

Adam macht sich ganz gerade.

»Wie lange steht ihr schon da?«

»Sind gerade erst reingekommen«, sagt Thomas und legt sein Notebook auf den Tisch.

»Seid ihr schon Plan A durchgegangen?«, fragt er Adam. Der schüttelt den Kopf und schenkt sich einen Kaffee aus der Thermoskanne ein. Er sieht Thomas fragend an, der nickt. Jay und Ben setzen sich zu uns, Jay nimmt einen kleinen Stapel Unterlagen aus einem überfüllten Ablagesystem und fährt seinen Rechner hoch.

»Die EMS könnte eine gute Ergänzung zu dem EcoFit-System werden«, sagt Ben zu Adam, der die Info abnickt und Jay fragend ansieht.

»Schon Neuigkeiten von den Coaches?«

Jay nickt. »Ich habe feste Zusagen von Ernährungsberatern, Rhetorik-Experten, Stylisten und Therapeuten. Alle Kategorie A, zum Teil internationale Player.«

»Gut«, sagt Adam. »Dann lasst uns das pig mal roasten.« Sofort beginnt Jay, seine Broschüren durchzublättern und mit Thomas zu besprechen. Ben dagegen kommt mit seinem Notebook zu Adam herüber und deutet auf den Bildschirm. Die vier benehmen sich, als würden sie schon ewig zusammenarbeiten. Nur ich fühle mich wie das pig, das gerade geroasted wird.

Adam hält inne und dreht sich zu mir um. Auch mein ehemaliges Backoffice verharrt. Ich sehe die vier fragend an.

»Dein Backoffice ist auch mein Backoffice«, sagt Adam und erklärt mir, dass er mit den dreien schon genauso lange zusammenarbeitet wie ich. »Gewissermaßen bin ich ...« Er schaut fragend zu Ben herüber.

»Die Back-up-Lösung?«, schlägt der Techniker vor.

»So in der Art. Neben meinen anderen Projekten sollte ich ein Auge auf die Khamroff-Präsentation haben, aber du hast nicht den Eindruck gemacht, dass du Wert auf meine Meinung legst. Also habe ich selbst eine Lösung entwickelt: den Plan A.«

Er erklärt mir, dass mein Vater nie geglaubt hat, dass ich ein Konzept entwickeln würde, das Khamroff überzeugt. Ich kratze mich aus Verlegenheit am Kopf. »Also habe ich die ganze Zeit ...«

»... an Plan B gearbeitet. Aber daraus hätte ja auch etwas werden können«, sagt Adam tröstend. Ich haue mir vor die Stirn. »Ich bin so ein Depp.« Dann sehe ich Thomas, Jay und Ben an.

»Wann habt ihr das denn alles noch gemacht?« Thomas zuckt mit den Schultern.

»Nebenbei, währenddessen, wir waren ja noch ein bisschen öfter im Büro als du. Es war nicht sehr schwer zu merken, dass du eigentlich alles besser kannst als Consulting – auch wenn ein paar deiner Ideen gar nicht schlecht waren.«

»Und warum habt ihr mir nichts davon erzählt?« Jay zuckt mit den Achseln. »Anweisung vom Chef.« Thomas schaut ein bisschen gequält.

»Ich bin mir sicher, dass wir auch jetzt nicht das einzige Team sind, das an einer Lösung arbeitet. Aber ich wäre gern in dem Team, das zum Schluss die beste Performance hat.«

Ich lasse mich auf einen Stuhl fallen. Schon wieder versagt. »Adam hatte recht, ich gehöre nicht zur Familie. Ihr seid klüger als ich, ihr arbeitet strukturierter ...«, ich sehe zu Jay herüber: »... und du kannst sogar besser Yoga. Ihr braucht mich nicht.«

Keiner der vier widerspricht mir. Bis Adam sagt:

»Jetzt mach dich mal nicht schlechter, als du bist. Es gibt vier Kategorien von Beratern: den Nerd«, ein Blick zu Thomas. »Nothing personal.« Der winkt ab. »Dann den Souveränen«, er sieht zu Jay herüber, »das Genie und Arbeitstier, also ich, und zu guter Letzt eben den Klassenclown oder Schauspieler.«

Mein, nein unser Backoffice sieht zu mir herüber.

»Aber den muss es auch geben«, sagt Adam. »Du kannst präsentieren, Khamroff mag dich, und du hast das Herz am rechten Fleck.«

»Und die EcoFit-Idee?«

»War gut, aber nur ein erster Schritt.«

Dann erklärt er mir, dass die EcoFit-Idee auch weiter im Plan A inbegriffen sei – »aber nicht als Hauptthema. Es ist viel zu teuer, so viele Geräte herzustellen, um so wenig Strom zu produzieren.«

Strom soll nur auf Cardiogeräten erzeugt werden, eben wie im Hamsterrad.« Die gewonnene Energie soll gespeichert und in einer Art Bonussystem für EMS, also Elektromuskelstimulation, verwendet werden.

Davon habe ich schon mal gehört: »Als ich Berlin verließ,

haben in unzähligen Ladenbüros solche Studios aufgemacht. Darin standen dann je zwei Leute in Bodysuits, die mit Fitnessgeräten verkabelt waren. Sie hielten eine Pose und sahen dabei fürchterlich angestrengt aus.«

»Weil ihre Muskeln mit Reizstrom stimuliert wurden«, ergänzt Ben. »Jeden Augenblick schießen ganz natürliche bioelektrische Impulse durch unseren Körper. Die Elektromuskelstimulation verstärkt diese Impulse durch zusätzlichen, kaum spürbaren Strom. Den können die Menschen nun selbst beim Aufwärmtraining erzeugen. Das ist sehr wenig Strom, aber er führt zu einem viel effektiveren Training. In 15 Minuten können Sportler ihre Muskeln dreimal so stark beanspruchen wie sonst. Leistungssportler trainieren schon seit Jahrzehnten so.«

Ich nicke. Klingt gut. »Und wozu braucht ihr mich?«

»Es ist dein Projekt. Du hast es angefangen, du solltest es zu einem guten Ende bringen«, sagt Adam. »Vorausgesetzt, du bist bereit, wie ein echter Berater zu arbeiten.« Ich stehe auf.

»Wann fangen wir an?«

»Jetzt.« Adam macht eine kurze Pause und sieht mich an. »Du wärst gern ein besserer Mensch, oder?«

Ich nicke. »Zumindest ein bisschen schlauer und strukturierter.«

»Dann bist du der ideale Kandidat für Khamroffs neues All-inclusive-Studio.«

Adams Idee ist so simpel wie genial. Die Boulevard-Sendungen haben das Thema Selbst-Optimierung bereits aufgegriffen: Menschen werden geliftet, müssen abnehmen, kochen oder Manieren lernen.

»Wir drehen es noch weiter«, sagt Adam. »In dem All-inclusive-Studio wird nicht nur der Körper optimiert, sondern auch der Geist. Der Gedanke von Nachhaltigkeit und einer Verbesserung der Lebensumstände wird im Fitness-Studio umgesetzt: die Trainierenden besuchen Rhetorik-

Seminare, Knigge-Fortbildungen, bekommen eine Typberatung zu ihrem Kleidungsstil oder ihrem Make-up. Mit einem Psychologen wird das Verhalten im Alltag und bei Bedarf auch in Krisensituationen analysiert und optimiert. Alle Teile von uns, die sich verbessern lassen, werden wir verbessern. Denn darum geht es uns allen: Wir wollen immer besser sein.«

Kurz muss ich an Sina und Hari denken, konzentriere mich aber gleich wieder auf die Präsentation.

Dann machen wir uns an die Arbeit. Zuerst bitte ich Ben, mir seine EcoFit-Maschinen zu erklären – und zwar so genau, dass mir der Kopf raucht. Ich teste sie eigenhändig und lasse mich im Lab an ein EMS-Gerät anschließen. »Elektro-Boogie«, nennt Ben es. Trotz meiner vehementen Forderung will er aber keine Stromstöße durch mein Hirn jagen, um es auch mal ein bisschen zu stimulieren.

Danach gehe ich mit Adam die Liste der Coaches durch.

»Uns fehlen nur noch ein paar Wellness-Spezialisten«, meint er. »Aber vielleicht ist das auch schon wieder zu weit gedacht.«

»Vielleicht aber auch nicht«, entgegne ich und hole die Liste mit den Kontakten von Sina und mir heraus, die wir Danilo in dem indischen Restaurant zeigen wollten. »Wir können einfach diese hier nehmen.«

Adam schaut überrascht zu Jay herüber. Der zuckt mit den Achseln. Sinas und meine Yoga-Event-Liste fügt sich bestens in die All-inclusive-Idee ein. Wir gehen jeden einzelnen Teilnehmer durch und recherchieren mögliche Synergien mit dem Khamroff-Projekt. Ehe ich mich versehe, macht mir die Arbeit Spaß.

Jay, Thomas und Ben sind wirklich gut in ihren Schlussfolgerungen, aber Adam ist der Beste von ihnen. Mit erschreckender Logik erkennt er Schwachstellen und deren mögliche Auswirkungen auf das gesamte Konzept. So seltsam das auch klingt, ich bewundere ihn ein bisschen. Nicht das Roboterhafte an seiner Logik und seiner Leistungsfähigkeit, vielmehr die nüchterne Präzision. Er ist kein Träumer, sondern orientiert sich nur an Fakten. Darin ähnelt er Jay und Thomas – und vor allem meinem Vater.

Kurz nach Mitternacht haben wir die wichtigen Punkte beisammen. Eine Sekunde lang überlege ich, Adam auch noch um Rat in meinem ganz persönlichen Case Sina zu fragen, aber nachher rät er mir noch von der Sache ab.

Bis zum nächsten Morgen arbeiten wir in zwei Schichten an der PowerPoint-Präsentation: Adam und Thomas, Jay und ich. Zwei Leute schlafen kurz, zwei arbeiten.

Als die Sonne aufgeht, ist die Präsentation fertig. Adam schlägt vor, dass wir nun drei Stunden am Stück schlafen und uns dann wieder treffen.

»Diesmal werde ich die Agentur nicht verlassen«, sage ich. Adam grinst. Es steht ihm ganz gut.

»Jetzt erinnerst du mich zum ersten Mal an deinen Vater«, sagt er. Wir schicken Jay, Thomas und Ben nach Hause und machen uns zu zweit daran, die Präsentation einzuüben.

Unter allen Schauspiellehrern, die ich hatte, ist Adam der härteste. Wir beginnen mit Gestentraining. Adam lässt mich immer und immer wieder die erste Folie erklären, in der ich erläutere, dass es uns nicht nur gelungen ist, das EcoFit-Konzept auszuarbeiten, sondern, dass wir darüber hinaus sogar ein All-inclusive-Konzept entwickelt haben.

»Khamroff darf nicht denken, dass wir die Richtung wegen eines Fehlers geändert haben. Er bezahlt uns, weil wir das bestmögliche Ergebnis erarbeiten.«

Gegen Mittag bin ich so müde, dass ich fast im Stehen einschlafe. Adam, der gar keinen Schlaf zu brauchen scheint, verordnet mir einen zwanzigminütigen Powernap. Anstatt sich auszuruhen, hat er sich Kopfhörer aufgesetzt und tippt erneut an seinem Computer. Dabei hört er Musik. Ich meine, Metallica zu erkennen, und will den Daumen nach oben recken, aber da bin ich schon eingeschlafen.

Nach dem Nickerchen geht die Präsentation wieder von vorn los. Während ich referiere, korrigiert Adam meine Haltung: »Schultern zurück, Brust raus, Blick nach vorn und die Mundwinkel nach oben strecken.« Wenn ich mich nicht irre, habe ich genau das auch schon von Sina beim Yoga gehört.

»Bist du morgen auch bei der Präsentation dabei?«, frage ich ihn. Aber Adam muss gleich in der Früh zu einem anderen Kunden nach Amerika fliegen, einem Automobilkonzern, der in der Krise steckt.

»Wie machst du das eigentlich?«, frage ich ihn. »Die ganze Arbeit, der Stress? Hast du auch einen Ausgleich – so wie Yoga?«

Adam lacht. »Ich habe meinen Job. Mehr brauche ich nicht.«

Als die ersten Folien sitzen, mache ich mich daran, die gesamte Präsentation auswendig zu lernen. Adam zwingt mich, sie auch einmal rückwärts, also mit den letzten Folien zuerst, zu halten, damit ich die Struktur verinnerliche.

Am Nachmittag kommen Jay, Ben und Thomas zurück und müssen das Testpublikum geben. Sie sind sowohl gnadenlos als auch konstruktiv-kritisch. Zum ersten Mal habe ich das Gefühl, dass die ganze Sache doch noch ein gutes Ende nehmen könnte. Um Punkt zehn schickt uns Adam nach Hause, weil ich acht Stunden schlafen soll, damit ich nicht »so ausgespuckt« aussehe. Aber auch er wirkt nun erschöpft.

»Du hast was gut«, sage ich. Adam schaut mich an.

»Das weiß ich. Unser Deal ist, dass du nach der Präsentation verschwindest. Und dabei bleibt es. Wir werden keine Freunde werden.«

»Einverstanden. Eine Bitte noch.« Adam zieht die Augenbrauen hoch, er scheint fast ein bisschen genervt.

»Frederick, ich muss noch meine eigene Präsentation vorbereiten.«

»Es geht um meinen Vater«, sage ich. Adam nickt und schaut mich konzentriert an.

»Bitte schick ihn erst in Rente, wenn er das Rentenalter erreicht hat.«

Adam legt mir die Hand auf die Schulter.

»Das hat er schon vor zwei Jahren. Oder glaubtest du echt, er sei erst 62? Es ist dein Vater, rechne einfach mal nach. Ich will seinen Job nicht, weil ich aufsteigen will, sondern weil er aussteigen sollte.«

Dabei schaut er so treuherzig, dass ich ihm das sogar fast abkaufe.

Mein großer Tag: Khamroff ist pünktlich gelandet. Danilo hat das Studio nach Rücksprache mit Adam in Grün, Weiß und Gold streichen lassen. Dazu hat er noch eine Menge Geld in Kerzenhalter, mannsgroße Farne und Schwarzweiß-Fotografien von Urwaldbäumen investiert. Jetzt sieht EcoFit von innen aus wie eine Go green-Version von Schloss Neuschwanstein.

Im gläsernen Trainerbüro gehe ich ein letztes Mal die Präsentation durch. Heute Morgen habe ich sie noch einmal vor dem Spiegel gehalten, so wie früher im Schülertheater. Eigentlich müsste ich hundemüde sein, aber Adam hat es geschafft, mich so unter Spannung zu setzen, dass ich mich fit und fokussiert fühle. Als ich mich gestern Nacht von ihm verabschiedete, meinte er noch, die Präsentation säße so gut wie seine Anzüge.

Vielleicht verdanke ich mein neues Selbstbewusstsein aber auch dem Kopfstand, den ich vorhin noch auf dem Herrenklo gemacht habe. Zum Glück hat keiner unter der Tür durchgeschaut.

Irgendwie mag ich Adam – auch wenn er nach wie vor darauf besteht, dass ich nach der Präsentation meine Beraterkarriere beende. Aber das ist wahrscheinlich einfach mal wieder die beste, logischste Lösung für alle.

Jetzt sitze ich allein in dem gläsernen Trainerbüro und warte darauf, dass mich mein Vater in den Konferenzraum holt. Vor mir liegt eine kleine, aber sehr feine Auswahl an Broschüren von unseren Coaches. Im Konferenzraum sind drei Prototypen von Bens neuen EcoFit-Geräten aufgebaut. Sie sehen fast so aus, als wären sie von Apple.

Jetzt geht ein dicker Mann am Trainerbüro vorbei, eskortiert von zwei Leibwächtern. Es ist Khamroff, er wirkt noch gelangweilter als in der Skype-Konferenz. Mein Vater schüttelt ihm die Hand, die beiden lachen und klopfen sich gegenseitig auf die Schulter.

»Gefällt Ihnen das Studio?«, fragt mein Vater. Khamroff verzieht keine Miene.

»Arm, aber sauber«, sagt er. Dann gehen sie in das benachbarte Büro, wo ich sie nur noch sehen, aber nicht mehr hören kann.

Mein Vater deutet in meine Richtung. Ich hebe zum Gruß die Hand, Khamroff winkt mich zu sich herüber. In dem Moment klingelt mein Handy, eine unbekannte Nummer. Ich sehe zu Khamroff und meinem Vater hinüber, die beide erwartungsvoll grinsen. Was, wenn Adam aus Amerika anruft, weil ihm noch ein entscheidender Punkt eingefallen ist? Ich bedeute meinem Vater, dass ich sofort bei ihm sein werde, und drücke auf die Taste mit dem grünen Telefonhörer.

»Hallo?«, frage ich.

»Hier ist Hari«, sagt die wohlbekannte ruhige Stimme meines ehemaligen Yogalehrers. »Geht es dir gut?«

»Ja, Hari, es geht mir gut«, antworte ich, »aber es ist gerade wirklich ganz schlecht.«

»Jeder Moment hat seine Forderungen«, entgegnet er. Etwas in seiner Stimme lässt mich aufhorchen.

»Ich brauche dich. Sina braucht dich.« Allein die Erwähnung ihres Namens lässt mein Herz höher schlagen.

»Ich glaube nicht, dass ich ihr gerade helfen kann. Ich bin in keiner sehr glücklichen Phase meines Lebens.«

»Sina auch nicht«, meint Hari und erzählt, dass ihr neuer Partner Error sich heute Morgen im Lotussitz den Meniskus angerissen hat. Er kann auf keinen Fall die Prüfung mitmachen.

»Sina sitzt im Ashram, weint, und will überhaupt nicht

mehr herauskommen«, sagt Hari. »Sie will auch nicht auf mich hören. Aber vielleicht ja auf dich?«

Ich denke daran, wie Sina nun hinter den blöden Bommelfäden des Ashrams sitzt und weint. Meine Kehle schnürt sich zu.

»Das geht nicht«, wende ich ein. »Ich habe hier gleich die Präsentation meines Lebens. Wenn ich jetzt gehe, verliert mein Vater seinen Job.«

Hari räuspert sich. »Egal, was du jetzt machst, deine Entscheidung ist die richtige. Namasté, Frederick.«

»Namasté«, sage ich leise und lege auf.

Mein Vater steckt den Kopf zur Tür herein. »Frederick, würdest du jetzt endlich mal herüberkommen?«

Ich sehe von dem Macbook zu meinem Vater und zu Khamroff. Dann klappe ich den Computer zu und lege die Mappe mit den Präsentationsunterlagen obenauf.

»Alles in Ordnung?« fragt mein Vater. »Machst du dir Sorgen wegen der possible regrets?«

»Nein«, sage ich und ziehe meine Jacke an. »Eher wegen der possible regrets.« Ich nehme meine Tasche und gehe an meinem Vater vorbei. Dabei werfe ich einen Blick zu Khamroff, der mich fragend ansieht. Also grüße ich ihn noch höflich mit zwei Fingern. Aber anstatt nach links zum Konferenzraum zu gehen, biege ich nach rechts ab, in Richtung Ausgang. Mein Vater rennt hinter mir her. Zehn Meter vor der elektrischen Tür hat er mich eingeholt.

»Hast du etwas vergessen?«, fragt er. Ich schaue ihn an und lächle.

»Ja, mein Herz.« Er winkt ab.

»Ich verstehe, dass du nervös bist, aber mach jetzt bitte keinen Mist. Adam hat gesagt, dass du es schaffen kannst, und er hat noch nie etwas Gutes über dich gesagt.«

»Ich muss zum Yoga.«

»Spinnst du? In ein paar Minuten beginnt die Präsentation. Sie wird dir für immer und ewig einen Platz bei Caesar & Horn sichern. Mit dem Etat kommst du automatisch in die Auswahl für den Aufsteiger des Jahres.« Er taxiert mich mit seinem Beraterblick.

Wortlos umarme ich meinen Vater und merke, wie er sich versteift.

»Wir sehen uns später«, sage ich und drehe mich um. Aber er packt mich an der Schulter und dreht mich zurück.

»Du kannst jetzt nicht einfach abhauen. Du hast einen Job. Darin wartet ein russischer Milliardär darauf, dir sein Geld in den Rachen zu schmeißen.«

»Ich will es nicht.«

»Aber ich. Und ich bezahle dein Gehalt«, wettert mein Vater.

»Wenn du jetzt gehst, dann kannst du sehen, wo du bleibst.« Einen Moment überlegt er. »Deine Mutter hätte nicht gewollt, dass du mich im Stich lässt.«

Ich spüre, wie die Wut in mir aufsteigt. Doch plötzlich sehe ich vor meinem inneren Auge Hari, seinen seltsamen Bürstenschnitt, die John-Lennon-Brille und höre seine ruhigen Worte: »Gleichmut ist gleich gut.«

»Namasté«, sage ich zu meinem Vater und gehe einen Schritt nach vorn. Die elektrischen Türen öffnen sich.

»Namasté du mich auch!«, ruft er hinter mir her.

Dann trete ich hinaus, wild entschlossen, mein Herz und Sina zu retten. Ist eh das Gleiche.

Fünfzehn Minuten später hält das Taxi vor Haris Yoga. Ich springe aus dem Wagen und spurte die zwei Treppen in den ersten Stock hinauf. Schon bevor ich oben bin, höre ich aufgeregte Stimmen. Mit einem Ruck reiße ich die Tür auf und platze wenig später in den Umkleideraum. Etwa zehn Yoga-Prüflinge, Männer und Frauen, die ich sofort an ihren schlecht sitzenden Hosen und ihrem viel besser sitzenden Lächeln erkenne, stehen an der Küchenzeile um eine große Teekanne. Error sitzt auf einer Setu-Bandha-Bank und hält sich das Knie. Neben ihm hockt Zoe, streichelt abwechselnd seine Hand und seinen Kopf. Satan starrt sie feindselig an, doch Error grinst wie unter Betäubung.

»Ist alles irgendwie anders gekommen, als ich gedacht habe«, meint er und nickt mit dem Kopf in Richtung Zoe. »Aber das Knie ist hin. Jetzt muss Fredman tatsächlich mal eine Welt retten, die gerade zusammenbricht. Die von Sina.«

Er legt einen Arm um Zoe und einen um Hari.

»Eins, zwei, drei, hopp«, befiehlt der, und schon kommen die drei auf die Beine. Error heult kurz auf, und Mops Satan stimmt sofort ein.

Hari deutet zu dem Ashram: »Sie ist dort drin«, raunt er und legt mir die Hand auf die Schulter. »Buddha hat gesagt: Willst du wissen, wer du warst, so schau, wer du bist. Willst du wissen, wer du sein wirst, so schau, was du tust.«

»Alles klar«, sage ich und recke den Daumen nach oben. »Dann schau ich mal.«

Die anderen Yogaprüflinge ziehen sich langsam in Richtung Tresen zurück. Aus dem Ashram dringt ein leises Schluchzen.

»Sina«, sage ich leise. »Ich bin es.«

»Hau ab!«, höre ich ihre Stimme hinter dem Vorhang. »Geh zu deinem Vater und eurer Präsentation. Es ist doch schon nach zehn.«

Es wird still. Ich höre ein Räuspern, dann ein Schnäuzen, Naseputzen, dann wieder Sinas Stimme: »Oder hat euer Kunde sie verschoben?«

»Nein«, sage ich. »Du hast sie verschoben. Und irgendwo hast du auch meine Sicht auf die ganze Sache verschoben.«

»Du bist echt zu blöd. Dein Vater ist bestimmt stinksauer.«

»Deiner wird auch sauer, wenn du nicht gleich hinter dem Vorhang hervorkommst und eine erstklassige Yogaprüfung ablegst. Denn wenn du die nicht bestehst, musst du dich am Ende wieder mit Unternehmensberatern herumschlagen. Und das willst du doch nicht, oder?«

Sina schluchzt erneut. »Error hat sich das Knie verletzt, mit wem soll ich denn jetzt die Prüfung ablegen?«

»Du könntest jeden nehmen. Darum geht es doch. Dass du jedem Yoga beibringen könntest. Sogar bei mir hat das geklappt. Und ich stehe gern noch mal als Versuchskaninchen zur Verfügung.«

»Echt ...?«, fragt Sina.

»Alles ist richtig, so wie es jetzt ist«, füge ich hinzu.

»Hat dir das mein Vater gesagt?«

»Nein, mein Herz. Aber lass mich bitte keinen Kopfstand machen.« Jetzt meine ich sogar, ein Kichern zu hören.

»Ich kann da nicht raus, ich bin total verheult.«

»Wenn du nicht rauskommst, komme ich rein«, sage ich und schlage den Vorhang zurück. Sina hat sich wie ein gejagtes Tier in die hinterste Ecke des Ashrams verkrochen. Sie klammert sich an ein grünes, längliches Kissen. Vorsichtig gehe ich zu ihr hin, knie mich hinunter und nehme sie in den Arm.

»Es tut mir leid. Ich bin ein Idiot. Was wirklich gut für einen ist, erkennt man manchmal erst, wenn ...«

Ich zögere, und Sina ergänzt: »... sie völlig verheult vor einem im Ashram liegt?« Eben hat es mit den Yogaweisheiten gut geklappt, also versuche ich es gleich noch mal:

»Was wirklich gut für einen ist, erkennt man erst, wenn, man verstanden hat, was wirklich wichtig ist«, sage ich.

»Und was ist dir wichtig?«

»Du bist mir wichtig.«

»Verarschst du mich jetzt?«, fragt Sina argwöhnisch.

»Nein«, sage ich und übertrete die emotionale Schmalzgrenze um Lichtjahre, nachdem ich sie so lange Zeit nur aus der Ferne angestarrt habe.

»Es geht um Liebe. Einfach nur um Liebe.«

»Jetzt klingst du wie Florian Silbereisen«, sagt Sina leise und wischt sich eine Träne aus dem Auge. Ich höre ein Räuspern neben dem Vorhang. Sina sieht mich aus ihren großen grünen, verheulten Augen an. Ich schlucke. Kann ja nicht so schwer sein. Also raus damit.

»Das heißt auch … also ganz direkt gesagt, ohne Umschweife und langes Drumherumreden …« Plötzlich tritt das Rascheln der vielen Füße da draußen vor dem Ashram und Haris drängelndes Räuspern in den Hintergrund. Es wird ganz still um uns. Und wie aus der Ferne höre ich mich mit ruhiger, fester Stimme aus der Tiefe meines Herzens sagen: »Konkret heißt das: Ich liebe dich.«

Sina wagt sich langsam aus ihrer Ecke heraus, sieht mich aber immer noch misstrauisch an. »Bist du wieder betrunken?«

»Nein, Sina.«

»Du hast dir so eine Adrenalinspritze gegeben, oder?«, fragt sie und schlägt den Vorhang des Ashrams zurück. Als sie vor mir steht, muss ich wie ein Teenager lächeln. »Du bist meine Adrenalinspritze.«

Neben mir höre ich die Stimmen der anderen angehenden Yogalehrer »Ooooooh« seufzen. Klingt fast wie ein Om.

Hari atmet tief durch. »Das ist ja sehr romantisch, aber jetzt geht doch erst mal ins Studio.« Aber dieses eine Mal höre ich nicht auf seine Anweisungen. Ich ziehe Sina an mich und küsse sie. Und sie küsst zurück.

»Jetzt aber los!«, ruft Hari. »Knutschen könnt ihr später.« Sina wischt sich die Tränen aus den Augen. Als sie kurz ins Bad verschwunden ist, fragt er: »Und du bist jetzt kein Unternehmensberater mehr?« Ich zucke mit den Achseln. »Ich war nie einer.«

»Schade«, meint Hari und seufzt. »Denn offen gesagt, könnte ich einen gebrauchen.« Bevor ich ihn fragen kann, wofür, ist Sina schon wieder da. Hari verschwindet in den Übungsraum. Sina und ich folgen.

Im Yogaraum sitzen zwei Frauen und zwei Männer im Schneidersitz auf Kissenrollen. Einer der Männer ist Hari. Er lächelt mich an.

»Sina braucht jetzt kurz mal beide Hände«, sagt er. Erst jetzt merke ich, dass wir händchenhaltend den Raum betreten haben. Ertappt lasse ich Sina los.

Wir hocken uns im Schneidersitz vor die vier. Eine der Frauen stimmt einen indischen Singsang an. Danach falten wir alle die Hände, heben sie erst an die Stirn, dann ans Herz und verbeugen uns voreinander.

»Beginnen wir mit Uttanasana«, sagt die Frau, und Sina klappt sich sofort mit der Stirn zu den Knien hinunter. Die vier Prüfer sehen mich abwartend an.

»Also ich will gar kein Yogalehrer werden«, sage ich. »Und ich kenne die Stellung nicht so gut.«

Die Frau lächelt mich an: »Das müssen Sie auch nicht. Denn Sie haben doch Sina.«

»Ja, zum Glück«, sage ich und grinse so breit, wie man es eigentlich nur mit sehr flexiblen Mundwinkeln kann.

Dann machen wir zusammen die Prüfung. Nach all den Wochen der Yoga-Abstinenz bin ich etwas steif geworden, aber für Sina lege ich mich doppelt ins Zeug. Und natürlich muss ich den Kopfstand machen. Aber Sina gibt mir so gute Tipps und stützt mich in den entscheidenden Momenten, dass ich mich ganz sicher fühle und tatsächlich zu guter Letzt frei im Raum stehe.

Zwei Stunden später hält sie ihre Urkunde in der Hand. Hari hat schon einen Rahmen besorgt und hängt sie an einen Ehrenplatz. Sina strahlt vor Glück. Immer wieder sieht sie von mir zu ihrer Auszeichnung, als könne sie noch nicht so recht glauben, dass sie nun beides hat.

»Heute Abend«, verspricht sie mir, »können wir noch ein bisschen feiern. Aber jetzt solltest du vielleicht mal mit deinem Vater reden.«

»Wieso?«, frage ich.

»Weil man das so macht unter zivilisierten Menschen.« Hari legt mir die Hand auf die Schulter.

»Nur wer vergibt, hört auf, ein Opfer zu sein.«

»Das hat bestimmt Bushido gesagt«, vermute ich.

Dann verabschiede ich mich von Sina, allerdings erst, nachdem wir uns für heute Abend verabredet haben. Schweren Herzens fahre ich in das Fitness-Center, um zu retten, was zu retten ist. Aber von Khamroff und meinem Vater fehlt jede Spur. Mir bleibt nur noch der Weg in die Agentur.

Die Sicherheitsleute grüßen mich mit einem Nicken. Aber als ich meine Einlasskarte durch das Lesegerät ziehe, höre ich statt des freundlichen Öffnungssignals ein penetrantes Piepen. Dazu leuchtet ein rotes Licht auf. Die Türen bleiben geschlossen. Ich sehe fragend zu den Pförtnern herüber. Einer von ihnen zieht hilflos die Achseln hoch. Ich bitte sie, bei Jessica anzurufen, aber die ist auch nicht zu erreichen. Bei Jay, Ben und Thomas brauche ich es gar nicht zu probieren, die sind ja mit Adam in Amerika.

Nach zehn Minuten kommt glücklicherweise ein ehemaliger Kollege um die Ecke, der damals meinen peinlichen Auftritt bei Frau Merler-Beckscheid miterlebt hat. Als ich ihm erkläre, dass meine Karte nicht mehr funktioniert, schaut er mich mitleidig an, erbarmt sich aber, mich mit zum Büro meines Vaters zu nehmen.

Der Weg dorthin fühlt sich an wie der Weg zum Schafott. Die Tür zum Büro ist weit geöffnet, aber ich sehe weit und breit keine Spur von Jessica.

Aus dem Büro höre ich Stimmen. Dort sitzen mein Vater und ein junger Mann, der mir den Rücken zukehrt.

Ich klopfe gegen den Türrahmen. Der Mann dreht sich um. Es ist Adam.

»Was machst du denn hier?«, will ich wissen. »Ich dachte, du bist in Amerika?«

»Der Termin wurde gecancelt«, entgegnet er. »Das habe ich leider erst am Flughafen erfahren. Als dein Vater mich anrief und mir erzählte, dass du einfach abgehauen bist, habe ich mich natürlich gleich auf den Rückweg gemacht, aber da war Khamroff schon weg.«

Mein Vater beugt sich vor: »Ich habe Adam gebeten, zurückzukommen, damit er die Abwicklung des Projekts übernimmt.«

»Die Abwicklung? Was ist denn passiert?«, frage ich.

Mein Vater starrt mich böse an. Dann wendet er sich an Adam.

»Jedenfalls herzlichen Glückwunsch«, sagt er und streckt die Hand aus. »Wir reden später.« Adam verabschiedet sich mit Handschlag und wendet sich zum Gehen.

»Nothing personal, Frederick«, sagt er. »Am Ende hatte ich mich fast an dich gewöhnt.«

»Setz dich«, meint mein Vater, und ich nehme auf Adams Stuhl Platz. Er ist noch warm. »Ich habe unsere Situation mithilfe der Case Studies analysiert. Das Problem: Du hast den Kunden versetzt.« Er lehnt sich zurück, als würde er auf meine Zustimmung warten. Also nicke ich, und er fährt fort:

»Analyse: Das war Absicht. Lösungsentwurf: Du könntest rausgeschmissen werden.« Jetzt zieht sich ein sachliches Lächeln über sein Gesicht. »Und die Umsetzung: Du bist fristlos gekündigt. Ist eigentlich ganz logisch.«

Ich lasse den Kopf sinken. Klar, ich hatte Adam versprochen, mich zurückzuziehen, aber es ist eben nie schön, seinen Job zu verlieren. Selbst ich werde mich nie daran gewöhnen.

»Sorry for the inconvenience«, sagt mein Vater.

»Ich war bei Sinas Yogaprüfung«, rechtfertige ich mich, weil ich es irgendwie noch loswerden will. Mein Vater schüttelt verächtlich den Kopf:

»Ja, das dachte ich mir.«

Ich erzähle ihm, dass Sina die Frau ist, die ich liebe und mit der ich alt werden möchte. »Du hast selbst gesagt, für so eine Frau müsse man alles in die Waagschale werfen.«

»Das habe ich gesagt?«

»Zu Error.«

»Aber ich habe nicht gesagt, dass man für sie eine wichtige Präsentation sausen lassen sollst. Wenn du sie einfach gehalten hättest, dann hättest du deiner Freundin einen größeren Gefallen getan.«

»Wie meinst du das?«

Was ich jetzt von meinem Vater erfahren muss, verschlägt mir den Atem: Hari-Yoga gehört seit etwa zwei Monaten Khamroff. Das Studio stand kurz vor der Schließung, mein Vater hatte den Auftrag, in Abschreibungsobjekte zu investieren, die man bei Misserfolg in Business-Lofts verwandeln könnte.

»Jessica meinte, du hättest diesen Yogaheini noch am gleichen Abend getroffen, an dem er den Deal unterschrieben hat«, sagt er. »Mit deiner Motorhaube.«

Ich suche das Zimmer nach Jessica ab, aber diesmal ist sie nirgends zu sehen. »Sie hat sich heute frei genommen«, erklärt mein Vater. »Wollte wahrscheinlich nicht deinen Rauswurf miterleben.«

»Aber warum sollte Hari sein Studio verkaufen?«

»Steuerschulden – er hatte wohl nicht die besten Berater.«

Deshalb hat er sich also im strömenden Regen in dieser Gegend herumgetrieben! Und deshalb reagierte er so allergisch auf Unternehmensberater! Mein Vater lehnt sich zurück.

»Khamroff wird sich aus dem Fitnessgeschäft zurückziehen und seine Immobilien zum Einkaufspreis verscherbeln.«

»Aber da macht er doch gar keinen Gewinn«, wende ich ein. Mein Vater nickt: »Aber immerhin ist das Geld jetzt sauber und kommt aus Deutschland.« Ich springe auf:

»Es ging die ganze Zeit nur um Geldwäsche? Du hast mich reingelegt!«

Jetzt springt auch er auf. »Nein, ich habe dir eine Chance gegeben, das Geld, das du durch deinen idiotischen Superheldenfilm verloren hast, wieder einzuspielen. Meine Provision deckt den Schaden und wird mir für die Rente ein beachtliches Taschengeld einbringen.«

»Du wolltest nie ernsthaft, dass ich in deine Fußstapfen trete«, stelle ich fest. Mein Vater klatscht in die Hände. »Toll«, sagt er ironisch. »Wie schnell du die Dinge begreifst.«

Ihm war klar, dass ich nicht zum Berater tauge. Aber er selbst hätte das Projekt nicht in den Sand setzen können – und Adam auch nicht. Ihr Ruf wäre ruiniert gewesen. Einen sehr langen Moment ist es zwischen uns sehr still.

»Das war eine Falle. Du wusstest, dass ich dieses Projekt nicht stemmen würde. Khamroff sollte sein Geld investieren und nach meinem Misserfolg die Immobilien wieder verkaufen. Aber das Geld aus seinen Waffengeschäften ist jetzt nicht nur sauber, sondern grün. Hat halt nicht geklappt mit dem Ökoprojekt.«

Mein Vater klatscht in die Hände. »Beachtliche Denkleistung. Jetzt solltest du dich aber besser mal ein Weilchen hinlegen – nicht, dass dein Kopf noch heißläuft und explodiert. Wenn du so weitermachst, könntest du glatt ein Praktikum bei uns bekommen.« Er räuspert sich erneut. »Nein, Blödsinn, war nur ein Scherz.«

»Und dein Job?«, frage ich entgeistert.

Mein Vater grinst. »Danke der Nachfrage, aber der stand nie auf dem Spiel. Ich musste dich ja irgendwie motivieren. Aber dank der Provision habe ich das nötige Kleingeld zusammen, um mich von Tex abzuspalten. Caesar & Horn wird einen neuen Partner bekommen, du hast ihn gerade getroffen.«

Mein Vater hat offenbar an alles gedacht. Dass dabei ein paar kleinere Betriebe wie Haris Yogastudio über die Klinge springen müssen, ist ihm egal.

»Ich finde es nur fair, wenn du Hari persönlich die Nachricht von der Schließung überbringst – oder seiner Tochter. Die ist ja jetzt auch Führungskraft bei diesen Yogis. Und schließlich bist du verantwortlich für die Schließung.«

»Wieso ich?«

»Weil du nicht zu der Präsentation gekommen bist. Hätten

wir den Etat geholt, hätte Khamroff investiert, statt sich zurückzuziehen. Dann hätte er vielleicht ein All-inclusive-Studio eröffnet, und du hättest Sina als Yogalehrerin einstellen können. Jetzt hat sie einen neuen Job, aber keinen Arbeitsplatz mehr. Irgendwie tragisch.« Mein Vater lacht abfällig. »Aber sie wird es sicher sportlich nehmen – auch wenn Yoga gar kein Sport ist.«

»Wenn ich den Job erledigt hätte, wäre nichts aus deiner Provision geworden«, versuche ich, mich zu verteidigen.

»Dann hätte ich eben ein Millionengeschäft an Land gezogen. Und du wärst trotzdem wieder gegangen. Das war doch dein Deal mit Adam, oder?«

Mein Vater streckt die Hand aus. »Ich bekomme noch etwas von dir.«

Ich nehme die Uhr vom Handgelenk. Doch anstatt sie ihm in die Hand zu drücken, schleudere ich sie auf den Boden. Sie federt ab und bleibt liegen. Also trete ich mit der Lederferse meiner Schuhe auf das Zifferblatt. Immer wieder. Beim dritten Stampfen höre ich das Glas knirschen. Mit dem vierten Stampfen reibe ich die Uhr über den Boden, mit dem fünften ist sie definitiv kaputt. Ein Glück, nichts soll mich mehr an meinen Vater erinnern.

Er seufzt. »Du hast kein eigenes Geld und zertrampelst eine Uhr im Wert von 50 000 Euro? Wie kann man nur so blöd sein?«

Erstaunt betrachte ich mein Zerstörungswerk. Mein Vater streckt erneut die Hand aus. »Ich hätte gern dein Diensthandy und den Wagen als Anzahlung.« Wortlos überreiche ich Telefon und Autoschlüssel. Er schaut beides an und gibt mir den Schlüssel zurück.

»Hier, kannst du behalten. Ich weiß ohnehin nicht, wo ich den noch hinstellen soll.« Er deutet zur Tür.

»Ich möchte, dass du noch heute ausziehst und den Schlüssel in den Briefkasten wirfst. Ich habe dir eine Chance gegeben, du hast sie nicht genutzt.«

»Aber was soll ich denn machen?«

»Arbeiten«, meint mein Vater. »Schließlich schuldest du mir noch eine Menge Geld.« Dann öffnet er eigenhändig die Tür – weil Jessica ausgerechnet heute ihren freien Tag hat.

Auf der Fahrt nach Hause rauscht es in meinem Kopf wie in der Einflugschneise eines Flughafens. Am liebsten würde ich direkt zu Sina fahren und ihr alles erzählen. Aber zuerst muss ich meine Sachen aus dem Haus holen. Als ich die Tür aufschließe, fühle ich mich immer noch wie betäubt. Er hat die ganze Zeit über gewusst, dass ich die Aufgabe vermasseln werde! Ich steige die Treppen zur Wohnung meines Vaters hinauf. Der Trolley steht seit zwei Monaten hinter der Tür. Aber zuerst einmal muss ich diesen Anzug ausziehen! Ich schlüpfe aus dem Jackett, öffne die Schranktür und taumele zurück:

Zwischen den Sakkos und Hemden meines Vaters steht Jessica. Sie trägt ein Lederkorsett mit einer Menge Schnallen und Schnüren daran, Netzstrümpfe und extrem hohe High Heels, die es ihr noch schwerer machen, in dem niedrigen Schrank aufrecht zu stehen. Die Hände hält sie auf dem Rücken, ihren Mund verstopft ein kleiner roter Gummiball, der von einer Lederfessel gehalten wird. Oh Gott, was ist passiert?

»Jessica?«, rufe ich und will ihr aus dem Schrank helfen.

»Mmmh«, murmelt sie freundlich. Jetzt sehe ich, dass ihre Hände mit Handschellen und ihre Füße mit Fußfesseln verschnürt sind. Kurzerhand hebe ich sie hoch und lege sie neben meinen Trolley aufs Bett.

»Was machst du denn hier? Und was hast du da für Sachen an?«

»Mmmh«, macht sie wieder. Es dauert ein paar Sekunden, bis ich bei all den Schnallen und Ösen den Verschluss zu ihrem Lederknebel gefunden habe. Aber anstatt mir für ihre

Rettung zu danken und mir irgendwelche Geschichten vom Räuber Hotzenplotz aufzutischen, sagt sie nur mit verheißendem Augenaufschlag: »Hi!«

Zum ersten Mal, seit ich sie kenne, sieht sie glücklich aus.

»Jessica, was soll der Aufzug?«

»Eigentlich warte ich auf deinen Vater. Er meinte, du wärst ausgezogen«, sagt sie. Dann erklärt sie mir, dass sie eine devot-masochistische Neigung habe – »sonst würde ich wohl kaum für so einen Kerl wie ihn arbeiten«. Die beiden pflegen seit Jahren ein S/M-Verhältnis, was seine widerliche Art ihr gegenüber und ihre viel zu engen Arbeitsplätze erklärt.

»Ich dachte, du wärst schon weg, deshalb habe ich mich nach langer Zeit mal wieder heimlich in den Schrank gesperrt. Den Wohnungsschlüssel habe ich von deinem Vater geklaut. Dafür werde ich wahrscheinlich noch mal extra bestraft«, gurrt sie. Die hat wohl zu viel *Shades of Grey* gelesen. Ich deute auf ihre Handschellen.

»Gibt es dazu auch einen passenden Schlüssel?«, will ich wissen. Sie schaut mich unschuldig an, was in ihrem Aufzug nicht sehr glaubwürdig herüberkommt.

»Den musst du suchen.« Wieder klimpert sie mit ihren langen Wimpern. »Aber du bist schon nah dran«, haucht sie.

Okay, da liegt die Frau, auf die ich mal so scharf war wie original thailändisches Essen in offensichtlicher Allzeit-bereit-Kleidung auf meinem Bett und benimmt sich, als wären wir in einem Pornofilm. Vor zwei Monaten hätte ich vielleicht anders gehandelt, aber jetzt sage ich:

»Jessica, das ist es nicht, was ich will.«

»Schade«, meint sie. »Bist halt der liebe Sohn eines dominanten Vaters.«

»Wie lang steckst du denn da schon drin?«

»Erst ein Stündchen. Oder zwei.«

»Aber wie kann man sich selbst in den Schrank sperren?«

»Übungssache«, sagt sie. »Ich kann sogar mit Handschellen Zehn-Finger-Tippen. Dein Vater sieht mir sehr gern dabei zu.«

Plötzlich schaut sie mich traurig an. »Ich rede zu viel, oder? Du kannst mich gern wieder knebeln.« Offensichtlich will sie nicht aus ihrer Rolle. Einen Moment lang überlege ich, ihrem Wunsch nachzukommen, denn ich muss jetzt erst mal nachdenken.

Es klingelt an der Tür. Ich zucke zusammen. Was mache ich, wenn mich jetzt mein Vater mit seiner Assistentin erwischt? Na ja, mehr als rausschmeißen kann er mich eh nicht. Vielleicht ist es aber auch Error, der sein Auto zurückhaben will.

»In den Schrank!«, befehle ich Jessica, die meine harschen Worte mit angenehm überraschtem Lächeln goutiert und gutgelaunt wieder in den Schrank hüpft. Sicherheitshalber lege ich ihr doch den Knebel wieder um. Ist der gleiche Verschluss wie bei meinen Sandalen.

Es klingelt erneut. »Einen Moment!«, rufe ich, renne die Treppen herunter und reiße die Tür auf. Davor steht: »Sina!«

Sie hat sich mitten im Oktober ein Sommerkleid angezogen, hält eine Flasche Prosecco in der Hand und trägt knallroten Lippenstift. Zur Begrüßung drückt sie mir einen Kuss auf den Mund. Offenbar haben die frischgebackenen Yogalehrer im Studio auf die bestandene Prüfung angestoßen.

»Ich wollte mich bei dir bedanken«, sagt sie und wirft sich mir in den Arm. Ich fange sie auf und genieße einen Moment die Berührung. Bis mir einfällt, dass Jessica oben steht. Sina lässt mich los.

»Darf ich reinkommen?«

»Nein, äh, doch, klar. Ist nur gerade ein bisschen schlecht.« Sie schaut mich argwöhnisch an. Ich wippe nervös hin und her. »Muss noch etwas erledigen, ein dringendes Projekt. Unternehmensberaterkram.«

»Ich denke, du bist kein Berater mehr?«, fragt sie und lächelt verführerisch. »Außerdem kann das warten.« Sina zieht ihre Jacke aus und hängt sie an die Garderobe. Dann schlüpft sie auch gleich aus ihrem Pullover.

»Du siehst toll aus«, sage ich, als sie in dem Kleid vor mir steht. Sina dreht sich einmal im Kreis, so dass sich der Rocksaum hebt. Dann zieht sie die gerahmte Urkunde aus ihrer Stofftasche und deutet auf den Prosecco. »Gläser sind oben, wenn ich mich richtig erinnere?«

Bevor ich sie aufhalten kann, läuft sie die Treppen zum Zimmer meines Vaters hoch. Ich folge ihr, schneller, als mir lieb ist. »Du hast es aber eilig!«, meint sie kichernd und rennt ins Zimmer. Ihr Blick fällt auf meinen Trolley.

»Willst du verreisen?«

»Ist dienstlich.« Sina setzt sich aufs Bett und sieht mich argwöhnisch an.

»Ich bin doch nicht blöd, Fred. Was ist los?« Langsam bewege ich mich zum Schrank, bis ich schließlich mit dem Rücken davor stehe.

»Mein Vater hat mich rausgeschmissen, weil ich nicht zur Präsentation erschienen bin. Jetzt muss ich mir eine neue Bleibe suchen«, erkläre ich. Sina schiebt den leeren Trolley vom Bett. Weil ich sie immer noch wie paralysiert anstarre, steht sie auf und kommt ganz nah zu mir. Sie dreht sich um.

»Kannst du mir bitte mit dem Reißverschluss helfen?«, fragt sie und senkt den Kopf, so dass ich ihren schönen Nacken sehe. »Er ist nämlich noch zu.« Automatisch folgen meine Hände ihren Worten. Ich öffne das Kleid. Es fällt wie ein leichter Vorhang zu Boden. Sie trägt Blümchenunterwäsche, etwas heller als ihr Lippenstift.

»Sina«, murmele ich. »Da ist noch etwas …«

»Jetzt mach dich mal locker«, sagt sie leise. »Alles ist gut. Du kannst erst mal bei mir schlafen. Oder im Studio.« Sie legt sich seitlich aufs Bett. Wir schauen uns an, das Knistern der Spannung zwischen uns ist das einzige Geräusch in dieser verheißungsvollen Stille.

Bis ein gedämpftes, aber deutliches »Mmmmh« aus dem

Schrank kommt. Sinas Gesichtsausdruck ändert sich schlagartig von Bereit-die-Wonnen-der-tantrischen-Liebe-zu-offenbaren zu Ach-du-Scheiße-ich-bin-in-die-Fänge-eines-Psychopathen-geraten.

»Da kam was aus dem Schrank«, sagt sie und setzt sich auf. Ich schaue sie erstaunt an. »Was soll denn da aus dem Schrank kommen?«

»Hast du es nicht gehört?«

»Was?«

»MMMMH!«, diesmal lauter, drängender. Sina und ich springen auf. Ich stelle mich vor die Schranktür. Sina baut sich vor mir auf. Sie atmet schwer, wie ein Stier, der gleich den Torero aufspießen wird.

»Das ist jetzt nicht wahr, oder?« Ich schüttele den Kopf.

»Du hast nicht wirklich eine Frau in deinem Kleiderschrank? Das ist ja wie in einem schlechten Film«, ruft sie. »Als Nächstes sagst du noch, du kannst mir alles erklären, oder?«

»Sina, ich kann …, nein, es ist kompliziert.« Klingt auch nicht besser. Jetzt hämmert es aus dem Schrank.

»MMMH!«

»Weg von der Tür!«, befiehlt Sina. Ich zögere. Ihr Blick findet den silbernen Consulting-Oscar meines Vaters. Sie greift ihn und zielt auf meinen Kopf.

»Ich sagte, weg da!« Zögernd mache ich den Weg frei. In dem Moment platzt die Schranktür auf, und Jessica fällt heraus. Ihr Kopf ist dunkelrot. Sina kreischt, wie ich sie noch nie haben kreischen hören. Sie sieht von Jessica zu mir, wieder zu Jessica, die offenbar keine Luft bekommt. Jemand muss ihr helfen. Mit einem Griff öffne ich den Knebel und nehme den roten Ball aus ihrem Mund. Geräuschvoll saugt sie die Luft ein, atmet zwei-, dreimal, viermal tief ein und aus. Sina ist mit dem Rücken an der Wand heruntergerutscht und hockt auf allen vieren in der Ecke.

»Das kann doch jetzt alles nicht wahr sein«, stammelt sie.

Tränen laufen ihr aus den Augen, als sie mich ansieht. »Was ist nur los mit dir? Macht es dir Spaß, anderen Menschen wehzutun?«

Jessica setzt sich schnaufend auf. »Leider nicht«, keucht sie. »Es war nicht seine Schuld. Ich musste ja schnell im Schrank verschwinden. In der Eile hat er den Knebel zu fest gezurrt. So was kann Anfängern passieren.«

Sie deutet mit dem Kopf in ihr Dekolleté. »Kann mir bitte mal einer den Schlüssel für die Handschellen geben? Mir ist die Lust vergangen.«

Ohne lange zu überlegen, greife ich in Jessicas Dekolleté, finde den Schlüssel und öffne ihre Handschellen. Sina, die mich die ganze Zeit fassungslos beobachtet hat, steht auf:

»Ich hatte immer gedacht, das alles sei nur ein Missverständnis. Und du wärst ganz anders als dein Vater.« Ihre Stimme wird eisig. »Aber du bist auch nur ein durchgeknalltes, zugekokstes Berater-Arschloch.«

»Was diese Situation angeht«, setzt Jessica an, »ist das ein Missverständnis. Ich stehe auf seinen Vater.« Sie wirft mir einen entschuldigenden Blick zu. »Frederick ist mir viel zu lieb.« Einen Moment überlegt sie. »Obwohl mir echt gefallen hat, wie streng du mir befohlen hast, sofort im Schrank zu verschwinden, als es geklingelt hat.«

Schlimmer kann es nicht kommen. Leider doch.

»Hast du ihr schon von Khamroffs Rückzug erzählt?«, fragt Jessica, während sie mit einem zweiten Schlüssel ihre Fußfesseln löst.

»Ich bin mir nicht sicher, ob ich das hören will«, entgegnet Sina. Jessica legt die Hand- und die Fußschellen wie selbstverständlich in die Schublade des Nachtkästchens und nimmt sich aus einem anderen Schrank einen Bademantel.

»Oh doch, Sina, das willst du hören.« Dann öffnet sie den Prosecco, schenkt ein Glas ein und hält es Sina hin. Aber die schaut sie nur angewidert an.

»Hari-Yoga wird geschlossen«, sage ich. »Es ist meine Schuld.«

Jetzt nimmt Sina Jessica das Glas aus der Hand und wirft. Es knallt hinter mir an die Schrankwand, zersplittert in tausend Scherben. Als Nächstes fliegt der Business-Oscar meines Vaters hinterher.

»Ihr seid alle beide total daneben!«, schreit Sina. Ich versuche noch, die ganze Sache zu erklären, erzähle von Hari, der das Studio über meinen Vater an Khamroff verkauft hat, von dem Unfall, als Hari aus der Agentur kam, und dem wahren Grund, warum er mich nicht ausstehen kann: »Weil er sein Lebenswerk an meinen Vater verkauft hat. Und jetzt wird das Studio wahrscheinlich an einen Immobilienhai verhökert, der daraus schicke Loftwohnungen macht«, seufze ich.

»Nein!« Sina schüttelt den Kopf. »Das glaube ich nicht. Mein Vater würde es nie verkaufen.«

»Frag ihn doch«, sage ich traurig. Sina nickt und schaut mich ernst an. Sie ist plötzlich ganz ruhig.

»Du hast mir schon öfter wehgetan, und ich habe dir immer wieder vergeben, weil ich dachte, du hättest ein gutes Herz.«

»Sina, ich …«, beginne ich, aber sie schneidet mir das Wort ab.

»Du hast nicht nur mein Leben zerstört, sondern auch das Lebenswerk meines Vaters. Es war eigentlich alles gut, bis du gekommen bist.«

Sie schluchzt und hält sich die Hand vor den Mund. Dann dreht sie sich um und verlässt das Zimmer. Jessica deutet mit der Hand hinter ihr her, aber ich schüttele den Kopf. Es ist zu spät.

Als Sina weg ist, zieht sich Jessica ihre Jeans und ein Hemd meines Vaters an. Ich sitze wie erstarrt auf dem Bett und kann mich nicht bewegen.

»Ich gehe dann mal«, sagt Jessica irgendwann. »Kommst du klar?«

»Nein.« Sie seufzt und schaut auf die Uhr. »Okay. Der Abend ist eh gelaufen. Lass uns ein Bier trinken.«

Sie beugt sich aufs Bett und zieht mich hoch. Dann nehmen wir meinen Trolley, gehen in mein Zimmer und packen meine Sachen. Zum Schluss sucht Jessica noch zwei, drei Anzüge von meinem Vater heraus. Als wir die Sachen gepackt haben, schiebt sie mich aus dem Zimmer, drückt mir meine Jacke in die Hand und verlässt nach mir mein Elternhaus.

Wenig später sitzen wir bei Wumme an der Bar. Er hat nur Augen für Jessica, die ein »Herrengedeck« nach dem anderen bestellt. Hätte nicht gedacht, dass die Assistentin meines Vaters ein so guter Saufkumpan ist. Und als solcher weiß sie zu schweigen. Denn reden kann ich jetzt nicht. Dass mein Vater Hari-Yoga auf dem Gewissen hat, findet Jessica »moralisch untragbar« und beschließt, nun auch zu kündigen. Ist mir egal. Mir ist alles egal. Wenig später liege ich total betrunken mit dem Kopf auf der Theke. Jessica hat das Interesse an meiner Depression verloren und begonnen, mit ein paar Bikern Billard zu spielen. Einer von denen nimmt sie irgendwann mit.

Um kurz nach Mitternacht stellt Wumme die Stühle hoch und klemmt die Barhocker hinter die Fußleiste. Ich höre noch, wie er telefoniert. Wenig später bellt hinter mir ein Hund. Es ist Satan. Neben ihm steht Error.

»Es tut mir alles sooo leid«, lalle ich und falle ihm in die Arme.

»Diesmal kann ich dich nicht nachhause tragen«, sagt er und hebt eine Krücke hoch. Wir müssen laufen, oder besser gesagt, humpeln. Aber erstens bist du in deinem Zustand auch nicht schneller als ich, und zweitens tut uns beiden etwas frische Luft jetzt ganz gut.«

An meinem dreißigsten Geburtstag stehe ich ganz vorn in der Schlange. Am Taxistand. Als Fahrer.

Um mein Elend zu übertünchen, habe ich mir in den vergangenen zwei Wochen einen Bart wachsen lassen. Frauen hilft eine neue Frisur ja auch beim Start in einen neuen Lebensabschnitt. Sagt Error.

Auf dem langen Heimweg von Wummes Metall-Eck vor einem Monat habe ich ihm mein Herz ausgeschüttet. »Warum hast du mir denn nicht früher gesagt, dass du dich auch für Sina interessierst?«, hat er gefragt.

»Weil du immer Pech mit Frauen hattest und einmal Glück haben solltest.«

»Hat ja super geklappt.«

Bei Error haben wir ein Bier aufgemacht, und er hat mir erzählt, dass er schon seit Längerem eine Affäre mit dieser Zoe aus dem Kurs habe.

»Ich war nicht wirklich verliebt in Sina, ich war eher besessen. So wie damals von Doro Pesch.«

Allerdings hätte er allmählich das Gefühl, dass er für Zoe mehr empfinde. Mir fiel ein Stein vom Herzen.

Ich bin an jenem Abend einfach bei ihm in der Wohnung geblieben und schlafe seitdem auf seiner Yogamatte. Wenn ich aufstehe, üben wir ein paar Sonnengrüße und ein paar Stehhaltungen. Beim »Hund, der nach unten schaut« macht manchmal auch Satan mit. Error meint, das sei außergewöhnlich, und ich lasse ihn in seinem Glauben. Wir haben uns auch ein Buch mit Yoga-Weisheiten gekauft, aber es ist irgendwie nicht das Gleiche, ob man sie liest oder ob Sina und Hari sie einem ans Herz legen.

Natürlich habe ich versucht, Sina anzurufen. Täglich. Aber sie geht nicht ans Telefon. Seit zwei Wochen ist der Anschluss von Haris Yoga abgestellt. Ich war zweimal dort und stand vor verschlossenen Türen. Einmal habe ich auch bei Sina zuhause geklingelt. Hari hat aufgemacht und mich gebeten, kurz zu warten. Als ich in den Hausflur schaute, sah ich, wie er eine eiserne Meditationsschale hochhob, damit probehalber in die Luft schlug, den Kopf schüttelte und dann eine schwere buddhistische Glocke am Griff nahm. Er haute auch damit in die Luft, nickte zufrieden und machte sich auf den Weg zurück zur Tür. Ich habe noch versucht, ihm zu erklären, dass mich ausgerechnet in diesem Fall mal keine Schuld trifft, aber wahrscheinlich hat er das vor lauter Glockengebimmel gar nicht gehört.

Als ich es eine Woche später noch mal versuchte, waren meine Traumfrau und ihr Vater unbekannt verzogen. Die Nachbarin vermutete, »nach Indien«.

Von meinem Ausflug in die Beraterwelt ist nur der Mercedes geblieben. Die einzig positive Überraschung der letzten Tage hatte ich, als ich für den Wagen eine Taxizulassung beantragen wollte und herausgefunden habe, dass er sogar noch eine besitzt. Ich habe zwar keinen Taxischein, aber ich hatte ja auch keinen Unternehmensberaterschein. Außerdem ist dieser Job nur vorübergehend. Für fünfzig Euro habe ich mir die Zulassung eines anderen Fahrers kopiert und mit Photoshop mein Bild eingesetzt. So kam ich zu meinem neuen Job ebenso schnell wie zu dem vorigen.

Mein Vater hat sich nicht mehr gemeldet. Jessica meinte aber, es ginge ihm »den Umständen entsprechend super«. Mit ihr telefoniere ich noch ab und zu. Als sie ihm die Kündigung überreichte, bekam sie derartigen Ärger, dass sie einfach nicht widerstehen konnte und bei ihm geblieben ist. Hauptsache, sie ist glücklich. Ich bin es nicht.

Ein Fahrgast öffnet die Hintertür, und sofort starte ich

den Motor. Es ist einer dieser Anzugtypen, noch vor einem Monat hätte ich wohl gesagt, »einer von uns«.

»Zum Flughafen«, nuschelt er, ohne mich anzusehen, und klappt sein Notebook auf. Seine Stimme erkenne ich sofort wieder. Die Haare an meinem Unterarm stellen sich auf. Ich werfe einen Blick in den Rückspiegel. Tatsächlich: Es ist mein Vater.

»Tex, ich bin jetzt auf dem Weg zum Flughafen. Das Meeting war super. Die haben mir die Balanced Scorecard aus der Hand gerissen«, plaudert er ins Telefon. Dann nickt er eine Weile, bis er schließlich fragt:

»Sag mal, hast du was von Adam gehört? Er ist seit einer Woche nicht mehr zu erreichen. Dabei ist er gerade Juniorpartner geworden ... das wusstest du nicht? Bullshit, du hast die Beförderung selbst unterschrieben, Tex.«

Es fällt mir schwer, mich auf den Verkehr zu konzentrieren, denn während ich auf die Autobahn in Richtung Flughafen abbiege, traue ich meinen Ohren nicht.

Vor einem halben Jahr, im Mai, kam Adam zu meinem Vater und wollte seinen Job.

»Typischer Fall von jugendlichem Übermut«, erzählt er. »Aber wir waren ja damals genauso.« Mein Vater sagt, er habe Adam erklärt, dass er aus jedem Depp einen erfolgreichen Berater machen könne – »selbst aus meinem Sohn.«

Also haben Adam und er gewettet. Der Einsatz: die Partnerstelle für Adam. Hätte ich wider Erwarten Erfolg gehabt, hätte Adam ein Jahr lang auf seine Boni verzichtet.

»Nein«, lacht mein Vater. »Ich hätte ihn eh zum Partner gemacht. Das war doch nur ein Spruch mit Frederick. Aber manchmal läuft einfach alles perfekt.«

Es ist kurz still in der Leitung, dann sagt mein Vater: »Nein, ich habe ihn rausgeschmissen. Du hättest dasselbe gemacht. Er ist und bleibt ein Taugenichts, damit muss ich mich wohl allmählich abfinden. Wahrscheinlich fährt er jetzt Taxi.«

Sein Blick flackert kurz zum Rückspiegel und trifft meinen. Auch wenn wir längst auf einer dreispurigen Autobahn sind: Ich trete auf die Bremse und rolle auf den Seitenstreifen.

»Tex, ich rufe dich zurück«, höre ich meinen Vater noch sagen. Dann hält der Wagen, ich springe heraus, laufe ums Auto und reiße die Tür auf. Kurz muss ich an Hari denken und mein Zögern, bevor ich ihn vor vier Monaten aus dem Auto und in den strömenden Regen warf. Aber diesmal habe ich so richtig Lust, meinen Fahrgast an die frische Luft zu setzen.

»Du hast fünf Sekunden, dich hier rauszuscheren«, sage ich.

»Frederick«, entgegnet mein Vater, »ich muss diesen Flieger kriegen.«

»Kannst dir ja einen kaufen, wenn du am Flughafen bist. Und jetzt raus!«, rufe ich und deute auf den Seitenstreifen. Mein Vater bleibt sitzen. »Du willst mich doch nicht hier auf der Autobahn zurücklassen?«

»Ich bin mir sicher, dass sich dahinter ein neuer Markt verbirgt«, entgegne ich und hole seinen Trolley aus dem Wagen. Mein Vater zückt sein Telefon und wählt. Ich höre, wie er ein Taxi auf die GPS-Position seines Handys bestellt. Dann steigt er aus:

»Eine Frage noch: Hast du Adam gesehen? Bevor er seinen neuen Vertrag unterschreiben konnte, ist er verschwunden.«

»Kann ich gut verstehen«, sage ich und lasse meinen Vater auf dem Seitenstreifen stehen.

»Bist du wahnsinnig? An deiner Stelle würde ich mich hier nicht mehr blicken lassen«, meint Jessica eine Dreiviertelstunde später. Wir stehen in einer Seitenstraße, hundert Meter von Caesar & Horn entfernt. »Dein Vater kommt jeden Moment zurück. Er hat seinen Flieger verpasst und ist stocksauer.«

»Wie schön für dich. Aber ich muss wissen, wo Adam ist.« Jessica weicht meinem Blick aus, sieht nach unten auf ihre Fußspitzen.

»Ich weiß es nicht, wirklich, das habe ich deinem Vater schon gesagt. Adam wird schon wieder auftauchen.«

Sie lächelt gequält, ihr Blick flattert über mich hinweg, als würde er einer Fliege folgen, die um meinen Kopf schwirrt. Okay, ich bin nicht der bedrohlichste Racheengel, aber trotzdem stocksauer auf meinen ehemaligen Kollegen.

»Jessica, es ist dringend. Ich weiß jetzt, was er mit meinem Vater verabredet hat, und auch, wenn es nichts bringt, einer muss ihm jetzt mal ordentlich die Meinung geigen.«

Jessica holt tief Luft und atmet aus.

»Es würde wirklich nichts bringen. Aber du kannst es gern versuchen. Um sieben habe ich Feierabend, dann gehe ich einkaufen. Du kannst gern mitkommen.«

»Ich will nicht einkaufen, ich will zu Adam!«

»Du *solltest* mitkommen!«, sagt Jessica. Sie überlegt kurz und zieht dann einen Zettel aus ihrer Hosentasche.

»Du kannst auch schon vorher allein einkaufen. Hol mich einfach um sieben hier ab.«

Widerwillig nehme ich den Zettel und mache mich auf den Weg zum Supermarkt.

Auf ihrer Liste stehen eine Menge Fertiggerichte, die man alle mit zwei oder drei Handgriffen zubereiten kann. Dazu ungefähr ein Kilo Schokolade in verschiedenen Sorten, ein Kasten Mineralwasser, Obst und Gemüse sowie drei Flaschen Wodka. Sieht so aus, als plane sie eine Party.

Um sieben hole ich Jessica vor der Agentur ab. Sie steigt ein und nennt mir eine Adresse. Zwanzig Minuten später halten wir vor einer imposanten Altbau-Wohnanlage. Jessica grüßt den Pförtner, er nickt ihr zu und öffnet die Schranke. Die Fassaden sind blitzsauber, die Fenster aus dunklem Holz, aber in keinem hängen Gardinen oder Kinderbasteleien. Der Komplex erinnert mich an eine verwaiste Luxussiedlung oder an eine vergessene Geldanlage orientalischer Scheichs.

»Hier wohnt Adam?«, frage ich.

»Wenn er mal da ist«, antwortet Jessica. »Eigentlich hat er kein richtiges Zuhause.«

Wir fahren in eine Tiefgarage. Nachdem ich die Einkäufe ausgeladen habe, zückt Jessica einen Schlüssel, der zu einem Aufzug passt. Sie drückt die oberste Taste mit dem »P« wie Penthouse. Ich atme tief ein und aus. Hari hat mal gesagt, man soll Wut nicht herunterschlucken, sondern sie in gebündelte Energie umsetzen. Wahrscheinlich springe ich Adam also gleich mit gebündelter Energie an die Gurgel.

Jetzt öffnet sich die Tür, und wir betreten den Flur einer Luxuswohnung. Zumindest hat sie das Potenzial, eine Luxuswohnung zu sein. Wären da nicht die leeren Flaschen, die Pizzakartons und die dreckige Wäsche. Auf dem Boden liegen Kinderbücher herum. Jessica hebt eines davon auf und legt es auf ein Regal.

»Er hat gar keine Kinder«, sagt sie. »Ich dachte nur, die Bücher beruhigen ihn vielleicht etwas.«

Ich spüre, wie mein Zorn langsam einer traurigen Vorahnung weicht. Jessica geht durch die Wohnung und hebt hier und da ein Stück Wäsche auf. Ich folge ihr.

»Bring die Sachen in die Küche«, sagt sie und deutet mit der freien Hand um die Ecke.

Die Küche sieht aus als wäre sie nie benutzt worden – abgesehen von den Tomatensoßeresten in einem Topf, der auf der Anrichte steht, dem offenen Kühlschrank und dem laufenden Wasserhahn.

»Hier ist er«, höre ich Jessicas Stimme und folge ihr durch zwei weitere chaotische Zimmer. Okay, Zeit für die Wahrheit.

»So, Adam, wir beide müssen jetzt mal was klären«, rufe ich wütend, als ich den Wohnraum betrete. Von dort aus hat man eine atemberaubende Sicht über Frankfurt. Aber es ist der zweite Blick, der mich fast umhaut. Auf einem Stuhl vor dem Fenster sitzt mein ehemaliger Kollege im Jogginganzug. Oder besser gesagt: das, was von Adam übrig ist. Als ich näher komme, sehe ich, dass er keine Socken trägt. Er ist käseweiß, hat tiefe dunkle Augenringe und starrt seine nackten Zehen an. Die letzten Reste meiner Wut verpuffen.

»Adam«, sage ich laut, aber er reagiert nicht. Jetzt entdecke ich die Wärmflasche, die auf seinem Bauch liegt. Auf dem Boden steht ein voller Teller Nudelsuppe neben einem Scrabble-Spiel und Steinen. Jemand hat das Wort »langweilig« gelegt.

»Das war ich«, sagt Jessica entschuldigend. »Adam wollte nicht mitspielen. Es ist ihm schon zu viel, aus dem Fenster zu schauen, glaube ich. Er sagt ja kein Wort.« Jessica nimmt einen Löffel Nudelsuppe und versucht, Adam zu füttern. Aber der starrt regungslos geradeaus.

»Vor einer Woche hatte er einen Termin bei deinem Vater. Weil der noch telefoniert hat, habe ich Adam gebeten, kurz zu warten. Als ich ihn dann ins Büro holen wollte, ist er einfach nicht mehr aufgestanden. Ich habe bei der Garderobiere angerufen, weil die unsere Ersthelferin ist, und sie meinte, er müsse sofort in eine Klinik.«

Jessica sieht mich traurig an: »Aber er sollte doch gerade zum Partner aufsteigen. Und seit du weg warst, ist er richtig aufgeblüht.«

Jessica streichelt ihm über den Kopf wie einem Kind.

»Jemand wie Adam darf keine Schwäche zeigen, sonst wird er ersetzt. Dein Vater hätte ihn rausgeworfen, wenn er davon erfahren hätte. Und außer dem Job hat er doch nichts.«

Also haben Jessica und die Garderobenfrau ihn erst einmal in der Requisite untergebracht.

»Das war kein Problem, er hat sich ja ganz ruhig verhalten. Gegen Mitternacht, als die meisten Kollegen gegangen waren, haben wir Adam dann nach Hause gebracht.« Jessica breitet hilflos die Arme aus.

»Zuerst dachte ich, das wird schon wieder. Aber es wird leider nicht. Er ist wie ein Zombie.«

Ich trete ganz dicht an Adam heran und schnippe direkt vor seinen Augen: keine Reaktion. Also klatsche ich in die Hände. Als ich gerade mit der Faust ausholen will, hält Jessica meinen Arm fest.

»Wir müssen ihm helfen. Kennst du nicht irgendjemanden, der ihn wieder auf die Beine bringen kann?«

Ja, zum Glück kenne ich tatsächlich jemanden, der mir erst neulich gesagt hat, dass er einen Unternehmensberater gebrauchen könne. Außerdem ist seine Tochter in der Lage, ausgebrannten Managern neues Leben einzuhauchen. Und ich bin mir irgendwie sicher, dass die beiden nicht gerade in Indien ein neues Leben beginnen.

»Jessica, sind Hari und Sina noch in der Stadt?«

»Nein«, entgegnet Jessica so überrascht wie erschrocken. Sie ist wirklich eine unglaublich schlechte Lügnerin. Ich zähle stumm bis fünf, dann sagt Jessica: »Okay, doch.«

Hari und Sina befinden sich noch immer im Land, genauer gesagt: in ihrem Studio. Tagsüber versuchen sie dort, einen Ausweg aus ihrer Misere zu finden, nachts geben sie langjährigen Mitgliedern wie Jessica heimlich Yoga-Unterricht.

Wenn die Adam wieder hinkriegen, fällt ihm bestimmt ein, wie sie ihr Studio retten können.

»Das wäre eine Win-win-Situation!«, rutscht es mir heraus. Adam zuckt zusammen, woraufhin Jessica den Zeigefinger vor die Lippen hält.

»Keine Beratersprache.«

Der nächste Yogakurs beginnt in eineinhalb Stunden. Ich rufe Error an, denn ich brauche ihn, um Adam ins Auto zu bugsieren und Hari zu überzeugen. Als ich ihm von meinem Plan erzähle, ist er sofort Feuer und Flamme.

»Für dein Karma ist das allererste Sahne, mein Freund.«

Eine Stunde später setzen wir Adam direkt hinter den Fahrersitz. Der einzige Vorteil an seiner Situation ist, dass er alles widerstandslos mit sich geschehen lässt und sich nicht mal beschwert, als ich zu stark bremse und er mit dem Kopf gegen die Lehne des Vordersitzes schlägt. Auch nicht beim zweiten Mal. Blöder Berufsverkehr.

Das Yogastudio sieht so verwaist aus wie ein veganes Restaurant auf dem Oktoberfest: Weder Licht noch Stimmen dringen durch die Lamellen der Jalousien. An der Tür hängen ein »Geschlossen«-Schild und ein Zettel mit dem Hinweis, Post doch bitte beim arabischen Imbiss um die Ecke abzugeben. Trotz des Regens steigen wir aus.

»Bist du dir sicher, dass jemand da ist?«, frage ich. Jessica nickt und klopft.

»Ganz ruhig mein Lieber«, sagt Error und legt mir den Arm um die Schulter. »Was bist du denn so aufgeregt?«

Ich sehe gequält zu Adam herüber, der sich als Einziger nicht unter das kleine Vordach gestellt hat, sondern immer noch im Regen steht. Schnell laufe ich los und schiebe ihn ins Trockene.

In dem Moment öffnet sich die Tür einen Spalt, und Haris roter Bürstenschnitt kommt zum Vorschein. Mein ehemaliger Yogalehrer starrt mich an.

»Nicht du schon wieder!«

»Also, ich will ja jetzt nicht päpstlicher klingen als der Papst, aber diesmal geht es nicht um mich«, entgegne ich.

»Das glaube ich nicht.«

»Können wir reinkommen?«, fragt Jessica leise. Hari nickt in meine Richtung.

»Ihr schon, er nicht. Sina will ihn bestimmt nicht sehen. Und ich auch nicht. Außerdem findet gerade offiziell kein Yoga statt, weil der Herr Unternehmensberater und sein Vater unser Studio an irgendeinen Immobilienhai verscherbeln werden, der daraus Wohnungen für Spekulanten macht.«

Ich atme tief durch.

»Hari, ich verstehe, dass du wütend bist.«

»Wütend war ich, als du Sina das Herz gebrochen hast. Jetzt bin ich zum ersten Mal seit meiner Pubertät so richtig sauer. Da bringt mir selbst die Pranayama-Atmung nichts mehr.«

»Wer ist da?«, höre ich Sinas Stimme aus dem Innern des Studios rufen.

»Sina!«, entfährt es mir, da tritt Hari einen Schritt vor die Tür und knallt sie hinter sich zu.

»Was willst du hier?«, fragt er mich und zeigt auf Adam. »Und wer ist das?«

»Du hast doch gesagt, du brauchst einen guten Unternehmensberater«, erkläre ich und deute auf Adam. »Ich habe dir einen mitgebracht. Er ist richtig gut – oder war es zumindest. Hari tritt näher an Adam heran. Der schaut starr durch ihn hindurch. »Verstehen Sie mich?«, fragt Hari so leise und langsam, als würde er eine Meditation anleiten. Aber Adam reagiert nicht.

»Ein Freund von dir?« Ich schüttle den Kopf.

»Erzfeind. Mehr erzähle ich dir lieber nicht. Ich glaube er hat …«

»… einen Burn-out«, ergänzt Hari. »Habe ich in meinen Managerseminaren schon erlebt.« Sein Gesichtsausdruck wird versöhnlicher.

»Kommt rein«, sagt er und öffnet die Tür. »Hier draußen ist es zu kalt.«

Hari legt Adam den Arm um die Schulter und schiebt ihn ins Studio. Jessica und Error folgen. Nur ich bleibe unschlüssig draußen stehen. Die Tür fällt zu. Ich drehe mich um und gehe zurück zum Auto. Da höre ich Haris Stimme.

»Wahrscheinlich braucht er eine intensive Einzelbetreuung. Das wird einiges kosten.« Ich bleibe stehen.

»Alles klar, kein Problem«, lüge ich, drehe mich aber dann doch um, weil ich ihm die Wahrheit über meine Finanzen erklären will. Ich verdiene schon ein bisschen Geld, spare aber für etwas anderes. Nein, nicht für die Schulden bei meinem Vater.

Aber ich bringe kein Wort heraus, denn neben Hari steht jetzt Sina. Sie schaut mich traurig an.

»War das alles?«, fragt sie. Ich zucke mit den Schultern.

»Was soll ich sagen? Ich würde einen Kopfstand in der Achterbahn versuchen, wenn wir uns dafür wieder vertragen. Ohne Hilfestellung. Mit Jessica ist nichts gelaufen, auch wenn ich sie eine Weile ganz schön scharf fand.« Ein Schatten huscht über Sinas Gesicht, und sie macht Anstalten, die Tür zu schließen. Ich springe schnell vor.

»Aber dann kamst du und das Yoga, und ich habe gemerkt, dass …«

»Ja, ja Romeo«, unterbricht mich Hari. »Wir behalten den Berater erst mal hier. Im Moment ist nicht so viel los, wie du vielleicht weißt.« Dann legt er mir die Hand auf die Schulter.

»Manchmal hilft man sich selbst am meisten, wenn man anderen hilft.« Ich lasse die Worte kurz sacken.

»Wer hat das gesagt?«

»Ich«, sagt Hari. »Zu dir.«

Er nickt mir zu und verschwindet im Yoga-Studio. Sina macht keine Anstalten, ihm zu folgen.

»Es ist so viel passiert …«, sagt sie und sieht mich traurig an. »Dein Vater, deine Lügen, Jessica, der Verkauf des Studios. Auch wenn es nicht deine Schuld ist, ich kann das gerade nicht trennen. Gib mir etwas Zeit.« Sie fröstelt in ihren dünnen Yogasachen. Ich würde ihr gern meine Jacke geben, leider habe ich keine an. Also ziehe ich meinen Pullover aus und reiche ihn ihr.

Sie muss lächeln.

»Jetzt übertreib es mal nicht mit der Nächstenliebe«, sagt sie. »Es ist Ende November, du wirst dich erkälten.«

»Geht schon«, sage ich. »Mir ist immer recht warm, wenn du in der Nähe bist.« Jetzt rede ich schon genauso wirr daher wie Error damals.

»Was machst du denn jetzt so?«, fragt Sina.

»Ich habe einen neuen Job«, sage ich schlotternd. »Flexible Arbeitszeiten, und man trifft eine Menge interessante Leute.« Sie nickt, auch wenn sie in Gedanken ganz woanders zu sein scheint.

»Und du?«, frage ich. Sina erzählt, dass sie die Zeit nutzt, um die Hilfsmittel auf Vordermann zu bringen. Die Decken zu waschen, die Kissen zu flicken, die zerschlissenen Gurte auszusortieren und die Deckenseile neu zu knoten.

»Klingt gut«, lüge ich. Sie nickt, ihr Mund ist schmal.

»Na, dann viel Spaß«, wünscht sie mit matter Stimme.

»Ja, dir auch viel Spaß«, entgegne ich leise.

In einer Viertelstunde beginnt das neue Jahr, und ich würde das vergangene lieber vergessen, als es Revue passieren zu lassen. Bis auf den Dezember vielleicht. Seitdem ist Adam nämlich wieder auf den Beinen. Er macht täglich Yoga, Pranayama und hat angefangen, die alten Werke der Yogis zu lesen: Die *Bhagavad Gita*, *Licht auf Yoga* von B.K.S. Iyengar und die bunt glänzenden Sachbücher von Schauspielerinnen, wohlhabenden Ehefrauen und Ex-Models. Oder, um noch ein letztes Mal in die Beratermetaphernkiste zu greifen: Adam hat beim client gescored und neuen Drive nach oben bekommen, die Forecasts sehen gut aus. Unternehmensberater werden offenbar in allen Dingen schnell Experten, auch in der Entschleunigung.

Adam hat sich krankschreiben lassen und seinen Partnervertrag bei Caesar & Horn nicht unterzeichnet. Er hat eine neue Vaterfigur gefunden. Oder sollte ich besser sagen: einen Yogi? Hari und er hocken jeden Tag zusammen, wie Yin und Yang.

Neulich habe ich Adam im Ashram leise auf Russisch telefonieren hören und mich gefragt, ob er schon wieder etwas ausheckt. Doch das würde eigentlich nicht zu dem neuen Adam passen.

Ich dagegen hänge in der Luft und verbringe die meiste Zeit mit Taxifahren. Muss schließlich Geld verdienen. Neulich hatte ich mal wieder eine Fahrt zum Kastanienfriedhof, ein Mann in meinem Alter. Natürlich habe ich die Gelegenheit genutzt, um nach dem Grab meiner Mutter zu sehen.

Aber schon wieder hätte ich es fast nicht wiedererkannt:

Statt dem alten Grabstein stand pötzlich dort ein neuer großer Naturstein mitten in einem wiesenähnlichen Garten. Zwischen den Blumen hatte jemand kleine emaillierte Metalltäfelchen mit den Gemälden meiner Mutter drapiert. Unter einer frischen Rose lag ein Foto von meinen Eltern mit mir als etwa dreijährigem Jungen auf dem Arm. Darauf trug mein Vater ein offenes Hemd und schaute meine Mutter und mich voller Liebe an. Auf der Rückseite stand in seiner Handschrift: »Ihr fehlt mir.«

Der Gärtner hat mir erzählt, dass mein Vater das Stück mit den Gräbern, die aufgelöst werden sollten, gekauft und die renommierteste Gärtnerei der Stadt beauftragt hat, jeden Tag nach dem Grab meiner Mutter zu schauen.

»Dabei könnte er das gut selbst machen, so oft, wie er hier ist«, meinte er. Eines Tages werde ich ihn bestimmt mal dort treffen. Wenn Gras über die Sache gewachsen ist.

Von Jessica weiß ich, dass mein Vater schon wieder auf Projekten rund um die Welt reist. Tex ist es nicht gelungen, ihn in den Vorruhestand zu schicken. Denn der vermeintliche Nachfolger meines Vaters steht ja gerade vor mir – und den anderen heimlichen Mitgliedern des offiziell aufgelösten Yogastudios.

»Noch zehn Minuten«, ruft Hari. Wir versammeln uns vor ihm und Adam. Erwartungsvolle Gesichter richten sich auf die beiden. Hari bimmelt mit der buddhistischen Glocke, mit der er mich einst verjagt hat, und stellt sie dann wieder auf der Ladentheke des Studios ab.

»Es war ein ereignisreiches Jahr«, beginnt er. »Aber das wisst ihr ja alle.« Sina schaut mich an und lächelt etwas gequält. Wir versuchen seit unserem Abschied vor dem Yogastudio Freunde zu werden, aber das funktioniert nicht. Der Gedanke daran, mir anzuhören, dass sie vielleicht in irgendeinen anderen Mann verliebt ist oder wirklich nach Indien ziehen will, würde mir das Herz brechen. Freunde haben ja immer nur das Beste für den anderen im Sinn. Ich habe eher das Beste für uns beide im Sinn. Vorsichtig taste ich nach dem Briefumschlag in meiner Gesäßtasche.

Ja, ich bin immer noch in Sina verliebt, obwohl sich das Gefühl nach drei Monaten erledigt haben sollte. War zumindest bisher immer so. Und die Wissenschaftler in den Frauenzeitschriften, die im Yogastudio auf dem Klo liegen, behaupten das auch. Nur ich merke nichts davon.

Hari läutet noch mal die Glocke. »Deshalb übergebe ich die diesjährige Neujahrsansprache zum ersten Mal an jemand anderen. Nicht nur, weil Adam viel besser vor vielen Leuten reden kann als ich, sondern vor allem, weil er bald mein neuer Chef ist.«

Gemurmel kommt auf.

»Hoffentlich macht er keine PowerPoint-Präsentation«, meint Zoe. Seit Errors Verletzung ist sie nicht mehr von seiner Seite gewichen. Auch jetzt steht sie neben meinem Freund, an ihrem Finger funkelt ein Verlobungsring mit einem ziemlich großen Diamanten. Mein guter Vorsatz für das neue Jahr ist, mir eine eigene Wohnung zu suchen, ohne Error, ohne meinen Vater, und den beiden etwas Zeit für sich zu gönnen.

Instinktiv sehe ich zu Sina, die meinen Blick offenbar spürt, denn sie schaut genau in dem Moment zu mir herüber. Wir müssen beide lächeln. Zum ersten Mal aber ist keine Traurigkeit mehr in dem Blick, mit dem sie mich ansieht.

Jetzt bedankt sich Adam bei Hari und verneigt sich mit gefalteten Händen. In seinem offenen weiten Leinenhemd und seiner Stoffhose sieht er aus wie ein moderner Jesus. Oder wie der allererste Adam, der von Eva. Er scheint nicht nur auf dem Weg der Besserung, sondern schon auf dem Weg der Erleuchtung.

Hari tritt zur Seite, Adam geht einen Schritt nach vorn. Er lächelt. Das macht er seit einem Monat fast ununterbrochen. Es ist ein freundliches, offenes Lächeln, das gut zu ihm passt.

»Ich bin nicht euer Chef, weil ich nicht mehr an Hierarchien glaube«, sagt er. Das Gemurmel legt sich ein wenig. Adam greift hinter die Theke und holt eine Klarsichthülle hervor, in der einige Blätter Papier stecken.

»Aber wahr ist, dass ich laut diesem Papier der neue Eigentümer dieses Yogastudios bin.«

Jetzt wird das Gemurmel richtig laut. Auch ich kann es nicht glauben und schaue zu Sina herüber. Die zwinkert mir zu. Vorsichtig bahnt sie sich einen Weg durch die Menge und stellt sich ganz nah neben mich.

»Hör zu«, sagt sie und schaut wieder nach vorn. Adam erzählt, dass er Hari sein Leben verdanke. Nicht nur, weil der ihn aus seinem Burn-out zurück in die Realität geholt habe, sondern weil er ihm auch gezeigt habe, dass es nicht immer darum geht, über seine Grenzen hinauszupreschen.

»Erst einmal muss man seine Grenzen überhaupt finden.«

Als es ihm wieder etwas besser ging, hat Adam als Erstes Khamroff angerufen und ihm angeboten, Hari-Yoga aus der Konkursmasse herauszukaufen. »Unter Russen« war das kein Problem. Außerdem hatte Adam über die Jahre nur gearbeitet und kein Geld ausgegeben. Er hatte schon seit Längerem nach einer guten Anlagemöglichkeit gesucht. Jetzt hat er eine gefunden. Hari schaut ihn so stolz an wie einen Sohn.

Langfristig will Adam mit Hari-Yoga das neue Geschäftsfeld »Business-Yoga« erobern, um einen Gegenpol zur stressigen Geschäftswelt zu bieten und »Typen wie mir zu zeigen, was eigentlich normal ist«. Unterrichtet wird in den Seminarräumen der Firmen.

»Hari und Sina sind zertifizierte Lehrer, ich bringe die Kontakte mit und übernehme die Organisation.« Mit einigen Unternehmensberatungen hat er bereits Kontingentdeals abgeschlossen, die sie von der Steuer absetzen können. Die erste ist Caesar & Horn.

Sein Blick eilt zwischen den Zuhörern umher, bis er mich findet.

»Und da wäre noch Frederick.« Die Köpfe drehen sich zu mir.

Ich schaue überrascht. Die Teilnehmer machen eine Gasse frei, durch die Adam nun auf mich zukommt.

Als er direkt vor mir steht, nimmt er mich in den Arm. Herzlich, ohne Abstand oder Ironie. So, wie man einen Freund umarmt.

»Du hast mir den Weg gezeigt. Dafür danke ich dir. Er hält mich an beiden Schultern fest und sieht mich an. Danke, dass du mir das Leben gerettet hast, obwohl ich dir deines so schwergemacht habe.«

Sein Lächeln ist unerschütterlich. »Dafür darfst du dir etwas von mir wünschen.«

Ich sehe zu Sina herüber. Ehrlich gesagt ist mein einziger Wunsch, so viel Zeit wie möglich mit ihr zu verbringen. Ich winke Adam etwas näher heran. Er beugt seinen Kopf nach vorn, so dass ich ihm ins Ohr flüstern kann:

»Also auch wenn wir das anders vereinbart hatten, würde ich mich gern um einen Job bewerben.« Adam nickt und holt Hari. Leise erzählt er ihm, was ich ihn gerade gefragt habe. Hari nickt.

»Du kannst dich um die Hilfsmittel kümmern«, schlägt er vor. »Deine Vorgesetzte ist Sina.« Ich schaue sie an, und sie schenkt mir ein Lächeln. Einverstanden. Das ist vielleicht nicht viel, aber manchmal braucht man eben auch nicht viel, um glücklich zu werden.

»Wann soll ich anfangen?«, frage ich. Den Taxijob würde ich sofort hinschmeißen. Offen gestanden würde ich alles dafür hinschmeißen, dass mir Sina eine Chance gibt.

»Lass uns das nächstes Jahr beim Essen besprechen«, meint sie. »Ich mache ein ziemlich gutes Curry.«

Plötzlich ruft Zoe: »Zehn, neun, acht, sieben …«

Die anderen fallen ein, und wir zählen das alte Jahr gemeinsam bis null herunter. Fast hätte das neue angefangen, ohne dass wir es gemerkt hätten. Die Teilnehmer umarmen sich, ein Sektkorken knallt, Error küsst seine Verlobte. Hari und Adam drücken sich wie Vater und Sohn.

Vor mir steht Sina.

Ich ziehe den Briefumschlag aus der Hosentasche und mache einen Schritt auf sie zu. Leider hat sie offenbar dieselbe Idee, und wir stoßen mit den Köpfen zusammen.

»Autsch«, ruft Sina und hält sich die Stirn. Auch ich hebe instinktiv die Hand hoch und lasse dabei den Umschlag fallen. Ehe ich es verhindern kann, hebt Sina ihn auf. »Was ist das?«, fragt sie. »Für dich.« Sina reißt das Papier auf und nimmt ein Flugticket heraus: Frankfurt – Pune und zurück. Ihre Kinnlade klappt herunter.

»Soll ich zum Guruji fliegen?« Ich schüttle den Kopf und deute noch mal in den Umschlag.

Sina greift erneut hinein und hält nun einen gefalteten Flyer in der Hand. Auf dessen Vorderseite sind Bilder von einer bunten, tempelähnlichen Holzhausanlage am Strand zu sehen. Darunter steht in indisch stilisierter Schrift »SINA Lodge & Ashram«.

Sie schaut mich fragend an. »Ist das jetzt ein Scherz?«

»Nein, eher eine Mutprobe.«

Sie klappt den Flyer auseinander. Auf einer kleinen Plattform am Strand steht eine Frau in Yogahose und T-Shirt in der Heldenstellung. Sie sieht aus wie Sina, etwa zwanzig oder dreißig Jahre älter, so genau kann man das nicht sagen.

»Ist das …?«, fragt sie mit zitternder Stimme. Ich nicke. Ich nehme sie in den Arm. »Das schaffe ich nicht allein«, sagt sie und zieht mich an sich.

»Das musst du auch nicht«, entgegne ich und zücke mein Flugticket. Dann küssen wir uns endlich wieder – etwas später als alle anderen, aber dafür auch viel länger. Bis sich Sina von mir löst, um noch einen Blick auf ihre Mutter zu werfen.

»Woher hast du bloß ihre Adresse?«, fragt sie leise. »Von Hari?«

»Nein«, sage ich ehrlich. »Von meinem Backoffice.«

Dank / Thanks / Namasté

Ich habe dieses Buch nicht wie ein Yogi geschrieben, sondern eher wie ein Unternehmensberater: immer auf der Suche nach dem Problem und der passenden Lösung. Dabei habe ich ungefähr genauso viel gearbeitet und meine Familie ebenso stark vermisst.

Für die Recherche habe ich eine Menge Internetseiten und Bücher gelesen und einige Filme und Dokumentationen angeschaut. Was mich genau zu welchem Satz inspiriert hat, kann ich leider nicht mehr sagen, dafür bin ich nicht gut genug organisiert.

Sehr geholfen haben mir Ennos gute Idee, Ewald F. Weidens Buch *Folienkrieg und Bullshitbingo* (Piper), die Facebook-Seite *Beratersprech*, die Serie *House of Lies*, die Praxistipps von BB und vor allem natürlich das jahrelange Iyengar-Yoga im großartigen Studio *iYoga* in München. Das kann ich jedem nur ans Herz legen.

Heldenstellung wäre nie fertig geworden ohne mein Backoffice: Marija Latkovic, Elena Senft und Johannes Waechter. Danke für das Durcharbeiten von Arbeitsfassungen, für die Überstunden, Euer Lektorat, Eure Kritik und die Lösungsansätze. Ich könnte PowerPoint-Präsentationen mit Lobeshymnen an Euch füllen – wenn ich das könnte.

Danke an meinen CEO Julia Eisele, deren Humor, Kreativität, Engagement und Geschick mit Geschichten und deren Verfassern großartig ist.

Am allerallermeisten Dank gebührt meiner Frau Uli, der einzig wahren High Priority in meinem Leben. Sie hat mich nicht nur beraten, die Geschichte um- und mich aufgebaut, sondern auch auf eine ganze Menge Zwei- und Dreisamkeit mit unserer Tochter verzichtet, damit ich dieses Buch zu Ende schreiben kann. Danke für dein unendliches Verständnis und deinen Support.

Jetzt ist Feierabend.

© Eckhard Waasmann

Leseprobe aus dem Roman von Sebastian Glubrecht:
»Dreibettzimmer«, erschienen bei Piper

Wie alles begann: Schocktherapie à la Chef

Der Konferenzraum des Wochenmagazins »Der Münchner« liegt unter dem Dach – dort, wo die Luft entweder zu dünn oder zu dick ist. Wie die Kollegen. Vor jedem von ihnen stapeln sich Zeitungsausschnitte, Fotos oder Fundstücke: sogenannte Themenvorschläge. Diesmal bittet Chefredakteur Dr. Schade den Klatschreporter Landgraf, einen Platz weiterzurücken, weil er gern neben »seinem besten Mann« sitzen möchte.

Diesen Titel trug einst Kollege Landgraf, doch vor einem halben Jahr ist er Vater geworden und beschäftigt sich seitdem lieber mit Frauenthemen als mit Herrenwitzen, genau wie neunzig Prozent der Männer in dieser Redaktion. Statt sich neugierig grinsend auf Poolpartys herumzutreiben, planschen sie milde lächelnd beim Babyschwimmen und diskutieren danach den besten Weg, dem Kind den Schnuller abzugewöhnen, kontroverser als die Zukunft der europäischen Schuldenstaaten.

Deshalb bin ich neuerdings jener beste Mann: Caspar Hartmann, dreißig Jahre alt, Jungredakteur in Schades »Locals-and-Lifestyle«-Wochenmagazin.

Im Lokalteil.

Leider.

Ich muss die illegalen Tierversuche der örtlichen Kaninchenzüchtervereine zu Zuchterfolgen hochschreiben, die Niederlagen in der zwölften Fußballliga als Formschwächen kaschieren und bei Bezirksversammlungen, die länger dauern und pathetischer inszeniert sind als Wagners »Ring«, gegen den Schlaf ankämpfen. Neulich habe ich ein vierstündiges Interview über Taubenzucht geführt und dabei über meine Ohrstöpsel Musik gehört. Ist gar nicht aufgefallen. Vorgestern musste ich beruflich einen Stadtteil von München besuchen, von dem ich bisher dachte, er läge in Österreich. Heute musste ich das Gedicht einer Leserin redigieren, die seit fünfzig Jahren Abonnentin ist und ihre Freude über das bei uns gedruckte Gewäsch in Versmaß gezwungen hat. Ganz zu schweigen von dem »singenden Bäckermeister« oder den pickligen Strebern von »Jugend forscht«.

Ich hasse meinen Job. Viel lieber hätte ich den vom Kollegen Landgraf: Ich will die Nightlife-Kolumne, das einzig Coole in diesem blöden Piefblatt. Der ganze Familienwahnsinn geht mir nämlich da vorbei, wo die Mehrheit meiner Kollegen Windeln hinklebt. Keine Ahnung, was Menschen ab Ende zwanzig an Babys so süß finden – die sind doch schrumpelig, pupsen ständig und schreien nur rum. Außerdem habe ich auch schon erschreckend hässliche Exemplare gesehen. Ich stehe eher auf Frauen um die zwanzig. Mein Geld gebe ich lieber für Longdrinks und Leckereien aus als für Kuscheltiere und Kitagebühren.

Außerdem wäre die Nightlife-Kolumne eine echte Redakteursstelle. Ich bin nämlich bloß ein freier Jungredakteur, der den Launen des Chefs ausgeliefert ist. Wenn ich keine Aufträge bekomme, verdiene ich nichts.

Die Konferenz zieht an mir vorbei, die ewig gleichen Phrasen: »Lebt der noch?«, »Wenn man das mal weiterspinnt …«, »Da müsste man mal was drüber machen«.

Laaangweilig.

Moderedakteurin Brigitte, die ihren Namen französisch Brischitt aussprechen lässt, echauffiert sich über die »aktuelle Kollektion« von irgendeinem neuen Designer, die »viel zu bequem« aussieht, was sie »absolut untragbar« findet.

Anne Germoser, unsere Betriebsrätin und Redakteurin für Frauenthemen, ballt die Fäuste in den zu langen Ärmeln ihrer sackartigen Strickjacke. Im Gegensatz zu Brischitt beurteilt sie gute Kleidung offensichtlich danach, ob sie einer ordentlichen Kochwäsche standhält. Seit sie Mutter geworden ist, achtet sie sicher auch noch darauf, ob sich erbrochener Babybrei mit einem Klecks Spüli abwaschen lässt und als wie reißfest sich der Saum erweist.

Kollege Landgraf tippt abwesend auf seinem Smartphone herum. Brainstorming macht heute anscheinend jeder für sich.

Selbst der Chef wirkt nicht ganz bei der Sache. Wahrscheinlich träumt er immer noch von dem verpatzten Ausflug mit jener unbekannten Geliebten, die bislang jeder hier für ein Hirngespinst hielt – bis das letzte Liebeswochenende mit ihr im Fiasko endete.

Über die Jahre war das Hotel »Zum Wilden Mannle« in den Ötztaler Alpen zu Schades bevorzugtem Liebesnest avanciert. Und dort wollte er auch mit seiner Unbekannten, wahrscheinlich einer sportlichen Witwe um die fünfzig, mal so richtig das wilde Mannle herauslassen. Eine absurde Vorstellung, etwa so abstoßend wie der Gedanke an die eigenen Eltern beim Koitus.

Die Vorfreude auf jenen Ausflug war Schade schon Wochen vor dem Termin anzumerken. Schlüpfrige Altherrenwitze häuften sich ebenso wie fliederfarbene Hemden. Blöderweise lief das Wochenende völlig anders, als es sich Herr Schade erträumt hatte. Das »Wilde Mannle« war den jungen Familien zum Opfer gefallen. Weil die nämlich unglaublich gern wandern, regionale Spezialitäten essen, abends beim teuren Lokalwein über Nachhaltigkeit plaudern und danach Kinder zeugen, hat das »Wilde Mannle« reagiert und sich in ein Familienhotel verwandelt.

Zwischen schreienden Babys, schwangeren Frauen und offenen Windeleimern verlor mein Chefredakteur die Lust und seine Geliebte ihren Sex-Appeal. Bereits nach der ersten Nacht reiste Dr. Schade erbost ab und macht seitdem seinem Hass auf junge Familien bei jeder Gelegenheit gehörig Luft. Die ganze Redaktion leidet seit Wochen unter seiner schlechten Laune.

Nadine, unsere attraktive Langzeitpraktikantin, wollte auch mal mit mir in ein Hotel fahren, zwecks Zukunftsplanung. Dabei habe ich ihr schon tausendmal erklärt, dass wir keine Zukunft haben. Zumindest nicht zusammen. Aber sie meint, so etwas Wichtiges könnten wir nur gemeinsam entscheiden. Außerdem hätte sie gern bald Kinder. Dabei haben wir nur ein- oder zweimal rumgeknutscht, als wir uns zufällig getroffen haben. Seitdem erzählt sie in der Redaktion herum, wir wären ein Paar. Ich habe schon versucht, sie bei Betriebsrätin Anne Germoser als Stalkerin anzuzeigen, aber die hat mich nur ausgelacht.

Brauche ich auch nicht.

Schades Stimme klingt, als wollte sie mich ärgern. »Kollege Hartmann, wäre das nicht etwas für Sie?«

Genau wie meine Kollegen sehe ich ihn entsetzt an. Wie kommt er denn auf so eine abwegige Idee? Offenbar hat mein Chef auch leichtes Fieber.

»Bitte nein!«, rufe ich instinktiv. »Auf keinen Fall!«

Annes Mund klappt vor Staunen auf und fängt bei der Gelegenheit sofort an zu reden. »Das ist doch völlig absurd! Sie wollen den einzigen Mann, der hier nichts, aber auch gar nichts mit Familie am Hut hat, in ein Familienhotel schicken? Was soll er denn da?«

»Genau«, ergänze ich. »Was soll ich denn da?«

Zum ersten Mal, seit Anne aus der Elternzeit zurückgekehrt ist, sind wir einer Meinung.

Aber Schade lässt sich nicht beirren. »Caspar braucht Frau und Kind zur Tarnung. Wer hat Lust?«

Erneute Stille.

Nadine rutscht hoch motiviert auf ihrem Stuhl nach vorn. Sie hat zwar kein Kind, aber in ihrem Blick liegt die Aussicht auf *die* Chance, demnächst eines gemacht zu bekommen.

Wenn die wüsste! Ich kann keine Kinder zeugen. Wollte als Junge mal über einen Jägerzaun grätschen. Hat nicht geklappt. Vielleicht habe ich deshalb keine Lust auf Familie – wie gesagt, alles biologisch bedingt.

Schade sieht Nadine an und schüttelt den Kopf. Sein Blick wandert weiter zu Anne.

»Das wäre doch etwas für *Sie*?«

Unsere Frauenbeauftragte läuft vor Wut rot an. »Ha!«, ruft sie und zerbricht den billigen »Münchner«-Kugelschreiber in ihren Händen. »Ich will Caspar nicht von Dingen überzeugen, von denen er nichts versteht. Er ist kein Familienvater und wird auch nie einer werden. Außerdem heirate ich in drei Wochen meinen Verlobten!«

Ein Raunen geht durch die Kollegen, vor allem bei den Leuten, die nicht eingeladen sind.

Herr Schade hält Annes Blick. »Ist es immer noch wegen der Weihnachtsfeier?«

Anne nimmt Nadine blitzschnell deren Kugelschreiber aus der Hand und zerbricht ihn ebenfalls. Auf dem Tisch liegt nun ein kleiner Trümmerhaufen. Ein gutes Bild für unser Verhältnis seit jener Feier.

Sie fand im »Grande Principe« statt, einem dieser sündhaft teuren Lokale, die es cool finden, eine einzige enge Toilette für Männer und Frauen zu haben. Wir waren betrunken, hatten uns mal wieder gestritten, Anne stand vor dem Spiegel und machte sich frisch. Ich kam herein, streckte meine Hand an ihr vorbei zum Seifenspender. Ihre Hand war auch da. Wir sind dann irgendwie ineinandergerutscht. Erst die Hände, dann die Lippen und schließlich der Rest. Entscheidende drei Minuten später betrat Kollege Landgraf die Toilette. Von solchen Momenten träumen Klatschreporter ihr ganzes Leben lang. Am nächsten Tag waren wir die Breaking News des Flurfunks.

Anne und ich haben nie wieder darüber gesprochen. Was auf der Weihnachtsfeier passiert, bleibt auf der Weihnachtsfeier. Allerdings ist unsere Beziehung seit jenem Abend schlechter als die zwischen Israel und Palästina. Anne hat dann schnell einen Mann mit Haus kennengelernt, ihre Leonie bekommen und ist in Elternzeit verschwunden.

Seit ein paar Monaten arbeitet sie wieder, aber wir verstehen uns noch weniger als vorher. Über die Sache ist kein Gras gewachsen, weil das Fundament eine faulende, schwelende und vor allem ungeklärte Klärgrube ist.

»Caspar fährt mit Anne ins Familienhotel«, bestimmt Schade. »Sie soll ihm zeigen, wie erfüllend und wunderschön das Leben in geordneten Bahnen sein kann.«

Erfüllend und wunderschön? Mein Chef hat doch am eigenen Körper erfahren müssen, wie schrecklich es dort ist.

Auch Anne findet das nicht lustig. Sie spuckt ihm die Wörter nur so ins Gesicht: »Und warum bitte sollte *ich* mich darauf einlassen?«

»Weil Sie dafür Ihre Halbtagsstelle bekommen.«

Unsere Frauenbeauftragte stützt die Stirn in die Hände und lacht zynisch. Es klingt, als stünde sie an der Grenze zur Hysterie. Oder schon einen Schritt weiter.

»Ich habe Ihnen mit dem Betriebsrat gedroht«, presst sie heraus. »Das hat Sie nicht interessiert. Ich wollte kündigen – war Ihnen wurscht. Und jetzt kriege ich die Halbtagsstelle, wenn ich mit dem Idioten da zwei Wochen wegfahre? Wenn das wieder so ein Männerwitz ist, finde ich ihn echt nicht lustig.«

Herr Schade wirft einen Blick auf die fliederfarbene Einladung und sieht dann wieder hoch.

»Bis zu Ihrer Hochzeit sind Sie längst wieder da. Und Ihre Tochter nehmen Sie einfach mit. Sie beschweren sich ja dauernd über mangelnde Betreuungsmöglichkeiten.«

Anne überlegt, dann entspannen sich ihre Züge. Sie nickt.

»Ich bekomme meine Stelle – vor Zeugen«, postuliert sie und blickt die Kollegen an, die sich Mühe geben, so neutral dreinzuschauen wie die Mitglieder einer Grand Jury. Anne streckt die Hand aus. Schade ergreift sie quer über den Tisch.

»Und Sie, Caspar«, sagt er, »geben sich ein bisschen Mühe und lassen sich auf diese neue Welt ein. Ein bisschen Erholung wird Ihnen guttun. Sie waren die letzten Monate Tag und Nacht im Einsatz. Sehen Sie das hier einfach mal als Entspannungsurlaub.«